Elizabeth
Costello:
E i g h t   L e s s o n s

Elizabeth
Costello:
Eight Lessons

〔南非〕J.M. 库切———— 著

北塔———— 译

J. M.
Coetzee

伊丽莎白·科斯特洛

八堂课

人民文学出版社

图书在版编目（CIP）数据

伊丽莎白・科斯特洛：八堂课／（南非）J. M. 库切著；北塔译. —— 北京：人民文学出版社，2023
（库切文集）
ISBN 978-7-02-018244-2

Ⅰ. ①伊… Ⅱ. ①J… ②北… Ⅲ. ①长篇小说-南非共和国-现代
Ⅳ. ①I478.45

中国国家版本馆 CIP 数据核字（2023）第 175062 号

责任编辑　王　婧
装帧设计　李思安
责任印制　张　娜

出版发行　人民文学出版社
社　　址　北京市朝内大街 166 号
邮政编码　100705

印　　刷　三河市中晟雅豪印务有限公司
经　　销　全国新华书店等

字　　数　184 千字
开　　本　850 毫米×1168 毫米　1/32
印　　张　9.375　插页 1
印　　数　1—3000
版　　次　2023 年 10 月北京第 1 版
印　　次　2023 年 10 月第 1 次印刷

书　　号　978-7-02-018244-2
定　　价　88.00 元

如有印装质量问题，请与本社图书销售中心调换。电话：010-65233595

目　录

第一课 现实主义

　　首要的问题是如何打开局面,就是说,如何使我们自己从现在的处境中摆脱出来;而现在的问题是,我们还没有找到一条通往遥远彼岸的道路。这是一个简单的造桥问题,或者说,桥梁合龙的问题。人们每天都在解决这样的问题。他们在解决问题;问题一解决,他们就前进了一步。

　　让我们假设,尽管问题可能已经得到了解决;但是,实际上,它正在解决之中。让我们假设,桥造好了,架好了,我们可以不去挂念它了。那留在我们身后的,是我们的过去的处境。我们是在一个遥远的地方,那是我们向往的地方。

　　伊丽莎白·科斯特洛是一名作家,生于 1928 年,现在已经六十六岁,快六十七了。她著有九部长篇小说,两部诗集,一部关于鸟类生活的书,还有一批新闻作品。论出生,她是澳大利亚人,她生于墨尔本。尽管从 1951 年到 1963年,她曾客居海外,在英国和法国;但她现在依然住在墨尔本。她结过两次婚,有两个孩子,一次一个。

　　伊丽莎白·科斯特洛靠其第四部小说出的名,那小说叫《爱可尔斯街的房子》(1969)。小说的主要人物叫马伊蓉·布卢姆,利奥波德·布卢姆的妻子,利奥波德是另一部

1

小说中的主要人物，那就是詹姆斯·乔伊斯的《尤利西斯》。在过去的十年间，围绕着她，成长起了一小批批评家，甚至还成立了"伊丽莎白·科斯特洛学会"，会址在新墨西哥州的奥尔布盖格。他们还出了一本季刊，叫《伊丽莎白·科斯特洛通讯》。

1995年春天，伊丽莎白·科斯特洛曾前往，或者说正在前往（此处用现在时态，表示自从那以后她经常去）宾夕法尼亚州的威廉姆斯镇，她是去那儿的奥尔托纳学院①领取斯托奖。那奖每两年颁发一次，授予一名世界级的大作家。评委会成员是一些作家和批评家。它由五万美金和一块金牌组成。奖金的基金是一笔来自斯托房地产公司家族的馈赠。那是美国的一个比较大的文学奖。

伊丽莎白·科斯特洛（科斯特洛是她娘家的姓）访问宾夕法尼亚期间，由她儿子约翰陪着。约翰本来有一份工作，是在马萨诸塞州的一个学院里教物理和天文；不过，出于一些他自己的原因，那一年他正在休假。伊丽莎白已经变得有点老弱；如果没有她儿子的帮助，她是不会踏上这跨越半个地球的劳累旅途的。

咱们跳着说。他们抵达威廉姆斯镇后，被接到了宾馆。对一个小镇来说，宾馆的房子大得惊人。那是一幢六角大楼，外墙全都用黑色大理石砌成，内墙则全都是水晶和玻璃。就在她房间里，母子俩有一段对话。

---

① 澳大利亚的墨尔本市有一个名为奥尔托纳的区。库切在地名上或者说地方安排上十分细致，甚至可以说深有寓意——到哪儿都一样。——译注（本书注释均为译者所加，以下不再逐一标注）

2

"您会觉得舒服吗?"儿子问道。

"我相信会的。"伊丽莎白答道。她的房间在十二层,前面有一个高尔夫球场,再往外,是林木披盖的群山。

"那您为什么不休息一下呢? 他们六点半就要来接咱们。我提前几分钟来叫您吧。"

约翰正要离开。伊丽莎白说:

"约翰,他们到底想让我干什么?"

"今晚吗? 什么都不想吧。只是跟评委们吃顿饭而已。我们可不想让这顿饭拖成漫长的晚宴。我会提醒他们,您累了。"

"那明天呢?"

"明天就不一样了。我怕,您得为明天好好准备一下。"

"我已忘了自己同意到这儿来的理由了。没有一个好理由,就贸然行动,似乎是件很痛苦的事。我应该要求他们别搞什么典礼,用信封装着把支票寄过来就行了。"

经过这次漫长的飞行,伊丽莎白明白自己老了。以前她从未顾及自己的外表,随便一收拾就行。可是现在,很明显,自己已经老态龙钟了。

"母亲,我怕您不能那么做。如果您想领取奖金,您就得参加整个仪式。"

伊丽莎白摇了摇头。在机场,她穿上了一件蓝色的旧雨衣,此时依然穿着。她的头发看上去油乎乎的,没有一点生气。她一直没有打开行李。如果约翰现在就离开,她会做什么呢? 穿着雨衣和鞋子就躺下?

约翰在这儿,跟她在一起,出于对她的爱。约翰无法想象,如果自己不在母亲身边,母亲将如何经受这次考验。约翰站在她旁边,就因为他是她儿子,她可爱的儿子。不过,约翰也差点成了——不愉快地说——她的驯兽师。

约翰把她当成了一只海豹,一只年老的、疲惫的马戏团里的海豹。她必须再次让自己站起来,才能够着那水盆;她必须再次表现出,她能够把皮球稳稳地顶在自己的鼻子上。约翰必须耐心地哄着她,使她打起精神,帮她完成表演。

"他们只能那么做,"约翰尽可能温柔地说,"他们仰慕您,尊敬您。他们认为,那样做是最好不过的了。给您钱,还替您扬名。用钱扬名。"

伊丽莎白站在那张具有帝国风格的写字台①旁边,慢腾腾地翻着一本小册子;它告诉她到哪儿去购物,到哪儿去用餐,以及如何使用电话。她用嘲讽的目光迅速看了约翰一眼,那目光仍然具有惊人的力量,提醒约翰她是何许人物。"最好不过了?"她嘟哝着。

六点半,约翰来敲门。伊丽莎白已经准备好了,正等着呢。她满腹狐疑,但还是愿意去会会同行们。她穿上了蓝色礼服和丝绸外套,那是她作为女小说家的行头。她还穿了一双白鞋子,鞋子本身没有任何问题,只是她穿上后看起来有点像黛茜鸭②。她洗了头发,把头发梳到了后面。她的头发看起来还是油乎乎的,不过油得挺体面的,像一个挖

---

① 指法兰西第一帝国时期(1804—1814)开始流行的一种家具风格。
② 唐老鸭的女伴。

土工人,或者修理工人。她脸上已经有了顺服的表情;如果你在一个小女孩的脸上看到这种表情,你会说她性格孤僻。她长着一张没有个性的脸,摄影师得想方设法借给她一点特性。她跟济慈一样,约翰想着,极力鼓吹无条件的接受。

蓝色的礼服,油乎乎的头发,这些细节显示出她是一个温和的现实主义者。描写细节,让这些细节的含义自动显现出来。这是由丹尼尔·笛福①开创的写法。鲁滨逊·克鲁索被抛到了沙滩上,环顾四周,寻找同船的伙伴。但他一个都没看见。"从那以后,我未曾见过他们,或他们的任何影踪,"他说,"只见到了他们的三个有边的帽子,一个无边的帽子,两只鞋子,还不是成双的。"两只鞋子,不是一双。它们不是一双,所以不能再穿,而是成了死亡的证物。两个人掉到海里,鞋子被那泛着泡沫的海水冲脱,被冲到了岸上。没有豪言壮语,没有悲观绝望;只有大帽子、小帽子以及鞋子。

约翰回想着,从他能记事起,他母亲一般都是在早上把自己关起来,从事写作。在任何情况下,都不许别人打扰

----

① 1986年,库切取材《鲁滨逊漂流记》,写成小说《福(Foe,即"敌人"之意)》。从书名我们就可以看出,这部小说具有后现代的反讽意味,鲁滨逊是英国或者说欧洲早期殖民者的代表性形象,当年《鲁滨逊漂流记》的作者丹尼尔·笛福(Defoe)是把鲁滨逊作为一个正面人物来塑造和颂扬的,但在后殖民主义者看来,鲁滨逊是殖民的英雄,也是殖民地人民的敌人,也就是说笛福通过文学给我们施加了一个敌人,鲁滨逊只是一个给殖民者带来幸福的人,他给被压迫民族带来的是失落、痛苦与不幸,所以库切要解构这个笛福创造的敌人形象,从字面上来看,"Defoe"一词可以理解为"解构敌人"或者"剥掉敌人的伪装",使他显露出本来面目,成为赤裸裸的敌人——Foe。

她。他过去常把自己看成是一个不幸的孩子，孤独，没人爱。当他和姐姐觉得特别难过时，他们常常跌坐在那紧锁着的门外边，发出轻细的啜泣声。最后，啜泣声会变成哼哼声或唱歌声。兄妹俩会感觉好一些，忘掉自己的孤苦无依。

现在的场景变了。约翰已经长大。他不再被关在门外，而是在屋里，看着母亲坐在那儿背朝着窗子，面对着空白的稿子，日复一日，年复一年，她的头发慢慢地由黑变白。约翰觉得，母亲真顽强！毫无疑问，这个奖，还有许多其他的奖，都是她应得的。因为她的勇气已经超越了职责的呼唤。

在约翰三十三岁时，情况出现了变化。在那时之前，母亲的作品他一个字都没读过。那是他对母亲把他锁在门外的回击和报复。母亲不理他，所以他也不理母亲。或者说，他之所以拒绝阅读母亲的作品，可能是因为他要保护自己。或许那是更深的动机：保护自己，不受闪电般的打击。终于有一天，他没跟任何人说，甚至不跟自己说。他从书房里拿出了一本母亲写的书。从那以后，他读了母亲的所有作品，在火车上，在餐桌旁，公开读。"你在读什么？""一本我母亲写的书。"

他被写进了母亲的书里，或者说母亲的部分书里。他认出了其他一些人，还有许多人他认不出来。关于性，关于激情、嫉妒和嫉恨，母亲都很有洞察，这使他感到震撼。这样子肯定是不像样的。

她的作品使约翰震撼，可能也使别的读者感到震撼。可能正是因此，她的形象显得更高大了。她一生的作品都能令人震撼，还被请到宾夕法尼亚的这个小镇上，来领取奖金。这是多么奇特的酬报啊！她根本不是一个抚慰人心的作家。她甚至有点狠毒，妇人们有那样狠毒的心，而男人们很少有。实际上，她是什么类型的生物呢？不是海豹，没有海豹那样的和蔼可亲。但也不是鲨鱼。是一只猫，属于大型的猫类。当它撕开猎物的肚皮、翻出内脏时，会顿一顿，用蜡黄的目光，冷冷地盯你一眼。

楼下有一个女人在等着他们，就是那个从机场把他们接过来的青年女子。她名叫忒蕾莎。她是奥尔托纳学院的讲师，但也管斯托奖的事务，是总管，也是杂役；在更大的事务中，则是一个小角色。

约翰坐在小车的前排，挨着忒蕾莎，他母亲坐在后排。忒蕾莎很兴奋，兴奋地说个不停。她跟他们讲车子经过的地方一路上的景观，讲奥尔托纳学院及其历史，还讲到他们要去的那家餐馆。在她唠唠叨叨的整个儿过程中，她突然像耗子似的，迅速地问了两个问题。"去年秋天，我们把拜亚特（A. S. Byatt）①请来了，"她说，"科斯特洛夫人，您觉得拜亚特怎么样？"随后她又问："科斯特洛夫人，您觉得多丽丝·莱辛②怎么样？"忒蕾莎正在写一本关于女作家与政治的书，她在伦敦待过几个夏天，做她所谓的研究工作；要是

① A. S. 拜亚特，英国作家，其1990年出版的小说《财产：一段浪漫史》曾获布克奖，后被改编成电影。另一部小说《马蒂斯故事》已有中文译本。
② 多丽丝·莱辛，四十年来被尊为女权偶像人物的英国文学老祖母，生长于南非，1949年到英国，1962年以小说《金色笔记》成名，该书被誉为"女性独立教科书"。但是，多丽丝·莱辛反对激进女权主义，她曾斥责如今的很多女性"自以为是、伪善"，并对许多妇女特别是年轻女性诋毁男性感到"恼怒"。

她在车上藏着一个盒式录音机,约翰不会感到惊奇。

关于忒蕾莎这样的人,伊丽莎白有一个说法。她把他们称作金鱼。人们以为它们很小,不会害人;她说,因为它们所要的只是小得不能再小的一口肉,仅仅"半半毫克"①。她每周都收到他们的来信,他们关心的是她的书的出版情况。过去有一段时间,她常常给他们回信:谢谢你对我的书有兴趣,但不幸的是,我太忙了,没时间好好写回信,给你们满意的答复。后来,有一个朋友告诉她说,在手稿市场,她的这些书信非常吸引人。打那以后,她就不再回信。

在那垂死的鲸鱼周围,有一圈金光闪闪的斑点。它们伺机钻到鲸鱼的体内,迅速地满满地咬上一口。

他们到了餐馆。天下着小雨。忒蕾莎让母子俩在门口下了车,然后把车开走,去找一个停车的地方。有一会儿,母子俩站在人行道上,就他们俩。"咱们现在还可以溜,"约翰说,"现在还不太晚。咱们可以打个车,到宾馆那儿停一下,拿上东西,八点半能赶到机场,乘头班机离开。等骑警一到,咱们已经从现场消失了。"

约翰笑着,伊丽莎白也笑了。他们将参加整个活动,那几乎没什么可说的。不过,至少在心里动一动逃跑的念头,也是一种取乐的方式。玩笑、密谋、同谋,这儿瞥一眼,那儿说一句;那就是他们共处或分开时的情形。他将是她的绅士,她将是他的骑士。他会尽可能地保护她,他会帮助她披甲戴盔,把她扶上战马,还帮她把小圆盾绑到胳膊上,把长

---

① 半半毫克(hemidemimilligram),是杜撰的词。

矛递到她手里,然后退下。

餐馆里有餐馆里的景象,主要是聊天,我们就略去不谈了吧。让我们把目光转回宾馆。伊丽莎白·科斯特洛要儿子把刚才他们遇到的一干人等全都列在一个表里。约翰应命,把每人的名字和身份写出来。他们的东道主叫威廉·布罗特嘉姆,是奥尔托纳学院艺术系的主任。评委会的召集人叫戈登·惠特利,是个加拿大人,麦吉尔大学的教授,著有关于加拿大文学和威尔逊·哈里斯①的书。有一个他们称作托妮的人,跟伊丽莎白谈论过亨利·汉德尔·理查森②,也来自奥尔托纳学院。托妮是研究澳大利亚的专家,她曾在那儿教过书。她认识波拉·萨赫斯。那个秃顶男人叫凯日赣,是个小说家,生于爱尔兰,现在住在纽约。第五个评委坐在凯日赣旁边,姓莫比乌斯,现在加利福尼亚教书,并编辑一份刊物。她也曾发表过一些小说。

"你跟她还挺谈得来的,"伊丽莎白对约翰说道,"她挺好看的,不是吗?"

"我觉得是。"

伊丽莎白想了一下,"不过,难道他们这一伙人不是打击你来着,以为你……"

"无足轻重?"

---

① 威尔逊·哈里斯,1921 年 3 月 24 日生于英属圭亚那地区的新阿姆斯特丹,小说家、诗人、随笔家,当代最重要的英语作家之一。
② 亨利·汉德尔·理查森(1870—1946),澳大利亚女小说家。曾赴德进入莱比锡音乐学院学习钢琴。以后放弃音乐,开始文学创作。著有长篇小说《莫里斯·盖斯特》《成长》和《理查德·马奥尼的命运》三部曲。

她点了点头。

"唉，他们才是小人物呢。大人物不会陷入诸如此类的表演。大人物正在为大问题绞尽脑汁呢。"

"对他们来说，我不够分量吗？"

"够，您完全够分量。您的不利因素是您不是个问题人物。您写的东西还不成其为问题。您一旦把自己作为一个问题提出来，他们就可能转而来奉承您。不过，现在嘛，您还不是个问题，只是个例子。"

"什么方面的例子？"

"写作的例子，能证明像您这样出身、地位的一代人是如何写作的，就是这么一个实例。"

"一个实例？允许我抗议一句吗？难道我在写作上付出种种努力，不是为了跟任何别人都不一样吗？"

"母亲，您挑中我跟您吵架，是毫无意义的。学术界是如何看待您的，我可不负责。不过，您确实应该承认，在某种层面上，我们说话、写作，跟所有人都一样。否则，我们都愿意说或写私语了。更多地考虑自己跟常人相同的地方，而不是与众不同之处——这并不荒谬啊——是吗？"

第二天早晨，约翰发现自己陷入了另一场文学争论。在宾馆的健身房里，他跟评委会主任戈登·惠特利发生了口角。他俩并排骑在锻炼用的自行车上，展开了大声争论。他跟惠特利说，如果他母亲知悉，只因为1995年被定为澳大利亚年，所以她才荣获斯托奖，她会很失望。

"那她想怎么办？"惠特利高声答复道。

"她想让自己成为最好的，"约翰说，"而且这是评委会的如实想法。不管是最好的澳大利亚人，还是最好的澳大利亚女人，只要是最好的就行。"

"没有无穷大，我们就不会有数学，"惠特利说，"可是，那并不是说，真有那么一个无穷大。无穷大只是一个构想，一个人类的构想。当然，我们可以肯定地说，伊丽莎白·科斯特洛是最棒的。不过，在我们的时代语境里，我们自己心里必须明白，诸如此类的一个说法到底有什么含义。"

这个无穷大的比喻让约翰觉得摸不着头脑，但他没有继续追问。他希望，惠特利的写作不像他的思想那么糟糕。

现实主义者一向对各种思想感到不舒服。它不可能有别的含义：它的前提在于这样一个想法，即思想不会自己独立生存，只能存在于实物之中。因此，当人们，比如这两人，需要对思想展开争论时，现实主义者就会被迫杜撰出各种情景——在乡间漫步、闲聊——在那样的情景中，他们会放声争论思想；因此，从某种意义上来说，争论使思想"道成肉身"。事实证明，"道成肉身"这个说法很关键。在这样的争论中，思想没有，确切地说，不可能自由散播。思想被捆绑在那些把它们说出来的人身上，而且是在个人兴趣的基础之上产生的；而说话者是依照他们的个人兴趣为人处世的——比如，约翰不想让他母亲被人们看作"米老鼠"一般的后殖民主义作家；或者，再如，惠特利不想让自己看起来像个老派的绝对主义者。

十一点钟时，约翰轻轻地敲响她的房门。她即将度过的是漫长的一天：接受学校广播站的一个采访，还要参加他们的一个会议；晚上，她要出席颁奖典礼，还要在典礼上讲话。

她应付主持人的招数是，掌握谈话的主题，跟他们谈那些在她脑子里反复出现过的内容。她老是那么做，以至于约翰以为那些内容已经凝固在她的脑子里了，已经变成了某种意义上的真相。先是一大段关于她在墨尔本郊区的童年情景的谈话（袋鼠在花园的地上尖声嘶叫），然后是一小段关于危险的谈话，即中产阶级安全的想象是危险的。她又谈到了她父亲的死亡，那是在半岛马来西亚，由于肠炎。她还谈到了她母亲在某个不显眼的地方，用钢琴弹奏肖邦的圆舞曲。然后，她又谈起音乐对她自己的散文创作的影响；这听起来像是即兴演奏。她谈到了自己在青少年时代的阅读情况（狼吞虎咽、没有选择），随后，她把话题跳到了维吉尼亚·伍尔夫①，以及伍尔夫对自己的影响；她初读伍尔夫的作品时，还是个学生。她谈到了在艺术学校度过的一段时光，又谈到了战后她在剑桥大学度过的一年半时间（"我记得比较牢的，是如何想方设法取暖"），还谈到了她在伦敦度过的岁月。（"本来，我以为，我可以作为翻译家谋生；可是，我掌握得最好的语言是德语，而在那些日子里，德语是不受欢迎的。这一点你可以想象得到。"）她谈起她的第一部小说。尽管那部小说比起别人的作品来要高出一

---

① 维吉尼亚·伍尔夫，英国最有影响的现代小说家、随笔作家、女权主义活动家。1882 年出生于伦敦，有《夜与日》《到灯塔去》等著作。1912 年与政治理论家列昂纳德·伍尔夫结婚，但她同时还曾与一名女作家朋友发生过同性恋关系。1941 年，维吉尼亚患上了精神病，感觉不堪忍受，便在自己口袋里装满石头，在家乡萨塞克斯附近跳河自杀。

头,但她自己对它作了适度的贬低。接着,她又谈起她在法国的岁月("那时很任性"),暧昧地回顾了一下她的第一次婚姻。最后,她谈到自己如何带着年幼的儿子,即约翰,回到澳大利亚。

总之,约翰边听边断定,这是"匠人般的"表演——如果我们还能用"匠人般的"这个说法的话。这番表演吞噬了几乎一个小时。伊丽莎白似乎故意要这么做。最后只剩下几分钟了,她用来绕着弯子回答那几个以"您认为如何"开头的问题——她如何看当今的新自由主义、妇女问题、土著人权利、澳大利亚小说等大问题。约翰在她身边时近时远地生活了将近四十年,仍然并不确切地知道她对这些问题的看法。确实不太清楚;不过,谢天谢地,他不是非得要知道。因为,他怀疑,母亲的思想跟大多数人的一样,没什么意思。一个作家,不是思想家。作家和思想家。粉笔和奶酪。不,不是粉笔和奶酪,而是鱼和鸟。但伊丽莎白属于哪一类呢?鱼还是鸟?她何以为生呢?水还是空气?

这天上午来采访的主持人是专程从波士顿赶来的,是个年轻人,伊丽莎白对年轻人往往很宽容。但这一位是厚脸皮,没法把她糊弄走。"请您说说您主要的思想是什么?"

"我的思想?我有义务带来思想吗?"

这不是一个强有力的反驳,采访者乘胜追击:"在作品《爱可尔斯街的房子》中,主人公马伊蓉·布卢姆在她丈夫混出个人模狗样来之前,拒绝做爱。您说的是否是这样一个意思:在男人们努力取得受人敬重的新的身份之前,女人们应该跟他们保持距离?"

他母亲瞥了他一眼。她是在用一种滑稽的方式,向约翰求救!

"你这想法有点意思,"伊丽莎白嘟哝道,"当然,至于马伊蓉·布卢姆的丈夫这个个案嘛;要求他费力去取得新的身份,是特别过分;因为他是一个——我说什么好呢?——一个身份不确定的、有许多化身的人。"

《爱可尔斯街的房子》是一部伟大的小说;也许,它将跟《尤利西斯》一样永存;在它的作者躺进坟墓很久之后,它还将四处流传。在伊丽莎白写这部小说时,约翰还是个孩子。当他想到创作这部作品的和生他的是同一个人时,他感到不安,感到迷惑。现在他该介入了,去把母亲从那已经变得单调乏味的探问中解救出来。他站起身来。"母亲,我想,我们得打住了,"他说,"有人来接我们去参加电台举办的会议。"他又对主持人说,"谢谢您,不过,就到此为止吧。"

那主持人恼怒地噘起了嘴。她会在她的访问记里,把约翰作为一个角色安排进去吗?正在失去权利的小说家和她的老板一样的儿子?

在电台,母子俩被分开了。在监控室里可以看到约翰的形象。他惊讶地发现,这回的主持人,就是中午坐在他身边吃饭的那个优雅的女人,姓莫比乌斯。"现在是'作家在工作'节目,我是苏珊·莫比乌斯;今天,我们要跟伊丽莎白·科斯特洛聊一聊。"那女人道了开场白,继而干净利索地介绍了伊丽莎白。"您最近的小说,"她继续说道,"叫

《火与冰》，背景是 20 世纪 30 年代的澳大利亚，故事讲的是一个年轻人不顾家庭和社会的反对，努力想成为一名画家。当您写这部作品时，心中是否有一个特定的人物形象？这故事的基础是否是您自己早年的生活经历？"

"不是，在 20 世纪 30 年代，我还是个孩子。当然，我们总是把自己的生活作为创作的资源——生活是主要的资源，从某种意义上说，是唯一的资源。不过，《火与冰》可不是自传。它是一部虚构作品。我是杜撰的。"

"我必须告诉听众的是，这是一部有力的作品。不过，站在一个男人的立场上来写它，您是否感到轻松？"

这是一个常规问题，可以打开那扇通向她的那些老生常谈的门。让约翰惊讶的是，他母亲并没有抓住这开门的机会①。

"轻松？不。如果是轻松的话，就不值得去做。恰恰是不轻松，是挑战。虚构出一个跟你自己不一样的人物，再虚构出一个世界，让他住进去。虚构出一个澳大利亚。"

"您在您的书中所做的，就是这个吗？就是您刚才说的，虚构出一个澳大利亚？"

"是的，我想是的。不过，在如今，那可是件不太容易的事。现在有了更多的阻力，许多其他作家已经虚构出了许多个澳大利亚，那些形象组成了一个很重的传统，你得推着它前进。那就是我们所说的传统、传统的肇始。"

"在咱们国家，您最有名的著作是《爱可尔斯街的房

---

① "opening"语涉双关，兼"打开"与"机会"二义。

子》，那是一部具有开拓意义的作品；我倒是喜欢谈谈这部作品，谈谈小说中的茉莉·布卢姆这个人物形象。您曾经声称或者说一再地声称，这个人物形象来自乔伊斯，您把她改写成了您自己的人物；对您的这种写法，批评家们曾集中讨论过。我不知道，您是否愿意谈谈您对这本书的一些想法，尤其是您对乔伊斯的挑战。他可是现代文学的开创者之一，开辟了他自己的领域。"

又是一个明显的机会，这回她抓住了。

"是的，茉莉·布卢姆——我指的是，乔伊斯的茉莉，她很有魅力，不是吗？在《尤利西斯》的字里行间，她留下了踪迹，像一只母狐狸，在发情时留下骚味。你不能说她在拿骚气诱惑男人，她做得不露痕迹。哪怕茉莉不在现场，男人们也会看到她的痕迹，闻一闻，转个圈，相互对着吠叫。

"不，我不认为自己像乔伊斯。不过，乔伊斯的有些书极富创造性，书中有很多材料可以留着以备后用，那些材料几乎是在邀请你去把它们接过来，用以建造一所属于你自己的房子。"

"可是，伊丽莎白·科斯特洛，您已经把茉莉带出来了——请允许我顺着您的比喻来说——把她从爱可尔斯街的房子里带出来了。她的丈夫，她的情人，从某种意义上说，还有塑造她的作者，都把她禁闭在那房子里，把她变成了一只蜂后，使她飞不起来。您把她带到了都柏林的大街上，给她松了绑。难道您不认为，从您这边来说，是对乔伊斯的一种挑战，一个回应？"

"蜂后,母狐……咱们还是把她的形象改一改,称她母狮吧;她在大街上趾高气扬,嗅着各种气味,看着各种景观。甚至寻找着猎物。是的,我要把她从那所房子里,尤其是那间卧室里,解救出来,床上的弹簧吱嘎作响。如你所说——就在都柏林——给她松绑。"

"如果您把茉莉——乔伊斯笔下的茉莉——看成爱可尔斯街房子里的一名囚徒,那您是否把所有女人都看成婚姻和家庭的囚徒?"

"你不能说所有女人。不过,是的,在某种程度上,茉莉是婚姻的囚徒,在 1904 年的爱尔兰,有那样的婚姻出售。她丈夫利奥波德也是个囚徒。如果说她被关在婚姻的房内,那么她丈夫是被关在房外。所以说,奥德修斯力图进屋,而珀涅罗珀①力图出门。乔伊斯和我所尊重的就是那个喜剧,那个喜剧性的神话,只不过我们以各自不同的方式表达了敬意。"

由于两个女人说话时,都戴着耳机,都对着话筒,而不是对着对方;约翰很难看清她俩合作得怎么样。不过,像平常一样,他对他母亲所表演的角色印象深刻:亲切的常识,无怨无恨,但也不乏尖锐和智慧。

"我想告诉您,"主持人继续说道(声音很冷淡;约翰

---

① 奥德修斯,又名尤利西斯,荷马史诗《奥德赛》中的主人公,原为伊萨卡岛国(希腊西部爱奥尼亚海中群岛之一)国王,号称"智多星",在特洛伊战争中献木马计,从而使希腊联军攻破围了九年未曾攻破的特洛伊城。珀涅罗珀是他忠实的妻子。在丈夫远征二十年期间,珀涅罗珀守在家里,拒绝了无数求婚者。

想：一个冷淡的女人，很能干，但一点都不轻佻），"20 世纪 70 年代，当我首次读《爱可尔斯街的房子》时，它给了我什么样的影响。当时我还是个学生，读过乔伊斯的书，被其中关于茉莉·布卢姆的章节及其所表现的极为正统的观念所吸引，也就是说，乔伊斯在此处写出了女性的真实的声音、女人的真实的感觉，等等。随后，我读到了您的书，才意识到，茉莉不是非得被限定在乔伊斯所给予她的生活方式里，她同样可以是一位知识女性，可以喜欢音乐，有自己的朋友圈子，还有一个与她相互信赖的女儿——我刚才说过，这是一个新发现。于是，我开始想到别的女人形象，想知道她们的情况；因为，她们的声音是男作家给的，而且以解放她们的名义，到最后，只落得给男性哲学帮腔或服务。我尤其想到 D. H. 劳伦斯笔下的女性形象，不过，如果您进一步回溯，这样的女性形象还可能包括'苔丝'和'安娜·卡列尼娜'，我只举出这两个名字。这是个大问题，不过，我不知道，您对此有没有什么可说的——不仅要说说马伊蓉·布卢姆和其他几个人物形象，还要说说广大妇女同胞从男人那儿夺回人生的方案。"

"不，我想，我没有任何想说的，你已经说得够全的了。当然，公正地说，男人也得从浪漫主义的老套中走出来，重新开始做'希斯克利夫'①和'罗切斯特'②那样的人，更不

---

① 英国女作家艾米丽·勃朗特小说《呼啸山庄》中的男主人公。
② 英国女作家夏洛蒂·勃朗特小说《简·爱》中的男主人公。

用说是又老又脏又贫穷的'卡索邦'①了。这将是一幅壮伟的景观。不过,严肃地说,我们不可能永远寄生于经典作品中。我自己正在摆脱经典的负担。我们得从事一些属于我们自己的发明。"

这一点根本不在采访脚本里。一个新的开始。她们的谈话会走向哪里呢?可是,唉,那个姓莫比乌斯的女人(此时,她瞥了一眼播音室的钟)并没有捡起这个话题。

"在您比较晚近的小说中,您把背景移回到了澳大利亚。能否请您谈谈,您是如何看待澳大利亚的?作为一名澳大利亚作家,对您来说意味着什么?澳大利亚是一个遥远的国度,至少美国人会这么认为。在您写作时,您是否也意识到:您是在边远的地方发送报道?"

"边远的地方。这说法有意思。目前,你会发现,许多澳大利亚人都不乐意接受这个说法。离哪儿远了?他们会问。不管怎么样,这说法有一个确定的意义——纵然这意义是历史强加给我们的。我们不是一个崇尚极端的国家——我宁愿说,我们是相当平和的——不过,我们是一个具有极端倾向的国家。我们之所以保留着自己的极端倾向,是因为从来没有过来自任何一个方面的反对。如果你开始堕落,也没有多少人会来阻止你。"

她们的话题回到了平常的事物,回到了熟悉的范围。约翰可以不听了。

---

① 英国女作家乔治·艾略特小说《米德尔马契》中的男主人公。卡索邦很有学问,一生皓首穷经,穷困潦倒,试图解开"一切神话"之谜。

咱们跳到当天晚上，说说正事，颁奖的事。作为演讲者的儿子和同伴，约翰发现自己被安排在了听众席的第一排，在贵宾之间。坐在他右边的女人作了自我介绍。"我的女儿在奥尔托纳学院读书，"她说，"正在写学位论文，是关于你母亲的。她是个铁杆迷，让我们读你母亲的所有作品。"她拍了拍那个坐在她旁边的男人的手腕。他们看上去很有钱，是老派的有钱人。毫无疑问，是慈善家。"在我们国家，你母亲很受仰慕。尤其是年轻人。我希望你把这一点告诉她。"

在整个美国，青年女子们都在写关于她母亲的论文。有崇拜者，有追随者，还有信徒。告诉母亲，她有一批美国信徒，她会高兴吗？

咱们跳过颁奖场面。太频繁地打断叙述，不是什么好主意；因为，讲故事，如果要产生效果，就要哄着读者或听者，让他们进入一种如梦状态；在这种状态里，现实世界的时间和空间会渐渐消亡，被接踵而来的小说中的时空所取代。闯入梦境，转而去注意故事的建构，会严重损坏那个现实的幻象。然而，除非咱们把几个场景跳过去，否则咱们整个下午都会停留在原地。咱们跳过去的不是文本的组成部分，而是表演的内容。

颁奖典礼如期举行；之后，讲坛上只剩下他母亲，她得发表受奖演说，议程安排中的题目是"何为现实主义"。时间到了，该她露两手了。

伊丽莎白·科斯特洛戴上了她那看书时才戴的眼镜。"女士们，先生们。"她说着，便开始念了起来。

"我出版第一本书是在1955年,那时我住在伦敦,而那时的伦敦,对澳大利亚人来说,是文化大都会。我还清楚记得邮政包裹到达那天的情景,那是提前给作者的样书。我一拿到手,自然感到很激动;因为它是印出来的,装帧好的,实实在在的,不可否认的。可是,有件事让我感到不踏实。我给出版商打电话说:'保存本寄出去了吗?'我问他。直到他们向我保证,当天下午,他们肯定把保存本寄出去,寄往苏格兰、牛津大学图书馆等地方,我才放下心来。不过,最重要的是大英博物馆。这是我的宏愿:在大英博物馆的书架上,有我的一个位置,与其他姓氏以字母C开头的大作家,如卡莱尔①、乔叟(Chaucer)、科勒律治(Coleridge)和康拉德(Conrad)等,能摩肩而立。可笑的是,结果发现,我的文学紧邻是玛丽·科里利②。

"现在有人会笑话我那样的天真。不过,在我焦灼的追问后面,有一种严肃的东西;而相应地,在严肃的后面,有一种可怜的东西,还不太容易承认。

"让我来解释一下。先不管所有那些你们已经写出来的书籍,它们行将灭亡——由于没有人买,它们将被化成纸

---

① 卡莱尔(1795—1881),苏格兰文学家、历史学家,写过几部多卷本历史著作,包括一部法国革命史和一部关于克伦威尔的传记;他学过德语,曾将德语著作翻译成英语;政治观点保守,反对民主,但学问渊博、情绪激烈;他是爱默生终身的朋友。

② 玛丽·科里利(1855—1924),原名玛丽·麦凯,英国维多利亚时代晚期著名小说家。原为钢琴家,后改写小说,擅长怪诞、奇幻风格,是当时最受欢迎的作家之一,属"通俗作家",一向不被正统文学史家所重视。所以,伊丽莎白会为自己与科里利做邻居感到"可笑"。

浆,读者会翻阅一两页,然后打个哈欠,把它们永远扔在一边,它们将被留在海边的宾馆里,或火车里——抛开所有这些行将隐没的书籍,我们肯定能感觉到,至少有一本书,它不仅会被阅读,还会受到爱惜,它会得到一个家,在书架上拥有一个位置,那位置将永远属于它。在有关保存本的想法的后面,我有这样一个愿望:纵然第二天,我自己被一辆公交车撞翻;但是,如果命不该绝,那么我这个头胎儿将有一个家,在以后的几百年里,它可以打盹,没有人会用棍子来戳它,看看它是否还活着。

"这就是我在电话里表达的一个意思:如果我,这副凡人的躯壳,即将消亡;那就至少让我能通过我的作品延续生命。"

伊丽莎白·科斯特洛继续反思着转瞬即逝的声名。咱们跳过去一些吧。

"不过,当然啦,大英博物馆,或(现在的)大英图书馆不会永远存在。它也会崩塌、腐烂,它架子上的书也会变成尘埃。不管怎么样,在那样一天到来之前的漫长时间里,由于酸性物质会侵蚀掉纸张,由于人们对空间的需求量越来越多,那些丑陋的、没人读的、没人要的书籍,将被人用车运到这个或那个地方,并被扔进火炉,它们所有的痕迹都将被人从主要目录中清除。从那以后,它将从来不曾存在过似的。

"这是通天塔图书馆的另一个幻象,对我来说,它比博尔赫斯的幻象更加让人心烦。它不是这样一个图书馆,所有我们能想到的书籍,过去的、现在的和将来的,都共存一处;它是那样一个图书馆,里面没有那些真正想出来的、写出来的和出版了的书籍,甚至图书馆的工作人员都不记得有那样的书。

"这就是我在电话里表达的另一个意思:是更加可悲的一个意思。名声本身不会把我们从遗忘中拯救出来,大英图书馆或国会图书馆也同样靠不住。在奥尔托纳学院,在这个让我自豪的夜晚,我必须提醒自己,也提醒你们,要注意这一点。

"现在,让我言归正传,'何为现实主义?'

"弗朗茨·卡夫卡讲过一个故事——也许你们知道这故事——一只猿猴,穿戴整齐,去参加一个活动,它向一群学者发表演讲。这是演讲,但也是考验,考试,口试。猿猴不得不表现出,它不仅能说听众们的语言,而且已经掌握了他们的礼仪和习俗;所以,它适合于进入他们的社会。

"我为什么要让你们想起卡夫卡的故事呢?是不是我想要装扮成一只猿猴,把自己从自然环境中拉出来,在一群挑剔的陌生人面前,被迫进行表演?我希望不是。我是你们中的一员,不是异类。

"如果你们知道这个故事,你们就会记得,它是以自白的方式表现的,猿猴的自白。在这种方式中,我们没有任何办法以局外人的眼光,去审视演讲者或听众。因为,据我们所知,演讲者不会'真的'是一只猿猴,可能只是一个人,像我们大家一样,因为受到迷惑,所以把自己想象成一只猿猴,或者,带着沉重的嘲讽,为着修辞的目的,把自己扮成一只猿猴。听众也一样,正如我们可以想象的,他们可能不包括那些腐朽的、面色红润的伪君子,伪君子们会脱下皮夹克和遮阳帽,换上晚会的行头。听众中可能包括一些猿猴的同类,它们都受过训练,如果说还没有达到演讲者的水平——他能用德语说出复杂的句子——至少也能静静地坐着听。或者,如果它们还没有被训练到那种程度,我们就把它们拴在座位上,训练它们别吱吱乱叫,捕捉虱子,或公开挠痒痒。

"我们不知道,我们不知道,我们永远不会知道,真的,这故事到底讲了些什么:是一个人跟一群人说话,还是一只猿猴跟一群猿猴说话,还是一只猿猴跟一群人说话,还是一个人跟一群猿猴说话(尽管,我想,不大可能是这最后一种情况);或者,甚至只是一只鹦鹉跟一群鹦鹉说话。

"曾经一度,我们是知道的。当作品里说'桌子上竖立着一杯水',过去我们惯于相信,真的有一张桌子,桌子上真的有一杯水;我们只需要朝文字之镜瞥一眼,就能看见桌子和水杯。

"可是,一切都终结了。文字之镜被打破了,看起来已无法修复。演讲厅里的真实情况是什么样的呢?你们的猜测跟我的一样有道理。人对人,人对猴,猴对人,猴对猴。演讲厅本身可能只是一个动物园。纸页上的文字将不再经得起磨损,不再被看重。每个人都宣称'我的意思就是我想说的'!在虔诚的罗马人家里的壁炉架上,往往供奉着家神;而在我们的壁炉架上,过去常常与《圣经》和莎士比亚著作并肩而立的,则是词典;现在这词典已经成了一册电码本,夹杂在众多书籍中。

"我出现在你们面前时的情形就是这样。我希望,我不是在滥用这讲坛的特权,说一些无用的、虚无的笑话,来嘲笑我自己,猿猴或女人,并嘲笑你们,我的听众们。尽管我无权对卡夫卡的故事的要点说三道四,但我可以说,至少这一点不是那个故事的要点。我相信,曾经有过一段时间,我们能说出自己是何许人。而现在,我们只是在表演自己的角色。连底线都没了。不管这丢失的是什么样的底线;假如不是因为这一底线很难引起我们的敬意,我们可能会把这一转变看成是悲剧性的——在我们看来,它现在就好像是一个幻象,只有在座诸位把目光聚在一处,才能看见这幻象。只要你们的目光移开一会儿,镜子就会摔到地上,碎裂。

"此刻,我站在你们面前,有种种原因使我感到不够自信。虽然有这个卓越的奖项——对此我表示深挚的谢意——尽管这奖项会带来美好的前景,在我之前,已经有一些杰出人士获得过该奖项,现在我也进入了他们的行列,使我有希望摆脱时间的嫉妒的掌控。但是,如果我们是现实主义者,我们会明白:你们所看重的这些书终将没人阅读,没人记住。这只是个时间问题。我个人只不过是跟那些书的产生有过一点关联。完全是这么回事。我们常常强迫自己的子孙去记一些东西,我们应该对他们所负担的记忆有所限制。他们将拥有一个属于他们自己的世界,我们在其中的作用应该越来越小。谢谢大家。"

一开始掌声还有点犹豫,随后便响成一片。伊丽莎白摘下眼镜,微笑着。这是动人的笑:她似乎在品味这一刻。

表演者——演员、歌手、小提琴家,不管应得,还是不应得,都有权沐浴在掌声中。为什么他母亲就不能拥有这荣耀的一刻呢?

掌声渐渐衰歇。布罗特嘉姆主任斜着身子对着话筒说:"有点心和饮料——"

"对不起!"一个清晰、自信而年轻的声音打断了主任的话。

听众们一阵骚乱,纷纷转过头。

"大堂里有点心和饮料,还陈列着伊丽莎白·科斯特洛的一些书籍。请跟我们一起去那儿。至于我——"

"对不起!"

"怎么啦?"

"我有个问题。"

说话者站了起来:一个女孩,穿着红白相间的奥尔托纳学院的校服。布罗特嘉姆明显觉得为难。至于约翰的母亲,此时已经失去了笑容。约翰理解母亲的表情变化。她已经受够了,她想离开。

"恐怕不行,"布罗特嘉姆说,他皱着眉头,偷偷环顾四周,寻求帮助,"咱们今晚的议程里是不允许提问的。我想谢谢——"

"对不起!我有个问题要问演讲人,我可以跟她说话吗?"

一阵安静。所有眼睛都盯着伊丽莎白·科斯特洛。她冷峻地盯着远处。

布罗特嘉姆攒足了劲说道:"我想向科斯特洛女士表

示感谢；今晚能跟她在一起，真是我们的荣幸。请跟我到大堂里去。谢谢大家。"说完，他把话筒拔了下来。

众人在离开演讲厅时，发出了一阵"嗡嗡"的谈话声。就好像出了什么事。约翰能看见那个穿着红白相间的衬衫的女孩，她走在人群中，就在他前面。她走路的姿势僵硬而挺直，似乎还在生气。那问题会是什么呢？让她把问题说出来，难道不是更好吗？

约翰害怕大堂里会重新出现这一幕。不过，大堂里什么都没发生。那女孩离开了，消失在了夜色里，也许是被轰出去的。然而，这事留下了一种坏影响；有人可能会说，这整个晚上的气氛被搞糟了。

众人三五成群，窃窃私语。他们似乎有一个很准的猜测，他也有一个很准的猜测。在这样的场合，人们可能期望著名作家伊丽莎白·科斯特洛能说点什么，而她没说。问题就在这儿。

此时，约翰可以看见，在他母亲周围，布罗特嘉姆主任和其他一些人正在忙乱着，力图使事态平息下去。他们付出这一切，是想让她回家之后，对他们和学院有一个好印象。不过，他们还必须朝前看，展望 1997 年，希望 1997 年的评审委员会提出一个可爱一些的获奖者。

我们跳过大堂中的其他情景，把目光转向宾馆。

伊丽莎白·科斯特洛就寝了。她儿子在自己的房间里看了一阵子电视。随后，他变得心神不宁，跑到了楼下的休息室，他看到的第一个人是苏珊·莫比乌斯，那个为电台采访他母亲的女人。莫比乌斯向他招手。莫比乌斯身边还有一个人，但那人很快就离开了，只剩下他们俩。

约翰发现，苏珊·莫比乌斯颇有姿色。她穿着讲究，比学院惯常所允许的还要讲究。她笔直地坐在椅子上，肩膀端平。她留着一头长长的金发，那摆动头发的动作活像女王。

他们绕过当天晚上的事情，谈起了电台作为一种文化传媒的复兴。"我知道，您已经为她写过一本书了。不巧的是，我还没读过。您对她有什么好的评价吗？"

"我相信，有的。伊丽莎白·科斯特洛是我们时代的一位重要作家。我的书不只写她，但她在其中占据着显要的位置。"

"一位重要作家……您是说，她对我们大家，还是只对女性而言，是一位重要作家？在采访进行期间，我有一种感觉，您只把她看成了一位女作家，或者说一位女性作家。假如她是男人，您是否还把她看作重要作家？"

"假如她是男人？"

"或者说，假如您是男人？"

"假如我是男人？我不知道。我从来不是男人。在我想当男人的时候，我会让你知道的。"

他俩都笑了。笑声中确实有某种意味。

"可是，我母亲当过男人，"约翰坚持道，"她还当过狗呢。她会设身为别人，或别的生物进行思考。我读过她的作品；我知道，那是她的一种能力。这种能力使我们脱离自身，进入别的生命。对小说写作，它是否是最重要的？"

"也许吧。不过,你母亲毕竟还是一个女人。无论她做什么,她都是作为一个女人在做。作为一个女人,而不是男人,她栖居于她笔下的人物之中。"

"这一点,我没看出来。我发现,她笔下的男人完全值得信赖。"

"你之所以没看出来,是因为你不愿意好好看。只有女人才愿意好好看。这是女人之间的事。要是她笔下的男人真的都可信,而且都是好男人,那么,我很乐意听你这么说,可是,最终说起来,小说只是模仿而已。女人善于模仿,在模仿方面,甚至在滑稽模仿①方面,要比男人强。我们的触觉要轻巧一些。"

苏珊·莫比乌斯又笑了。看看我的触觉可以是多么轻巧,她的嘴唇仿佛在说。柔软的嘴唇。

"要是她作品中有滑稽模仿,"约翰说,"那也是太微妙了,我承认,我没看出来。"两人沉默了好一会儿。"那么说来,您认为,"他终于又说道,"我们,男人和女人,在两条平行线上生活,永远不会真正相交。"

谈话的要旨发生了变化。如果说刚才他们一直在谈论写作,那么现在他们再也不谈了。

"你是怎么想的?"苏珊说,"你的经验是怎么告诉你的?差别真的这么严重吗?假如男女之间没有差别,那欲望将变成什么?"

苏珊直视着他的眼睛。该走了。他站了起来;她摘下

---

① 一种修辞手法,通过故意模仿来达到嘲讽模仿对象的效果。

眼镜,也慢慢地站了起来。在她走过他身边时,他挽住了她的胳膊肘。在那碰触的刹那,一阵电击似的感觉贯穿他全身,使他感到眩晕。不同的、相反的两极。此时是宾夕法尼亚的午夜,墨尔本是什么时间?在这陌生的大陆,他在干什么?

他俩单独待在电梯里。那不是刚才约翰和他母亲乘坐的电梯:在另一个升降机井里。在这宾馆的六角大楼里,在这蜂窝里,哪儿是北,哪儿是南?他把苏珊挤在墙上,吻了她,在她的气息里,闻到了烟味。"研究":以后可以这么称呼她吗?她用的是二手资料吗?约翰再次吻她,她回吻;肉与肉的接触。

到十三楼,他俩走出电梯;他跟着她,沿着楼道走着,向右,又向左,直到他迷了路。这是蜂窝的中心:他们要找的地方就是这儿吗?他母亲的房间号是1254。他的是1220。苏珊的是1307。居然有这样一个号,约翰感到奇怪。他以为,从十二层就直接到十四层了,还以为那是这宾馆自己设立房间号码的规则呢。那么,以1254房为参照,1307房在哪个方位,北、南、西还是东?

咱们再往前跳一跳。这回是在小说中,而不是在舞台上。

正当他在回顾过去几个小时中发生的事情时,突然之间,一股外力使他回过神来;原来,她的脚在他胳膊底下一滑,她便朝着他的腋窝跌去。真怪,他对整个过程的回忆居然被一瞬间的意外所支配;这一瞬间并不非常重要,不过,非常生动,他现在几乎还能感觉到那魔鬼大腿碰触着他的皮肤。心灵在本质上是否更喜欢感觉而不是观念,具象而不是抽象?或者说,那女人弯曲的双腿只是记忆的途径,由此展开的将是整个后半夜?

他俩躺着,腰贴着腰,在黑暗中,在记忆中,聊着。

"那么,访问成功吗?"她问道。

"按谁的观点来看呢?"

"你的啊。"

"我的观点是无所谓的。我是跟着伊丽莎白·科斯特洛来的。她的观点才要紧哪。是的,很成功,成功极了。"

"我是否点到了你的痛处?"

"没有。我是来帮忙的——就这么回事。"

"你真好。你是否感觉欠她点什么?"

"是的。孝顺。这是母子间最自然的感情。"

她弄乱了他的头发。"别生气。"她说。

"我不生气。"

她滑到了他身子下面,抚摸着他。"成功极了——这话是什么意思?"她喃喃着。她没有放弃。为了得到某种可以被看作战利品的东西,这回,她还得在床上付出代价。

"演讲并不成功。她觉得很失望。她花了很大的功夫。"

"演讲本身没有任何问题,不过,题目不合适。而且她不应该在引用别人的话时太倚重卡夫卡。有比卡夫卡更好的作品嘛。"

"有吗?"

"有的,更好,更合适。这是在美国,在 20 世纪 90 年代。人们不想再听卡夫卡这类劳什子。"

"他们想听什么呢?"

她耸了耸肩,"更加个人的东西。不一定是私人的。不过,对沉重的历史性的自嘲,听众不会再有好的反应。必要时,他们可以从男人那儿接受这类自嘲,但不是从女人那儿。一个女人不需要穿戴那一整副自嘲的盔甲。"

"男人需要吗?"

"你说呢。如果这是个问题,那它就是一个男人的问题。我们没给男人颁奖。"

"你是否考虑过这样一种可能性,就是说,我母亲可能具有某种超越男女界限的东西?她可能已经探索到了尽头,现在她所求索的是更大的猎物?"

"比如说?"

她那一直在抚摸着他的手停住了。这一刻很重要,他能感觉到这一点。她在等他的回应,等着他特许跟她亲热。他还能感觉到这一刻的激动,那电击一般的、不顾一切的激动。

"比如,她跟那些杰出的死人较量;比如,她赞扬那些鼓舞她的力量。这些都是例子。"

"她是那样说的吗?"

"难道你不认为,在她整个一生中,她都在那样做吗?你们行当里就没人看出这一点?"

约翰不应该这样说话,而是应该不管他母亲的事。他之所以躺在这陌生女人的床上,不是因为他有一双漂亮的蓝眼睛,而是因为他是他母亲的儿子。不过,他像个傻子似的,却在这儿像倒豆子似的倒出秘密！这肯定是女间谍的招数。没什么微妙的。男人之所以受到诱惑,并不是因为他有意志去抵制那本来就可以巧妙地克服的东西,而是因为被诱惑本身就是一种快乐。一个人之所以屈从,是因为他本来就是一个屈从的人。

夜间,他醒了一次,满心悲哀,这悲哀是如此之深,以至于他都想哭。他轻轻地抚摸着那个女人的裸露的肩膀,但她没有反应。他的手顺着她的身子摸下去:胸脯、腹部、屁股、大腿、膝盖。毫无疑问,每一处都很诱人,但再也不会使他感到激动,反而使他感到空虚。

他恍然看到母亲躺在一张双人大床上,蜷缩着身子,弯曲着膝盖,裸露着脊背。就在她背上,就在她那老年人的苍白肌肤上,插着三根针:不是针灸医生或伏都教教徒①用的那种细针,而是灰色的粗针,编织用的针,钢的或塑料的。那些针没要她的命,不需要为此而担心,她睡着,呼吸正常。然而,她躺在那儿,却被针扎着。

这是谁干的？谁会这么干呢？

约翰觉得,在那空荡荡的房间里,一种精神上的孤寂气氛正盘旋在老母亲的头顶上。他的心都碎了。悲哀的泪水犹如一注灰色的瀑布,在他的眼睛里流泻而下。这个房间的号码中带着不吉利的"13",无论如何他都不应该来。错误的一步啊。他应该立即起来,偷偷溜出去。可是,他没有那么做。为什么？因为他不想一个人睡,但又想睡觉。他

___

① 伏都教是西非的一种原始宗教。

想,睡觉,就是挽起那乱糟糟的忧虑的袖子。① 这种写法多么非凡啊!世上有些猴子会在打字机旁敲掉它们的一生,不过,并不是所有这些猴子都会用这种方式编排文字。让文字从黑暗中出现,从乌有乡出现:从无到有,像个新生儿;费尽心机,绞尽脑汁。这整个工作过程繁复有如电化反应。一个奇迹。他闭住了眼睛。

省略一段。

当约翰下楼吃早饭时,她,苏珊·莫比乌斯,已经在餐厅里了。她穿着白色的衣服,看上去休息好了,一副满意的样子。他坐到了她身边。

苏珊从手提包里拿出一样东西,放到了餐桌上:他的手表。"这表有三个小时的误差。"她说。

"不是三,"约翰说,"是十五。堪培拉时间。"

她的眼睛盯着他的眼睛,或者说,他的盯着她的。绿光闪烁。他感觉自己被猛地拉了一下。一个尚未开发的大陆,而他就要离开这大陆了!痛苦,失落带来的微痛,袭遍了他的全身。这痛苦中并非不夹杂着快乐,像某种程度的牙痛。他可以非常严肃地考虑一下自己跟这个女人的关系,他可能再也见不到她了。

"我知道你在想什么,"她说,"你在想咱们再也不会见面了。你在想,投资没回报了。"

"你还知道什么?"

---

① 比喻"忧虑的终结"。作者在此故意戏仿了华丽的修辞风格,以达到嘲讽的效果;所以,紧接着说有猿猴"编排文字"的挖苦性比喻。

"你以为我一直是在利用你。你以为我一直是想通过你接近你母亲。"

她笑着。决不是傻子。高明的玩家。

"是的。"约翰说。"不,"他深深地吸了一口气,"我会告诉你,我真实的想法。纵然你自己不愿意承认;但是,我认为,你为人性中某种神圣的东西感到困惑。你知道,我母亲身上有某种特殊的东西——那正是她吸引你的地方——可是,当你亲眼见到她时;她表现出,她只是一个普普通通的老女人。你无法让特殊和普通这两者一致起来。你需要一个解释。如果不是从她那儿,就是从我这儿,你想找到一条线索、一个迹象。就是这么回事。一切都挺好,我不在乎。"

在用早餐,在喝咖啡、吃面包时,说这样的话,真怪。他不知道自己脑子里有这些词。

"你真的是她儿子,不是吗? 你也写东西吗?"

"你是说,我领受上帝的点拨? 你说得不对。不,对,我是她儿子。不是弃儿,也不是养子。我就来自她的身体,在猫叫春的时候。"

"你有个姐姐。"

"同母异父的,来自同一个母体。实实在在,我们俩都是。肉是她的肉,血是她的血。"

"你从来没有结过婚。"

"你错了。结过,又离了。你呢?"

"我有老公。老公,加上一个孩子,我的婚姻很幸福。"

"那就好。"

没什么别的可说的了。

"我会有机会跟你母亲告别吗？"

"在电视采访之前，你可以抓到她。十点，在舞厅。"

省略一段。

电视台的人之所以选定舞厅，是因为那里有红色的天鹅绒窗帘。就在窗帘前，他们已经为他母亲放好了一把装饰相当华丽的椅子，另有一把比较朴素的，是给那个将跟伊丽莎白一起工作的女人准备的。苏珊进门后，必须穿过整个房间。她做好了穿行的准备。她背着一个小巧的牛皮包，步履轻松而自信。疼痛再次袭来，那是即将面临的失落的疼痛，很轻，有如羽毛刷过。

"科斯特洛夫人，很荣幸认识您。"苏珊说着，握住了他母亲的手。

"叫我伊丽莎白吧，"他母亲说，"请女王原谅①。"

"伊丽莎白。"

"我想把这个送给你。"苏珊说着，从包里取出了一本书。封面上有一个女人，穿着古希腊人的衣服，手里拿着一个卷轴。书的题目是《还原一段历史：女人与记忆》。作者是苏珊·凯叶·莫比乌斯。

"谢谢你，我很想读到它。"他母亲说道。

为这采访，约翰得待在那儿。在他母亲把自己变成电视台所需的样子时，他在一个角落里坐着，看着。昨天晚

---

① 澳大利亚属于英联邦国家，国家元首是英国女王伊丽莎白，伊丽莎白·科斯特洛因为与女王同名，所以当她要别人叫她伊丽莎白时，不忘请求女王原谅自己（哪怕只是口语形式上的）。

上,母亲拒绝说出那些稀奇古怪的事,此刻全都说出来了;变化真大。她讲到了她在澳大利亚内地度过的童年时代的故事。("你得有这个概念,澳大利亚太大了。我们这些后来的居民,在澳大利亚后方,都只是虱子。")她讲到了电影界的事,讲到了她交往过的男女演员;她还讲到了她的小说被改编的情况,以及她自己对改编的看法,("电影是一种简化媒介。这就是电影的本质。你可能还得学着理解这一点。电影是大手笔制作。")接着,她提了一下当下世界。("看到自己周围有这么多能干的年轻女子,她们都知道自己想要什么;这让我感到开心。")她甚至谈到了鸟类观察。

采访结束之后,苏珊·莫比乌斯的书差点被忘在那儿;是约翰把它从椅子底下捡了起来。

"我希望大家不要送书,"伊丽莎白嘟哝着,"我到哪儿去找地儿放书呀?"

"我有地儿。"

"那你拿着吧。把它保存好。她真正追逐的人,是你,而不是我。"

约翰看到书上的题词:"送给伊丽莎白·科斯特洛,并致谢意和敬意。""是我?"他说道,"我觉得不是。我只是"——他的说话声近乎颤抖——"这场赌博中的抵押品。您才是她既爱又恨的人。"

约翰几乎有点结巴了;不过,他起初想到的词不是"抵押品",而是"指甲片",一块被剪掉的脚指甲。我们会带着自己的目的,偷偷地用纸巾把它包起来,拿走。

他母亲没有作答,但冲他笑了笑,那是迅速而突然的胜利的微笑——在任何别的场合,他都没有看到过。

母子俩完成了在威廉姆斯镇的任务。电视台的人们正在打包。半个小时之后,出租车会带他们去机场。多多少少,伊丽莎白赚了,而且是在国外赛场上,赚了一笔"外"快。她可以带着真实的自我,平安地回家了;同时,把一个形象,一个假象,像所有假象一样,抛在身后。

他母亲的真我是什么呢?他不知道;而且,在心灵深处,他不想知道。在这里,他只想保护她,替她挡驾,挡住那些索要纪念物的人、傲慢无礼的人以及容易动情的崇拜者。他有自己的想法,但他不愿意说出来。要是他愿意说,他会说:"这个女人,你们把她的话当成《圣经》,就好像她是西比尔①;但就是这个女人,四十年前,日复一日,把自己藏在罕普斯戴德的卧室兼起居室里,自言自语;傍晚时分,她慢慢地溜达出去,到雾蒙蒙的大街上,去买她赖以为生的鱼和油煎土豆片,夜里则和衣而睡。也就是这个女人,后来,绕着墨尔本的一所房子,狂怒地咆哮着,头发蓬乱地飞扬着,冲着自己的孩子大喊大叫,'你们要杀害我!你们在我身上割肉!'(事后,他跟姐姐一起躺在黑暗里,姐姐抽泣着,他安慰着她;那时他七岁,生平第一次品尝到了保护别人的滋味。)这些是神谕的隐秘之处。在你们知道她真正的样子之前,你们怎么会有理解她的渴望?"

约翰并不恨他母亲。(就在他想着这些话时,另一些话回响在他的脑后:那是威廉·福克纳笔下一个人物所说

---

① 古罗马传说中的女巫,女预言家。

的话,那人一直疯狂地重复着说,他不讨厌南方。他是谁?)恰恰相反。他要是厌恨她,那么老早以前,他就会在两人之间设置尽可能大的距离。他不恨她。他在她的神殿前义务劳作,在神圣而混乱的一天过后,他忙于收拾,扫除花瓣,收集各种供品,把那老寡妇的一些小东西放在一处,准备封存起来。他可能不算狂热的信徒,但他也崇拜她。

神圣的代言人。但"西比尔"这个名字用在她身上不恰当。"神谕"也不恰当。太具有古希腊古罗马气息了。他母亲不属于古希腊古罗马的类型。更像中国西藏或印度的。神明化身为孩子,坐着车,从一个村子走到另一个村子,受人欢呼,受人崇敬。

随后,他俩坐上了出租车,穿行在街道上;那些街道已经有了即将被遗忘的气息。

"好了,"他母亲说,"一次干净的逃亡。"

"我觉得也是。您放好支票了吗?"

"支票,奖章,都放好了。"

跳过一段。母子俩到了机场,在大门口,他们等着喇叭里喊他们的航班号,那架飞机将载着他们完成回家的第一段旅程。朦朦胧胧地,在他们头顶的喇叭里,正在播放"一支小夜曲"①,节奏粗犷而强劲。在他们对面,坐着一个女人,正在从纸桶里抓爆米花吃,胖得几乎脚趾都不能着地。

"我可以问您个问题吗?"约翰说道,"为什么要有文学史?为什么文学史中要有如此严酷的一章?现实主义:在

————————
① 原文为德文。

这个地方,没有人想听现实主义的东西。"

伊丽莎白在手提包里乱翻着,没有回答他。

"每当我想起现实主义,"他继续说道,"我就会想起农民们,他们被冻在了冰层里,我就会想起挪威人,他们穿着发臭的内衣。您对现实主义有什么样的兴趣?卡夫卡是从哪儿切入现实主义的?卡夫卡跟现实主义到底有什么关系?"

"穿着什么?发臭的内衣?"

"是啊。他们穿着发臭的内衣,挖着鼻子。您不写那样的东西。卡夫卡也不写。"

"是的,卡夫卡没有写挖鼻子的人。不过,卡夫卡有时间疑问:那只猿猴受教育不多,将在哪里以及如何找到伴侣。最后,那些管制它的人弄来一只雌猴,供他享用;那雌猴迷惑不解,还不太驯顺。当它被留在黑暗里,跟那雌猴待在一起时,会出现什么样的情景呢?卡夫卡的猿猴深入生活,重要的是深入生活,而不是生活本身。那猿猴正如你和我,深入生活,你深入我的生活,我深入你的。那猿猴一直被追踪,直到生命的尽头;那是痛苦的、难以言说的尽头,它可能会在书页上留下一些痕迹,也可能不会。就在我们沉睡的间隙,卡夫卡保持着清醒;那正是他切入现实主义的地方。"

那个胖女人直直地盯着他们,一双小眼睛一会儿瞧瞧这个,一会儿瞧瞧那个。一个是穿着雨衣的老妇人,另一个是有点秃头的男人,可能是她的儿子;两人争吵着,带着可笑的口音。

"那好，"约翰说道，"如果您说的是真的，那么这令人厌恶。这是在管理动物园，不是写作。"

"一个是没有管理员的动物园，另一个是理念动物园。你更喜欢哪个？在前一个动物园里，当你停止看着动物们时，它们会沉沉入睡。在后一个动物园中，大猩猩笼子里关着的是关于大猩猩的理念，大象笼子里关着的是关于大象的理念。在二十四小时内，一头大象会拉出多少公斤的固体废料，你知道吗？如果你想要一个真实的大象笼子，里面关着真实的大象，那么，你就需要动物管理员，跟在大象背后，清扫它们的粪便。"

"您偏离正题了，母亲。别这么激动嘛。"约翰转而对胖女人说，"我们是在讨论文学，现实主义的主张和理想主义的主张。"

胖女人没有停止咀嚼，从他们身上移走了目光。约翰想到她嘴里反刍着嚼碎的玉米和唾沫，不禁打了个寒战。这些东西会消失在哪儿呢？

"跟在动物身后清扫它们的粪便，跟看着它们自行其是，是有区别的，"他又开始说道，"我问的是后者，而不是前者。难道动物就不配跟我们一样，拥有一种私密的生活？"

"如果它们是在动物园里，就不会，"母亲说，"如果它们让人观赏，就不会。你一旦被人关注，你就不会再有私密生活。总之，在你通过望远镜窥视星星之前，你得到过它们的许可吗？星星们的私密生活是什么样的呢？"

"母亲，星星都是石块。"

"是吗？我还以为它们是有着数百万年历史的光痕呢。"

"联合航空公司直达洛杉矶的 323 航班现在开始登机，"他们头上的一个声音说道，"需要帮助的乘客，和带小孩的乘客，可以到前面去。"

在飞机上，伊丽莎白几乎没碰她的食物。她要了两杯白兰地，连着喝了，便睡着了。几个小时之后，当飞机开始朝着洛杉矶俯冲时，她仍然睡着。乘务员拍了拍她的肩膀，"夫人，请系好您的安全带。"她没有动弹。约翰跟乘务员对望了一下。他欠过身，帮她系上了安全带。

伊丽莎白深陷在座位上，脑袋偏向一边，嘴巴张开着，微微地打着鼾。当飞机倾斜着转弯时，光线由舷窗闪射进来，阳光灿烂地照耀着加利福尼亚。约翰俯看着母亲的鼻孔，可以看到她嘴巴里的情景，再往下可以看到喉咙的上部。看不见的，他可以想象出来：那咽喉，粉红，丑陋，咽东西时会收缩，像巨蟒，把各种东西往下吞，一直吞到那梨形的肚囊里。他移开身子，系紧了自己的安全带，坐直了，平视前方。不，他对自己说，我不是来自那儿，不是那儿。

第二课　非洲的小说

　　在晚宴上，伊丽莎白碰到了 X，她已经有几年没见 X 了。她问他，是否还在昆士兰大学①教书。他回答说，不了，他已经退休，现在旅游部门工作，周游世界，同时放映老电影，跟退休了的人们谈论伯格曼②和费里尼③。他未曾为工作的变动后悔过。"薪水挺丰厚，有机会周游世界，而且——您知道吗？——那个年龄的人真的会听您说话。"他力劝她也试一回，"您是名人，著名作家。如有机会带您一起去，我工作的那条旅游航线上的人会高兴得跳起来的。您将是他们帽子上的翎毛④。主任是我朋友；您只要说一句，我就去跟他说。"

　　这个建议很吸引她。她上次坐船，还是在 1963 年；那

---

① 昆士兰大学，建于 1910 年，是澳大利亚最古老、规模最大的学府之一，也是昆士兰州历史最悠久的大学。主校区在布里斯班市。

② 英格玛・伯格曼（1918—2007），瑞典电影导演。其父亲是新教高僧。宗教生活的刻板伪善，使他对僧侣、律师、医师等职业产生怀疑。主要作品有《第七封印》《处女之泉》等。

③ 费里尼（1920—1993），意大利电影导演、编剧。主要作品有《八部半》《甜蜜的生活》等。

④ 比喻可资夸耀的东西。

时她刚由英国，由那个母国①，回到澳大利亚。不久之后，他们就开始让这些海上航行的大船一艘艘地退役，然后将它们拆毁。一个时代结束了。她不介意再度乘船出海。她愿意去造访复活节岛②和圣赫勒拿岛③，拿破仑曾在那儿卧薪尝胆。她想去看看南极洲——不仅是要亲眼看看那广阔的地域，那贫瘠的荒原，而且要踏上那第一个也是最后一个大陆，去体验一下，作为一个真正的活人，在不适于人类居住的严寒地带，是什么感觉。

X 做得跟他说的一样好，从斯德哥尔摩的斯堪的亚④旅游公司总部，发来了一份传真。12 月，"SS 北方之光"号游船将由基督堂市⑤出发，经过十五天的航行，驶向"罗斯冰架"⑥，然后继续前往开普敦。她是否有兴趣加入"教育与娱乐组"？斯堪的亚游船上的乘客，那份传真说："都是有辨别力的，都会进行严肃的休闲活动。"船上的讲课内容将着重于鸟类学和冷水生态学；不过，如果著名作家伊丽莎

---

① 澳大利亚属于英联邦，英国本是她的宗主国，也称母国。
② 智利的复活节岛位于烟波浩渺的南太平洋上，面积仅一百一十七平方公里。它以神秘的巨石人像、"会说话的木板"和奇异的风情吸引着无数游人。它被称为"世界的肚脐"。
③ 圣赫勒拿岛是另一个孤立的残留殖民地，位于南大西洋，离非洲海岸一千多英里。一世枭雄——法国军队统帅拿破仑·波拿巴（1769—1821）于 1815 年滑铁卢战役失败后被捕，并被英国政府流放到圣赫勒拿岛。1821 年 5 月 5 日下午 5 点 40 分，年仅五十二岁的拿破仑死于该岛。
④ 斯堪的纳维亚的简称。
⑤ 基督堂市，新西兰南岛东岸港口城市。
⑥ 罗斯冰架是世界上最大的冰架（很厚的浮冰），有美国得克萨斯州那么大。原本与南极洲连在一起，现在已经断裂出去。

白·科斯特洛能抽出时间,简单讲点什么,比如,当前的小说,那么斯堪的亚旅游公司将不胜荣幸;如果她能讲,如果她能跟乘客们见面,那么,作为回报,她将得到一个头等舱的铺位,一切费用都由公司付,还可以免费乘飞机,前往基督堂市,并由开普敦返回。另外,她将得到一笔丰厚的酬金。

这是一个她无法拒绝的条件。12月10日上午,在基督堂市港口,她上了游船。她发现,自己所在的舱很小,但很舒服。有个年轻人负责协调"教育与娱乐组",对她很尊重。乘客们跟她同桌吃中饭,他们主要是退休人员,她的同代人;他们都快乐而谦恭。

在跟她同席演讲的名单上,她只认得一个名字:伊曼纽尔·艾古度,来自尼日利亚的作家。在她注意记住这个名字几年前,她跟艾古度就认识了,可以追溯到在吉隆坡举行的一次笔会。在那次会上,艾古度大声地作了火热的演讲,是关于政治的;她的第一印象是,艾古度是个装腔作势的人。后来,她读了他的作品,但没有改变对他的看法。不过,现在,她想知道,一个装腔作势的人是什么样的,看起来不是他自己,看上去跟我们有哪些相同之处呢。总之,非洲的事情可能就是有点怪异。在非洲,一个人用来装腔作势的东西,一个人用来夸夸其谈的东西,可能偏偏就是男子汉气概。她能说谁呢?

伊丽莎白自己注意到,随着年龄的增长,她对男人,包括艾古度,变得宽容了;这有点奇怪,因为,在其他方面,她变得越来越(她小心地选择措辞)刻薄了。

在舱里举行的鸡尾酒会上,她主动走向艾古度(他晚到了)。艾古度身上穿着一件款式活泼、颜色鲜绿的短袖套衫,脚上穿着一双雅致的意大利皮鞋。他的胡子尽管已经有点发白,但他的身材依然很好。他冲她灿烂地微笑,跟她拥抱。"伊丽莎白!"他大声叫道,"见到你真好!我自己什么打算都没有!咱们有这么多事赶着要做!"

在他的词典里,"赶着要做"的意思是"谈论他自己的一些活动"。他告诉伊丽莎白,他不再像以前那样,长时间待在自己的国家。他说,他已经变成了"一个惯犯似的习惯于流亡的人"。他已经弄到了几个美国证件;他以巡回演讲谋生,这样的演讲已经扩展到了游船。这将是他第三次在"北方之光"号上旅行。他发现,这样的旅行很安宁,很惬意。他说,谁能料想得到:一个从非洲来的乡下孩子,居然会有如此好的结局,躺到"奢华"的怀抱里了?他又给了她一个特殊的微笑。

"本人也曾是个乡下女孩,"她本想说,"从乡下来,没什么异常的。"这话在一定程度上说的是事实,但她没说出来。

主办方希望,每一位娱乐组的成员都公开作一次简短的演讲。"只需要说说你们是干什么的,从哪里来的。"那年轻的协调员用英语解释道,带着习惯性的小心语气。他叫迈克尔,长得很英俊,身材高大,一头金发,典型的瑞典人;但很沉闷,伊丽莎白觉得,他太沉闷了。

海报上说,她的讲题是"小说的未来",艾古度的讲题是"非洲的小说"。根据安排,她将在出海第一天的上午讲;艾古度则在同一天下午讲。晚上讲的是"鲸鱼的生活",可以听鲸鱼声音的录音。

迈克尔先作介绍。他把伊丽莎白称作"澳大利亚著名作家,《爱可尔斯街的房子》和许多其他小说的作者,我们能把她请到我们中间来,真是万分荣幸"。这话激怒了她,因为那本书是很久以前写的,而她再次被介绍是那本书的作者。不过,对此,她也莫可奈何。

伊丽莎白以前讲过"小说的未来"这个题目,事实上已经讲过好多次了,有时扩充一些,有时收缩一下,视情况而定。毫无疑问,"非洲的小说"和"鲸鱼的生活"也一样,可长可短。看眼前这情况,她决定用浓缩版。

"'小说的未来'不是一个我很感兴趣的题目,"她以这句话开场,力图使听众受到震撼,"事实上,我对一般意义上的未来并没有多大兴趣。未来究竟是什么?只是由希望和期待组成的一种结构吗?它的住所在我们心里。它不具备任何现实性。

"当然,你们可能会回复我说,过去也像是一部小说。过去是历史,而所谓历史,只是一个故事,只是我们的自说自话吗?不过,过去有些东西很神奇,那是未来所没有的。过去的神奇之处在于:我们已经成功地——至于如何成功,只有上帝知道——把千百万小说牢牢地锁在一起,让我们把它们看成一个共同拥有的过去、一个共同享有的故事;而这些小说本来都是由个人创作的。

"未来就不一样了。关于未来,我们没有一个大家可以共享的故事。过去的创作似乎耗尽了我们的集体创造力。跟我们过去的小说相比，未来的小说是粗略的、苍白的，犹如天堂的幻象。这幻象是天堂的，甚至是地狱的。"

"小说，传统的小说，"伊丽莎白继续说，"是一种努力，即力图理解，在某一段时间内，在某一种情况下，人类的命运；还要理解，我们的某一位同类，起点是 A，经过 B 和 C 和 D，他是如何在 Z 上结束的。如同历史，小说也是一种练习，一种使过去显得一以贯之的练习。如同历史，小说探索的是人物和环境，这些人物和环境对现实的形成，分别是有贡献的。通过这种探索，小说暗示，我们可以探求现实的力量，从而创造未来。正是因此，我们才有这玩意儿，这种叫作小说的东西，或者说媒体。"

她听着自己说话，不太确定自己是否还相信自己说的话。几年前，她写下这样的想法时，它们肯定有一种紧紧抓住她的力量；可是，她已经重复说了很多遍，它们已经有了一种倦怠而不可信的调子。另一方面，她已经不再强烈地信奉某种信仰。她现在认为，即使我们不相信，事情可能还是真的，反过来说也行。到最后，信仰可能只是一种能量，就像一节电池；我们把它弄成一个抽象的概念，是为了让它发挥作用。在我们写作时，会出现这种情况：为了完成工作，相信你不得不相信的一切。

如果说她在相信自己的论辩方面有麻烦，那么，当她想阻止这种信仰缺席的状态出现在她的声音中时，她的麻烦就大多了。尽管她是著名作家，正如迈克尔所说，是《爱可尔斯街的房子》和其他一些书的作者；尽管听众们基本上是她的同代人，应该说跟她拥有相同的过去；但是，在她演说结束时,他们的叫好声就是缺乏热情。

在听伊曼纽尔演讲时,她坐在后排,以免被人注意。刚才他们一起吃了一顿丰盛的午餐,此时正在这依然平静的海面上,向南航行。听众中有些老好人——她猜想,大约有五十人——随时都要打瞌睡。实际上,谁知道呢,她自己可能也会打盹。在这种情况下,最好是不让人注意到。

"你们肯定想知道,我为什么要把'非洲的小说'选做我的讲题。"伊曼纽尔开场道。他的声音很急促,但毫不费力,"非洲的小说有什么特殊的呢? 是什么因素使它变得与众不同,与众不同到要引起我们的关注?

"好,让我们来看看。让我们从字母开始谈起;我们都知道,关于字母的观念并不是在非洲发展起来的。许多东西都是在非洲发展起来的,比你们能想到的还要多,但字母不是。非洲人不得不引进字母,起初经由阿拉伯人,随后经由西方人。在非洲,写作本身,更别谈小说写作了,是晚近的事。

"你们可能会问,没有小说写作,就不可能有小说吗? 在我们的朋友们,也就是那些殖民者出现在我们门口的台阶上之前,我们非洲有小说吗? 此时此刻,我只是提出这个问题;等一会儿,我会回过头来回答它。

"再请注意:读书不是非洲人典型的消遣方式。音乐是,舞蹈是,吃饭是,聊天是——聊得很多。但阅读不是,他们尤其不读大部头小说。我们非洲人对阅读总有这样的印象,即它是一桩奇怪而乖僻的事儿。它让我们感到不安。当我们非洲人到巴黎或伦敦这样的欧洲大城市去参观时,我们会特别注意:在列车上,人们是如何从包里或口袋里,拿出书来,然后退到孤独的世界里。每次当他们拿出书来时,就像是举起了一块告示牌。'让我一个人待着,我在读书哪,'那告示牌写道,'我所读的东西,比你所能表现出来的样子,更加有趣。'

"在非洲,我们不会那样。我们不喜欢把自己跟别人隔离开来,然后退到各自的私人空间里。非洲是一个人人共享的大陆。你自个儿读书,就不是跟人分享;而是有点像自斟自饮,或自说自话。我们可不是那样。我们发现,那样做有点神经兮兮。"

我们,我们,我们,她想着,我们非洲人。我们可不是那样。她从来不喜欢"我们"这个称呼,因为它具有排他性。伊曼纽尔可能已经有点老了,可能已经得到了美国证件的祝福;但是,他并没有什么大变。还是有非洲特点:一种特殊的身份,一种特殊的命运。

伊丽莎白去过非洲:肯尼亚的高地、赞比亚和奥卡万戈沼泽①。她见过非洲人的阅读场面,而且是普通非洲人,在公共汽车站,在列车上。她承认,他们读的不是小说,而是报纸。不过,难道报纸不是跟小说一样,都是通向私人空间的道路?

"第三点,"艾古度继续说道,"今天,我们生活在全球化的环境中,这种环境很庞大,也很有好处。非洲已经被划

---

① 指"奥卡万戈三角洲"中的湿地,奥卡万戈河是南部非洲第三大河,有"地球上最后的伊甸园"之美誉。

定为贫穷的家园。非洲人没有一分钱可以浪费。在非洲，你花一笔钱买了一本书，那本书必须给你带来回报。非洲人会问，我读这个故事，能学到什么？它会如何促进我发展？女士们，先生们，我们可以为非洲人的态度感到痛惜；但我们无法消除这种态度。我们必须认真对待它，努力理解它。

"当然，在非洲，我们也做书。不过，我们所做的书都是给孩子们用的，是最简单的教科书而已。在非洲，如果你想通过印书挣钱，你就应该印制那些指定给学校用的书，教育系统会大量采购这类书，孩子们会在教室里拿它们来阅读和学习。有些作者怀有严肃的雄心壮志，他们写的是成年人，和跟成年人有关的事；他们在出版书时，是得不到稿费的。这样的作者在别的行当里自谋生路。

"当然，'北方之光'号上的女士们、先生们，今天，我在这里给你们描绘的，不是全部的情形。如果要给你们描绘全部的情形，得花费我一整个下午。我现在给你们的，只是一份粗略而草率的梗概。当然，在非洲，这儿一个，那儿一个，你会发现一些出版商，他们会支援一些地方作者；哪怕这些作者永远不会给他们赢利。不过，从广泛的意义上说，故事书不会给出版商或作者带来任何生计。

"我主要就讲这么几点，也许这几点都挺沉闷的。现在，让咱们把注意力转向咱们自己，转向你们和我。我在这里，你们知道我是谁，议程表上已经告诉你们了：伊曼纽尔·艾古度，来自尼日利亚，写作小说、诗歌、戏剧，甚至还获得过英联邦文学奖（非洲赛区）。在座诸位都是富人，至少小康,你们自己就是这么说的(我没说错吧?),你们来自北美和欧洲,当然,咱们可别忘了澳洲的代表,我甚至还听到了古怪的日语,可能有日本人在走廊里低声说话。大家都乘坐这样一艘壮观的轮船,前去观看地球上最偏僻的角落,去检验它,如果它真是那么回事,你们还要把它记在旅游目的地的目录上。吃过美味的午餐,你们来到这里,听我这个非洲佬胡侃。

"我想,你们心里在嘀咕,这非洲佬为什么会在我们的船上?如果他真是一个作家,真的在写书,那他为什么不守着职业的本分,回到他的老家,回到书桌边去?为什么他要谈'非洲的小说'这么一个可能跟我们所关心的问题完全不搭界的题目?

"女士们,先生们,最简单的回答是,这个非洲佬是在谋生。正如刚才我力图解释的,在他自己的国家,他无法谋生。在他自己的国家(我不愿意在这一点上唠唠叨叨,我之所以要提及,只是因为,对许多非洲的文学同行来说,这是事实),实际上,他受欢迎的程度还不如这里。在他自己的国家,他是一个所谓的'持不同政见的知识分子';哪怕是在新尼日利亚,这样的知识分子也得如履薄冰。

"因此,他离开自己的国家,来到这儿,来到这广阔的天地里,来谋生。他的一部分生活来源是写作,而出版、阅读、评论、谈论和评判他的书的,绝大多数都是外国人。他其他的生活来源则是写作的副产品。比如,在欧洲和美国的报刊上,他发表关于其他作家的书评。他还在美国的大学里教书,跟纽约的年轻人讲外国文学——非洲的小说,在这方面他是专家;正如一头大象在别的大象眼里是专家。他在各种会议上发言,他乘游船航行。由于如此忙碌,他住所谓的'临时住处';他所有的住处都是临时性的,没有一个固定居所。

"女士们,先生们,月复一月,他要让所有这些陌生人——出版商、读者、批评家、学者——满意,他们全都装备着他们自己的种种观念,诸如,写作是或者说该怎么样? 小说是或者说该怎么样? 非洲是或者说该怎么样? 还如,满意是或者说该怎么样? 你们会想,面对所有这些人,作为作家,这个家伙是如何轻松地忠实于自己的本质的? 为了让别人满意,为了成为别人认为他应该成为的样子,为了写出别人认为他应该写的东西,他面临很大的压力;你们觉得,这家伙能一直不受这等压力的影响吗?

"我这可能说得让你们分散注意力了;不过,刚才我不经意讲出来的一个词,可能已经使你们竖起了耳朵。我谈到了我的本质,以及我对自己本质的忠实。关于本质及其衍生物,我能讲的就这么多;不过,这么说并不全面。你们肯定在心里问:在如今反本质的时代里,各种身份如同衣服,我们随便拿来、穿上又扔掉,作为一个非洲作家,我如何能证明我对自己本质的言说是正当的?

"围绕着本质和本质主义,我应该提醒诸位的是:在非洲思想界,有过一段混乱的漫长历史。诸位可能听说过 20 世纪 40 年代和 20 世纪 50 年代'认同黑人传统'①运动。

---

① 原文为法文。

根据这场运动的发起人的说法,'认同黑人传统'是一个本质,它能把所有非洲人团结起来,使他们成为独特的非洲人——不仅包括非洲的非洲人,而且包括大量散居在非洲之外的非洲人;后者以前主要散居在新大陆,现在则在欧洲。

"柴克·哈米窦·凯恩①是塞内加尔的作家、思想家,在此,我要给你们引述他的几句话。柴克·哈米窦曾经接受过一个欧洲记者的采访。那记者说,'我感到很迷惑,你们赞誉某些作家,说他们是真正的非洲人。从事实来看,那些作家的身份值得质疑,因为他们用外语(尤其是法语)写作,他们的书是在国外出版的,而且,大多数读者也是外国人;他们能真正地被称为非洲作家吗? 称他们为来自非洲的法语作家是否更妥当些? 语言之于出身,难道不是一种更加重要的本质?'

"下面是柴克·哈米窦的回答:'我提到的那几位作家都是真正的非洲人,因为他们生在非洲,住在非洲,他们的感觉也是非洲的……在生活经历、感觉方式、节奏和风格诸方面,他们与别的地方的作家判然有别,'他继续说,'一个法国作家或英国作家的身后有着数千年的文字传统……而我们继承的是口语传统。'

"柴克·哈米窦的回答一点都不神秘,一点都不抽象,没有一点种族主义色彩。他只是适当地强调了那些不可捉

---

① 柴克·哈米窦·凯恩,非洲作家。生于塞内加尔。其代表作自传体小说是《暧昧不明的历险》,1961 年出版于法国,1962 年即荣获"黑非洲文学大奖"。

摸的文化因素；因为我们不容易用文字把这些因素固定下来，所以常常会忽略它们。人们在肉体意义上的生活方式。他们动手的方式。他们走路的方式。他们微笑或皱眉的方式。他们说话的调子。他们唱歌的样子。他们声音的音质。他们跳舞的样式。他们相互接触的方式。手如何摆放，手指又如何感觉。他们做爱的方式。他们做爱之后躺卧的方式。他们思考的方式。他们睡觉的方式。

"我们非洲小说家能在自己的写作中把这些文化因素体现出来（在这一点上，让我来提醒你们，'小说'一词进入欧洲各种语言时，具有最模糊的意义：它指没有形式的写作形式，写作是没有章法的，它的章法形成于过程之中）——我们非洲小说家之所以能把这些因素体现出来，而其他地方的作家却不能——是因为我们还没有失去与身体的联系。非洲小说，真正的非洲小说，是口语小说。在书页上，它处于休眠状态，只有一半的生命；在我们身体的深处有一个声音，只有当这个声音把生命吹入词语，小说才会醒过来，才会把话说出来。

"因此，我要声明，非洲小说，就其自身而言，在第一个词被写下来之前，它是西方小说的批评，因为西方小说已经沿着脱离肉体的道路走得太远——想想亨利·詹姆斯①，想想马塞尔·普鲁斯特——所以我们阅读西方小说的恰当方式，或者说唯一方式，是在安静和孤独之中。女士们，先

---

① 亨利·詹姆斯（1843—1916），美国小说家。生于纽约。重要的长篇小说有《一个美国人》《一位女士的画像》等。

生们,让我来总结一下我的这些论点——我发现,我的时间已经超过了规定——为了支持我自己的以及柴克·哈米窦的立场,我要引用一位专家的话;这位专家不是来自非洲,而是来自加拿大的雪原,他就是研究口语文学的大专家保罗·扎姆托尔①。

"'自从17世纪以来,'扎姆托尔写道,'欧洲如同一种癌症,已经扩散到了全世界,起初还是偷偷地,但后来是以集约化的步子扩散;到了今天,这肿瘤正在毁灭人、动物、植物、环境以及语言。日子一天天地过去,每天都有几种语言消失,被抛弃,或者被压制……毫无疑问,从一开始,这种病的症状之一就是我们所说的文学。通过对声音的否认,文学已经巩固了自己的地位,已经繁荣起来,已经变成了人类最重要的一个方面……制止特权写作的时机已经到来……因为非洲在写作上所受外面的影响还不是那么严重;所以,也许,在政治—工业帝国主义的乞求下,我们伟大而不幸的非洲将发现,它比其他洲离这个制止特权写作的目标还近些。'"

艾古度讲完之后,听众们掌声雷动,情绪激动。他讲得很有力,也许,甚至可以说,很有激情。为了他自己,为了他的职业,为了他的人民,他站了起来。纵然他所讲的一切可能并不切中听众的生活,但他难道不应该为他的演讲得到报酬吗?

---

① 保罗·扎姆托尔,历史学家,主要著作有《伦勃朗时期荷兰的日常生活》和《中世纪西方的文学与文明》等。

然而,伊丽莎白不喜欢艾古度演讲中的某些内容,即跟口语文学以及口语文学的神秘色彩有关的那一部分。她认为,需要坚持下去并往前推进的永远是身体,而声音是身体中一个阴暗的要素,它自会从身体内部涌上来。她原以为,伊曼纽尔是在"认同黑人传统"那种伪哲学中成长起来的。很明显,他不是。很明显,他已经把这种哲学当作他的一个职业标签。那好吧,祝他好运。还有时间,至少还有十分钟,供听众提问。她希望问题是追根究底的,能把艾古度的本性揪出来。

　　如果伊丽莎白从口音上去作判断,第一个提问的人来自美国中西部。那女人说,几十年前,她读过一部非洲小说,那是她平生第一次读非洲人写的小说;小说是阿摩司·图图奥拉①写的,她忘了题目了。("《棕榈酒酒鬼的故事》。"艾古度提示道。"是,就是这题目。"她答道。)她被这小说迷住了。她认为,这部作品预示着将有伟大的作品产生。所以,她听说,在尼日利亚,在图图奥拉自己的国家,他不受尊重,知识分子们还贬损他,认为他不配享有在西方的声誉。这是真的吗?图图奥拉是否属于演讲者心目中的那一类口语小说家?图图奥拉现在的情况怎么样?他是否有更多的作品被翻译了?

　　"没有,"艾古度答道,"图图奥拉没有更多的作品被翻译,事实上,从那以后,他没有一部作品被翻译,至少没有被

---

① 阿摩司·图图奥拉(1920—1997),尼日利亚作家,小说《棕榈酒酒鬼的故事》为他赢得了世界声誉。

翻译成英语。为什么没有呢？因为他的作品不需要被翻译，因为他一直在用英语写作。这就是你所提问题的根本所在。图图奥拉所用的语言是英语，但那不是标准英语，不是20世纪50年代尼日利亚人从小学到大学所学的那种英语，而是一个半文盲的普通职员所用的英语，他最多只受过小学教育，外面的人几乎看不懂他写的东西，所以，出版时，英国的编辑们作了修改和完善。他们改正了图图奥拉文字中一些明显而低级的错误；但他们修改时非常克制，保留了那些在他们看来真正属于尼日利亚的东西，也就是说，那些在他们听起来是生动形象的、异国情调的、民间传说的音色。"

"从我刚才所说的这番话，"艾古度继续说道，"您可以想象，我也不认可图图奥拉，或者说图图奥拉现象。根本不认可。他之所以被尼日利亚知识分子所抛弃，是因为他们被他弄得很尴尬——他们可能会受他牵连，也被看成是不知道如何写准确的英语的土著。至于我，我很高兴，我是土著，土生土长的尼日利亚人，地地道道的尼日利亚人。在这场斗争中，我是站在图图奥拉一边的。他是一个或者说曾经是一个讲故事的天才。您喜欢他，我很高兴。我认为，他写的另外几本书没有一本比得上《棕榈酒酒鬼的故事》，但它们都已在英国出版。噢，是的，他属于我所指的那一类作家，口语作家。

"我之所以要详细地回答您的问题，是因为图图奥拉现象很有启发意义。图图奥拉之所以能脱颖而出，是因为他没有调整他的语言，以满足别人的期待——或者说去符合他自己可能有的一些想法；假如他不是那么本真，那么，他自己的想法可能就会跟别人的期待变得一致起来——那是阅读他、评判他的外国人的期待。正是由于没有更好的见识，他像说话一样地写作。因此，为了迎合西方人的口味，他不得不屈服于某种极为不可救药的做法，即被包装成一个具有非洲情调的小说家。

"不过，女士们，先生们，在非洲作家中，谁没有异国情调呢？事实上，对西方人来说，我们非洲人只要不是野人，全都具有异国情调。这就是我们的命运。甚至在这儿，在这艘船上——它正在驶向那片应该说是最具有异国情调的大陆，也是最野蛮的大陆，根本谈不上人性的标准——我能感觉到，自己具有异国情调。"

听众们发出了一阵笑声。艾古度笑得很灿烂、很投入，整个看起来是自发的。不过，伊丽莎白还是不能相信，这是真诚的笑；她不相信，这笑来自艾古度的心灵——如果说凡笑都来自心灵的话。假如说异国情调是艾古度为了自己而拥抱的那种命运，那么这是一种悲惨的命运。伊丽莎白不相信，艾古度不知道这命运；他是知道的，而且他自己心里反抗着这命运。在这白人的海洋中，一张黑色的脸。

"还是让我回到刚才的问题上来吧，"艾古度继续说道，"您已经读过图图奥拉，现在来读我的同胞本·奥克里①吧。阿摩司·图图奥拉的作品很简单，很简陋。奥克

---

① 本·奥克里（1959— ），尼日利亚小说家、诗人，非洲文坛的领军人物，主要作品有《危险的爱情》和《让神们大吃一惊》等。

里的不是。奥克里是图图奥拉的传人,或者说他俩是某些共同的先辈的传人。不过,奥克里以某种复杂得多的方式,调和了自我与他人之间的矛盾(请原谅我用了这个术语,这只是我这个土人的一点炫耀)。读奥克里吧。你会发现这很有启发意义。"

"非洲的小说"这场演讲,跟船上的所有演讲一样,大家都期望能轻松一些。人们不希望游船上的任何事情是沉重的。不幸的是,艾古度的演讲似乎有沉重的危险。那个主管娱乐的高个小伙子,那个穿着浅蓝色制服的瑞典男侍,慎重地冲他点了点头,算是从侧室里给艾古度发出了信号。艾古度听从了指示,优雅而轻易地把表演推向结尾。

"北方之光"号上的船员跟乘务员一样,都是俄罗斯人。实际上,除了船长、导游和管理人员,其他全都是俄罗斯人。演奏音乐的是一个巴拉莱卡琴①乐队——五男五女。他们在吃饭时所表演的伴奏音乐,在伊丽莎白听来,显得过于甜腻;饭后,在舞厅里,他们的演奏变得活泼起来。

乐队的队长是一个临时歌手,一个三十多岁的金发女郎。她粗通英语,足以用来报节目。"我们演奏的这支曲子,在俄语中叫作《我的小鸽子,我的小鸽子》。"她让"鸽子(dove)"一词的发音跟"炉子(stove)"而不是"爱情(love)"押上了韵②。由于用了颤音和突降音,那支曲子听起来像

---

① 俄罗斯的一种民间乐器,三角,两到四弦。
② 本来"dove"应与"love"而不是"stove"押韵。

是匈牙利风格的,或吉卜赛风格的,或犹太风格的,像是所有风格的,唯独不像俄罗斯风格;不过,她,伊丽莎白·科斯特洛,又是谁呢?像她自己说的,是个乡下女孩吗?

伊丽莎白跟一男一女一起,坐在桌子边,喝着饮料。他们告诉她,他俩来自曼彻斯特。他们盼望着能听她讲小说,他俩都已经报了名。男的身材细长,神态圆滑,声音清脆,伊丽莎白觉得,他像一只塘鹅。他是怎么赚钱的?他没说,她也没问。女的很娇小,很性感。他俩一点都不能使她联想到曼彻斯特。史蒂夫和雪莉。她猜想,他俩没结婚。

让伊丽莎白感到轻松的是,话题很快就由她和她写的书,转到了洋流;关于洋流,史蒂夫似乎知道所有她想知道的情况。然后,话题又转到微生物,方圆一公里之内,微生物有数吨之多,它们的生活内容是:在冰冷的水中被平静地冲来冲去,吃和被吃,繁殖和死亡;总之是被历史遗忘。史蒂夫和雪莉自称是生态游客。去年,去了亚马孙;今年,要去南大洋①。

艾古度站在门口,四处张望着。伊丽莎白朝他招了招手,他走了过来。"伊曼纽尔,"她说,"到我们这儿来吧。这是雪莉。这是史蒂夫。"

那对男女称赞伊曼纽尔的演讲。"很有意思,"史蒂夫说,"您给了我一个全新的观念。"

---

① "the Southern Ocean"指南极洲附近的海域,目前翻译似乎没有定名,有人译成"南海",有人译成"南洋",有人译成"南部海域",也有人译成"南大洋"。笔者同意最后一种。因为"南海"和"南洋"都已经是另有所指的固定名称,而"南部海域"又不像一个名称。

"我刚才在想,正如您所说的,"雪莉更有想法似的说,"不好意思,我不知道您的书;不过,对您这样的作家,对您自己所说的这类口语作家,也许印出来的书并不是合适的媒介。您是否曾考虑过,直接在录音带上创作?为什么要绕印刷这个弯呢?为什么要绕写字这个弯呢?请您直接跟听众讲讲。"

　　"多么聪明的想法啊!"伊曼纽尔说,"这想法不会解决我这个非洲作家的所有问题,但值得我们好好想想。"

　　"它为什么不能解决您的问题?"

　　"我遗憾地告诉您,非洲人不愿意只是默默地坐着,听着那在一台小机器里转动的唱片,他们需要更多的东西。因为那样太像偶像崇拜。非洲人需要活生生的存在、活生生的声音。"

　　活生生的声音。三人都沉默了,就好像他们都在倾听那活生生的声音。

　　"您确信非洲人需要活生生的声音吗?"伊丽莎白第一次插话道,"非洲人不反对听收音机。收音机有声音,但那不是活生生的声音,不是活生生的存在。我想,伊曼纽尔,您所需要的,不仅仅是一种声音,而是一种表演,即一个活生生的演员帮您把您的作品演示出来。如果真是这样,如果非洲人需要的就是这个,那么,我同意,一台录音机是起不了替代作用的。可是,从来不曾有人把小说看成表演的剧本。自打有小说起,它就形成了自己的特点,不靠表演。您不可能在进行活生生的表演的同时,发送既便宜又方便的书。不是前者,就是后者。如果您对小说的确有那样的要求——能放在口袋里的一摞纸,同时又是活生生的存在——那么,我同意,在非洲,小说是没有任何前途的。"

"没有前途,"艾古度若有所思地说,"这话听起来太凄凉了,伊丽莎白,您能不能给我们指一条别的路?"

"别的路?我可无法给您指路。我得向您提个问题。为什么各地的非洲小说那么多,而非洲小说却没有一部值得一提?对我来说,这似乎才是个问题。在您的讲话中,您自己已经给出了针对这个问题的答案的线索。异国情调。异国情调及其诱惑。"

"异国情调及其诱惑?伊丽莎白,您这话有意思。告诉我们,这话是什么意思?"

如果这只是伊曼纽尔和她自己之间的事,那么,在这种时候,她会走开。她被伊曼纽尔那嘲弄的低音弄烦了,或者说被激怒了。不过,在陌生人面前,在读者面前,他们俩,她和他一起,要保持统一战线。

"英国小说,"伊丽莎白说,"首先是英国人写给英国人看的。那是英国小说之为英国小说的原因。俄国小说是俄国人写给俄国人看的。但是,非洲小说不是非洲人写给非洲人看的。非洲小说家可能会写非洲,写非洲的经验;但是,在我看来,他们在写作的整个过程中,目光都向着远方,看着那些将要阅读他们的外国人。他们喜欢也好,不喜欢也罢,他们已经接受了自己作为介绍人的角色,他们把非洲介绍给读者。但是,您不得不向外面的人们介绍非洲,您怎么可能同时深入地探究某个领域呢?这就像一个科学家,他力图全身心地、创造性地去关注自己的研究工作,而同时,他要向一班无知的学生解说自己正在从事的工作。对个人来说,这太繁重了,不可能完成,不可能进行有深度的探索。在我看来,这就是您的问题的根本所在。您在写作的同时,还得演示自己的非洲身份。"

"说得真好,伊丽莎白!"艾古度说,"您是真的了解我的。您说得真好。探索者兼解说员。"他伸出手,拍了拍伊丽莎白的肩膀。

"如果只有我们俩,"她想,"我会扇他一巴掌。"

"如果说这是真的,我真的了解他"——伊丽莎白此时已经不再理睬艾古度,转而跟来自曼彻斯特的那一对说——"那只是因为,在澳大利亚,我们也经历过类似的考验,而现在已经走出来了。在相当数量的澳大利亚读者成长并成熟起来时——那是 20 世纪 60 年代发生的事——我们最终摆脱了那种为陌生人写作的习惯。读者群,而不是作者群——已经存在。当我们的市场,我们澳大利亚的市场,确定它能支撑本国文学时,我们就摆脱了那种为陌生人写作的习惯。这就是我们所能提供的经验。这就是非洲所能向我们学习的地方。"

尽管伊曼纽尔脸上还带着他那嘲讽的笑容,但他不吱声了。

"听您二位讲话,很有意思,"史蒂夫说,"你们把写作当成生意。先确定市场需要,然后着手提供货物。我本来以为能听到一些别的东西。"

"真的?您本来以为能听到什么呢?"

"你们知道的:作家们在哪里找到灵感,如何凭空虚构人物形象,诸如此类。对不起,我随便说说的,我只是一个业余爱好者。"

"灵感"是一个精灵,我们让它附体。现在这人居然说出了这个让他感到困惑的词,大家难堪地沉默着。

伊曼纽尔说:"我跟伊丽莎白要回去了。我们在一起时,有许多分歧。但这并不会改变我们之间的关系——不是吗,伊丽莎白?我们是同行,是文友。作家兄弟会是一个世界级的大组织,而我们都是其成员。"

"兄弟会。"艾古度是在向她挑衅,力图在这两个陌生人面前,惹得她火气上升。不过,突然之间,她对这一切都厌烦透了,不想理睬这挑衅。不是文友,她想着,而是娱友。我们为什么要登上这艘昂贵的游船?请柬写得很坦率,那是要把我们自己交给这些讨厌我们而且也让我们开始讨厌的人。

艾古度是在刺激她,因为他自己就坐立不安。伊丽莎白太了解他了,一眼就看出来了。非洲小说,伊丽莎白及其朋友,他已经受够了这一切,希望出现新的人和事。

那歌女已经快唱完了。稀稀拉拉地有些鼓掌声。她鞠躬,再鞠躬,操起了巴拉莱卡琴。乐队演奏起了一支哥萨克舞曲。

伊曼纽尔身上激怒她的是什么呢?是他把所有的分歧都转变成个人之间的事。她之所以用良好的理智,在史蒂夫和雪莉面前,抑制着没有发作,是因为她如果发火,只会使大家都下不了台。至于他所钟爱的口语小说——他已经靠这个建立了他作为演说家的职业基础,伊丽莎白发现,这个观念连核心都被弄混了。她宁可说,"一部小说如果讲的是那些生活于口语文化中的人,那它未必就是口语小说。

正如一部关于女人的小说并不就是女性小说。"

在伊丽莎白看来,口语小说跟人的声音保持着关联,因而也跟人的身体有关;它并不像西方小说那样抽象,而是讲述身体和身体的真相。伊曼纽尔关于口语小说的整个讲话,正如最初的人性活力的最后一点储藏,只是维持非洲神秘传统的一种方式。伊曼纽尔谴责西方出版商和西方读者,因为他们迫使他把非洲写成了异乡;不过,把作品写得富有异国情调,他自己也有责任。伊丽莎白在偶然间了解到,伊曼纽尔已经有十年没写过一部实质性的书了。在她刚开始认识他的时候,他可能还带着体面的口气,称自己是作家。现在,他靠说话来谋生了。他的书类似于一些凭证,如此而已。他可能是个演员,但不是作家,再也不是作家。他到处演讲,是为了挣钱,也为了其他报酬。比如,性。他很黑,很怪,跟生命的活力有关。如果他不再年轻,那么至少他要使自己过得好一些,使自己的人生岁月有声有色。什么样的瑞典女孩不容易征服呢?

伊丽莎白喝完了饮料。"我要回去了,"她说,"晚安,史蒂夫,雪莉。明天见。晚安,伊曼纽尔。"

她醒来时,一片寂静。时针指向四点半。游船的所有发动机都停了。她由舷窗往外看。外面大雾弥漫,不过,透过大雾,她能依稀看见陆地,最多只有一公里远。这肯定是麦夸里岛①:她原以为,他们还需要几个小时才能到达陆

_____

① 麦夸里岛是澳大利亚南部海区的海岛。1997 年被列入《世界遗产名录》。

地呢。

伊丽莎白穿上衣服，来到过道里。就在那一刻，A-230房间的门开了，那个俄国歌手走了出来。她穿着跟昨晚一样的外套，上身穿葡萄酒色的宽松上衣，下身穿同样宽松的黑色裤子；手里拿着靴子。在头顶那不友善的灯光下，她看上去快四十岁了，而不是三十岁。她俩擦身而过时，交换了一下目光。

伊丽莎白知道，A-230是艾古度的房间。

她走到了上层甲板。那儿已经有少量旅客，为了抵御寒冷，都穿得严严实实的；他们斜靠在栏杆上，看着海面。

在他们身下，大海非常活跃，因为里面似乎有鱼，黑色的大鱼，背部光滑而有光泽。它们在汹涌的波涛中，上下翻动着，来回跳跃着。她未曾见过这样的景观。

"企鹅，"她旁边的人叫道，"国王企鹅①。它们在问候咱们呢。它们不知道咱们是干什么的。"

"哦，"她叫了一声，随后说道，"这样天真吗？它们真的这样天真吗？"

那人古怪地看了她一眼，转向了他的伙伴。

南大洋。埃德加·爱伦·坡②从未曾亲眼看到过，但

---

① 地球上共有十八种企鹅，论大小，国王企鹅属第二，仅次于皇帝企鹅。国王企鹅分布在南美福克兰群岛、南乔治亚岛、南非南端海域、纽西兰南方海域。

② 埃德加·爱伦·坡（1809—1849），19世纪美国文坛鬼才，被誉为"现代美国短篇小说之父""悬疑小说之鼻祖"等。本书之所以在这里提到他，是因为他一直诡称他曾出国参加希腊独立战争，还到过俄国，还活灵活现地描写过所谓的海上奇观；实际上他根本没有这样的冒险经历，但

时常萦绕在他心头。满船的岛民黑压压的,划着船去跟他见面。他们看起来很平常,就跟我们一样;但是,当他们露齿而笑时,他们的牙齿不是白的而是黑的。这使坡浑身打了个寒战,也该他打寒战。这海里充满了各种各样怪物,似乎跟我们相像,但实际上跟我们不一样。海葵①会打哈欠,也会吞吃同类。每一条海鳗都长着带刺的胃,还有肠子从胃上垂挂下来。牙齿用来撕咬猎物,舌头用来搅拌食物。我们应该告诉伊曼纽尔,这就是口腔内的真实情况,只有通过灵活的肌体和偶然的演化,这本来属于消化系统的器官才有可能习惯于歌唱。

他们将留在麦夸里岛,直到中午才离开;对那些很想看看这个岛的乘客来说,有足够的时间参观。为此,他们成立了一个参观团;伊丽莎白也报名参加了。

早饭之后,第一条小船离开游轮。由于要穿过一丛丛厚厚的海藻,又要经过倾斜的石岸,那小船很难上岸。最后,有一个水手一边帮着船靠岸,一边抱起伊丽莎白,就好像她是一个老太太。那水手长着蓝色的眼睛、金色的头发。透过他身上的防水服,伊丽莎白能感觉到他那青春的力量。在他的怀抱里,她像一个婴儿一样晃动,但感觉很安全。"谢谢你!"当他把她放稳之后,她感激地说。但对他来说,这根本不算什么;他只是在提供服务,赚取钞票。他是作为一个医院的看护,而不是他个人,在尽义务。

---

① 海葵虽然能和其他动物和平相处,但也时常为地盘和食物与自己的同类争斗,一方会把另一方体表上的疣凸扫平,或把对方的触手拔光。

伊丽莎白读过关于麦夸里岛的资料。在 19 世纪,这个岛是企鹅生产中心。在这儿,有数十万只企鹅被乱棍打死,然后被扔进铸铁气锅里,煮烂后,成为有用的油和无用的残渣。或者,它们没有被乱棍打死,而只是成群地被人用棍棒赶上踏板,走到踏板的尽头,就掉进那滚烫的气锅。

但是,在 20 世纪,它们的后代似乎没有吸取任何教训,还是天真地游向游客,表示欢迎;当人们走近时,它们还是高声打着招呼(嚯!嚯!企鹅们叫着,完全是一群声音嘶哑的侏儒),允许人们贴近自己,抚摸自己圆滑的胸脯。

小船将在十一点把他们带回游轮。在那之前,他们可随意探索这岛屿。有人建议他们说,山腰上有一个信天翁的巢;他们可以给信天翁拍照,但不能靠得太近,不能惊动这些鸟,现在是繁殖季节。

她慢慢地离开了其他上岸参观的人,走了一会儿,她发现,自己站在了一块高地上,上面有一大片暗淡的草丛。

突然,她面前意外地出现了一样东西。起初,她还以为是一块岩石,很光滑,白里透着点灰。随后,她发现这是一只鸟,比她平生所见的任何鸟都大。她认出了那长长的、流着口水的喙,还有那巨大的胸骨。一只信天翁。

那信天翁定定地看着她;因此,在她看来,它在看着玩。从它身子底下,探出来一个同样长的喙,只是小一号。那小家伙显示的是敌意。它张着喙,警告似的,发出一声无声的长叫。

伊丽莎白和这两只鸟就这样待着,相互观察着。

"在秋天之前,"她想着,"这就是秋天之前的情形。我可以错过那小船,留在这儿。央求上帝来照顾我。"

有人来到她身后。她转身。是那个俄罗斯歌手,这时穿的是一件暗绿色的粗呢大衣,大衣上的风帽耷拉着,头上扎着一块方巾。

"一只信天翁,"她轻声地向那女歌手解释道,"这是英语名称。我不知道,它们自己是怎么称呼自己的。"

女歌手点了点头。那只大鸟平静地看着她俩,跟看着一个人时一样,没有害怕。

"伊曼纽尔跟你在一起吗?"伊丽莎白问道。

"没有。在船上。"

女歌手看起来不善言谈,但她步步紧逼,"您是他朋友,我知道的。我也是,或者说,过去曾经是。请允许我问你一句:您看中他的是什么?"

这是一个奇怪的问题,一个私密问题,她这样问是不礼貌的,甚至可以说是粗鲁的。不过,在她看来,在这个岛上,她永远不会再来,所以,说什么都可以。

"我看中他的是什么?"女歌手问道。

"是的。您看中的是什么?您喜欢他的什么地方?他的魅力来自哪里?"

女歌手耸了耸肩。她的头发染过了,伊丽莎白能看出来。她足有四十岁了,可能要抚养一家子,而且是俄罗斯式的大家庭,有一个瘸腿的母亲,一个酗酒而且经常打她的丈夫,一个懒惰的儿子,还有一个削掉了头发、涂着紫色口红的女儿。在这样的时代,一个女人会唱唱歌,总是要开点小差的,晚开不如早开。为外国人弹奏巴拉莱卡琴,唱点俄罗斯的破歌,赚取点小费。

"他很自由。您说俄语吗?还是不说?"

伊丽莎白摇了摇头。

"德语?"①

"一点儿。"

"他很慷慨。是个好男人。"②

女歌手在念"慷慨(freigebig)"一词中"g"这个字母时,带着浓重的俄语腔。伊曼纽尔慷慨吗?伊丽莎白可不知道,在这一方面或那一方面吧。不过,这不会是出现在她头脑中的第一个词。第一个词可能是"大"。他身体的各个部分都很大。

"不太可信吧。"③伊丽莎白提醒女歌手说。上回她说德语,是几年前的事了。昨天晚上,他们俩一起在床上时,说的就是这种语言吧:德语,新欧洲的帝国用语?"不太可信吧。"

女歌手又耸了耸肩。"时间总是很短暂,人无法拥有一切。"她顿了顿,又说,"还有声音,它让人感到"——她在找词——"感到恐怖"。④

"恐怖"。战栗。这声音让人战栗。可能吧,当一个人凑近了听着它时。在伊丽莎白和那女歌手之间,掠过一丝

---

① 原文为德文。

② 原文为德文。这是不太标准的德语,表明那歌女只知道德语的一点皮毛而已,但这不妨碍她卖弄。所以下文说,她的德语发音中带着浓重的俄语腔。

③ 原文为德文。

④ 原文为德文。

微笑,也许这是头一回吧。至于那信天翁,由于她俩已经在那儿站了很久,它都对她俩失去兴趣了。只有那小的,在它母亲的身子底下,偷偷往外瞧,依然警惕着这两位入侵者。

伊丽莎白嫉妒吗?那怎么可能呢?但是,她被排除在这游戏之外,还是感到很难接受。她似乎又变成了一个孩子,一个即将就寝时的孩子。

那声音。她的思绪回到了吉隆坡。那时她年轻,或者说还年轻;她跟伊曼纽尔一起,在一条划船上,度过了三个晚上;那时他也是个年轻人。"口语诗人,"她揶揄他说,"让我看看,一个口语诗人能干什么。"于是,伊曼纽尔把她放倒,压在她身上,把嘴唇贴到她耳朵上,张开嘴,把气息吹进她耳朵;就这样回答了她。

第三课　动物的生命

之一：哲学家与动物

在她乘坐的航班进入机场时，约翰正等在大门口。自从他上次见到母亲，已经两年了。尽管他自己也在变老，但他还是为母亲的衰老感到震惊。上次，母亲的头发中已有一绺绺的灰白，而现在，则全白了；她的双肩耷拉着，肌肤已经松弛。

他们家人从来都不张扬。母子俩相互拥抱，轻声寒暄了几句，算是完成了问候的仪式。默默地，他们跟随着旅客的人流，来到行李厅，取了她的行李，然后坐上车，路上需要九十分钟。

"您经过长时间飞行，"约翰说，"肯定累坏了吧。"

"很想睡觉。"她说。确实是，跟往常一样，她很快就睡着了，脑袋垂靠在车窗上。

六点钟，天正在变黑。约翰的家位于郊区的沃尔瑟姆镇①，他们在家门前停了下来。他的妻子诺玛和孩子们出

---

① 沃尔瑟姆镇，马萨诸塞州的一个小镇。

现在门口。诺玛必须费很大的劲，才能表达出她的欢迎之情；她伸出手臂，叫道："伊丽莎白！"说着便跟伊丽莎白拥抱，孩子们也学她，尽管他们的样子显得比较勉强，但显示出了很好的教养。

小说家伊丽莎白·科斯特洛将造访阿波尔顿学院，在三天的访问期间，她将跟约翰一家住在一起。这可不是约翰所盼望的。他老婆跟他母亲不和睦。假如他母亲住宾馆就好了，但他无法让自己向母亲提出这样的建议。

几乎是在一瞬间，敌意就又来了。诺玛已准备了一顿简便的晚餐。伊丽莎白注意到，餐桌旁只有三个位子。"孩子们不跟我们一起吃吗？"她问道。"是啊，"诺玛答道，"他们在游戏室吃。""为什么？"

这问题很无谓，因为她知道答案。孩子们之所以跟大人分开吃，是因为伊丽莎白不喜欢看到饭桌上有肉；而诺玛不愿意改变孩子们的饮食习惯，来迎合伊丽莎白；她跟约翰说，那是"你母亲的脆弱和敏感"。

"为什么？"伊丽莎白又问了一次。

诺玛怒冲冲地瞟了约翰一眼。约翰叹了口气。"母亲，"他说，"孩子们正在吃鸡肉，就是因为这个。"

"哦，"伊丽莎白说，"我明白了。"

约翰是阿波尔顿学院物理学和天文学专业的副教授。他母亲受邀来学院，发表一年一度的"盖茨演讲"，并跟文学专业的学生见面。因为科斯特洛是他母亲当姑娘时用的姓，也因为他从未曾找到任何理由到处跟人说，他跟伊丽莎白有关系；所以，当学院邀请伊丽莎白·科斯特洛时，人们还不知道,在阿波尔顿这个地方,这位澳大利亚小说家还有家属。约翰宁愿这种状况继续下去。

基于伊丽莎白作为小说家的声望,这位白发苍苍的女士受邀到阿波尔顿来,可以自己选择讲题。经过选择,她答复说,她不讲她自己,也不讲她的小说;因为,毫无疑问,资助方喜欢她讲讲她的癖好,比如她对动物的喜爱。

约翰·伯纳德之所以从来不张扬自己跟伊丽莎白·科斯特洛的关系,是因为他喜欢在这世界上自己闯出一条路来。他并不是为自己的母亲感到羞愧。恰恰相反,尽管母亲把他、他的姐姐以及他的继父都写进了书中,为此他有时候还感到过痛苦;但是,他为母亲感到自豪。不过,他不相信自己真想去听她再次讲什么动物权益,尤其是在这个时候;他知道,听完回家,到了床上,他会受到他老婆毁谤性的数落。

约翰和诺玛都曾是约翰·霍普金斯大学的研究生,正是在那时,他俩相识并结婚。诺玛是哲学博士,专门研究心理哲学;跟约翰一起移居到阿波尔顿之后,她一直无法找到一个教书的职位。这是她痛苦的成因,也是夫妻俩冲突的原因。

诺玛和约翰的母亲从未曾相互喜欢过。也许伊丽莎白早就决定,不喜欢约翰娶的任何女人。至于诺玛,她从来是直截了当地跟约翰说,他母亲的书都被估价太高;而且,关于动物、动物意识以及人与动物之间的道德关系等,他母亲的看法都是不成熟、不理智的。目前,诺玛正在给一家哲学杂志写一篇论文,是关于灵长类动物学习语言的试验的。

假如在文章中的某一条注解中他母亲受到奚落,约翰不会感到惊讶。

约翰本人对动物没有任何想法。小时候,他养过一阵子老鼠。除此之外,他对动物几乎没有任何了解。他们的大儿子想要一只小狗。他和诺玛都拒绝了。他们倒是不在乎小狗,但他们预见到,一条狗长大后,就会有大狗的性欲,那就麻烦了。

约翰相信,他母亲有权利坚持她自己的信念。如果她想把老年用来作宣传,反对虐待动物,那是她的权利。幸好,几天之后,伊丽莎白将踏上旅程,到她的下一个目的地去,而他也将回到他自己的工作中去。

他母亲在沃尔瑟姆的第一个早上,起得有点晚。他去上课,吃中饭时回到家里,开车带母亲在城里到处转了转。演讲安排在下午晚些时候。演讲之后,主办方将有正式的宴请,约翰和诺玛都属于被邀之列。

英语系的爱莱娜·马克思先作了一番介绍。约翰不认识爱莱娜,但知道她写过关于他母亲的文章。他注意到,在爱莱娜的介绍中,她根本不想把他母亲的小说跟演讲的主题结合起来。

随后,轮到伊丽莎白·科斯特洛讲话。对约翰而言,她显得又老又累。他坐在前排,挨着他妻子,他力图给母亲加劲。

"女士们,先生们,"伊丽莎白开始说道,"自从上次我在美国作演讲,已经有两年了。在我上次的演讲中,我提到了伟大的寓言作家弗朗茨·卡夫卡,尤其是他的小说《给科学院的报告》;小说写的是一只受过教育的猿猴,叫红彼得,它站在一帮学者面前,讲述它自己的生平故事——它如何由野兽进化为跟人接近的猿猴。在那次演讲的现场,我感到自己有点像红彼得,所以才那么说。今天,这种感觉甚至可以说是更加强烈了;我希望,你们会越来越明白其中的原因。

"一般演讲者开始时都会说点轻松的话,目的是要让听众放松。刚才,我把自己比成卡夫卡的猿猴,可以看作这一类轻松的话;我是想让你们放松,我是想说我只是一个普通人,既不是神明,也不是野兽。在卡夫卡的寓言里,那猿猴在人类面前表演,犹如犹太人在'非犹太人'面前表演。然而,在你们中间,有人读过这小说;甚至这些人都会——事实上,我不是犹太人——善待我,只作表面上的对比;也就是说,把这种对比看作一种解嘲。

"我一开始就想说明,那不是我说这番话——我感觉自己像红彼得——的本意。我的本意并不在解嘲。我这是实话实说,我说的就是我想的。我已是个老人,再也没有时间说那些我不想说的话了。"

他母亲的演讲并不精彩,甚至作为她自己的故事的读者,她都缺乏兴奋之情。小时候,约翰一直为此而困惑,一个女人为了生计写书,居然那么不善于在床头给自己的孩子讲故事。

由于她讲得太平淡,也由于她的目光始终不离开讲稿,约翰感到,母亲的话产生不了影响。而他,由于他了解母亲,所以能感觉到她真正的想法。他并不期盼未来,并不想听母亲谈论死亡。另外,他有一种强烈的感觉,即母亲的听众们——总的来说,主要是年轻人——更不想听她谈死亡。

"在给你们谈论动物这个主题时,"伊丽莎白继续说道,"我要向你们说明,让我们快速地谈谈动物们在生时和死时所面临的种种恐怖情形。在养殖场(我在称它们农场时,总是犹豫不决)里,在屠宰场里,在拖拉船上,在实验室里,在全世界,此时此刻,动物们正在遭受磨难;尽管我没有理由认为,在你们头脑最活跃的中枢神经区域,你们会想到这一点;但是,我宁愿相信,在我面前,你们把揭发那些恐怖事件的能力藏起来了,习以为常,置之不理。我只是要提醒你们,我在这里不打算详谈种种恐怖事件,但它们仍然是此次演讲的中心内容。

"在1942年和1945年之间,在第三帝国的集中营里,有数百万人被害死:光是在特雷布林卡①就死了一百五十多万人,也许多达三百万。这些数字使我们的心灵麻木。我们自己只死一回。至于他人的死亡,我们一次也只能理解一个。在抽象意义上,也许我们能数到一百万,但我们无法计算一百万人的死亡。

"住在特雷布林卡周围乡间的人们——大部分都是波兰人——说,他们不知道集中营里发生的情况;他们说,对于里面的情况,他们能猜个大概,但并不确切知晓;他们还说,从某种意义上说,他们可能是知道的,但从另外的意义上说,他们并不知道,由于自身的原因,他们没有条件去

---

① 波兰东部的一个村庄。

了解。

"特雷布林卡周围的人们并不是特例。在第三帝国，到处都有集中营，光是在波兰，就将近有六千个，在德国也有几千个，具体多少，谁也说不清。很少有德国人的住处离开集中营的距离超过几公里的。并不是所有的集中营都是死亡营，死亡营是专门用来杀人的；不过，在所有集中营里，都有恐怖在蔓延；由于自身的原因，我们至今没有条件去了解全部的恐怖情形。

"我们并不能因为那特定的一代德国人发动了一场扩张主义的战争，并战败了，就总是在意识上把他们排除在人类之外，在能够重新被人类接纳之前，他们得有些特别的举动，或表现出某种特殊的形象。在我们看来，由于一意孤行，盲目无知，他们失去了人性。在希特勒统治下的那种战争环境里，无知可能是得以不死的法宝；不过，那是一个借口，由于我们具有可敬而严格的道德，所以我们拒绝接受这个借口。我们说，在德国，人们跨越了一条明确的界线，从而使自己超越了普通的杀戮和战争的残忍，进入了一种我们只能称之为'原罪'的状态。但是，在过去，恰恰相反，我们曾说，标志那一代德国人的，一直是灵魂的疾病。这固然是那些做出种种邪恶举动的第三帝国国民的标志，但也是那些漠视这些举动的人的标志，不管他们漠视的原因是什么。因此，从实际目的来看，它是所有第三帝国国民的标志。只有集中营里的人们是无辜的。

"'他们像绵羊一样被屠杀。''他们像动物一样死去。''纳粹屠夫们杀害了他们。'对集中营的责骂声四处回荡，人们把集中营叫作牲畜围栏或屠宰场；我几乎不需要准备什么，就可以把人比成动物。人们控诉说，第三帝国的罪恶是把人当动物对待。

"我们——甚至在澳大利亚——都属于这样一种文明，它的根深深地扎在希腊思想中，也扎在犹太教和基督教的思想之中。我们，我们所有人，可以不相信污染，可以不相信原罪，但我们相信，它们在心理上是相互关联的。毫无疑问，我们会接受这样的说法，即，心理（或者说灵魂）一旦接触了罪恶的知识，就不会善良。我们不会接受这样的说法，即，有些人有罪恶感，但他们可能依然活得健康而快乐。我们之所以常常（或者说过去常常）蔑视整整一代德国人，是因为，从某种意义上说，他们被污染了。他们表面上看起来很正常（胃口很好，笑得也开心）；但是，这正常的表面正好表明，他们所受的污染有多么深重。

"有些人'不知道'（从那种特殊的意义上说）集中营；我们过去和现在都很难想象，他们还能是完整的人。用我们所选定的比喻来说，他们是野兽，而受害人却不是。他们像对待野兽一样地对待人类同胞——这些同胞是上帝根据自己的形象创造出来的——他们把自己变成了野兽。

"今天早上，我坐车在沃尔瑟姆周围转了转。那看上去是一个极为宜人的镇子。我没有看到任何恐怖景象，也没有看到任何药品实验室，没有牧场，也没有屠宰场。不过，我相信，这里有，肯定有。只是我们不知道而已。就在我说话时，它们存在于我们的周围；只是，从某种意义上说，我们并不了解它们。

"让我说得坦率些:那包围我们的,是一种堕落、残忍和杀戮的行当。它可以跟第三帝国所能做出的任何勾当相比;实际上,在它面前,第三帝国是小巫见大巫。因为,我们的行当无穷无尽,能自我更新,能源源不断地把兔子、耗子、家禽和牲口带到这个世界上来,目的就是要屠杀它们。

"像撕裂头发一样地进行分析①,并声明两者之间没有可比性——特雷布林卡集中营被说成是一种抽象的行当,其目的就是死亡和灭亡;而肉联厂的目的最终是生存(受害者死了之后,它们毕竟不会被烧成灰,不会被埋掉;而是相反,它们会让我们在家里舒舒服服地享用)。但是,这并不能安慰那些受害者;同样,如果我们对那些特雷布林卡的死难者说——如果我下面的话败坏你们的胃口,就请你们原谅——因为他们的脂肪需要用来做肥皂,他们的头发需要用来填塞床垫,所以请他们原谅那些杀害他们的人;那么他们是不会得到宽慰的。

"再说一遍,请原谅我。这将是我打出的最后一个低分。我知道,这样的演讲会使听众两极分化,而得低分只会使分化程度变得更加严重。我想找到一种跟人类同胞的对话方式。他们应该是冷静的,而不是狂热的;是思辨的,而不是诡辩的。他们应该给我们带来启蒙;而不是企图把我们分成正义的和邪恶的、被拯救的和被诅咒的、绵羊和山羊。

"我知道,我能学会这种语言。这是亚里士多德和波

----

① "撕裂头发"是俗语,意为进行无谓、琐碎的分析。

菲利的语言①,是奥古斯丁②和阿奎那③的语言,是笛卡儿和边沁④,也是我们这时代玛丽·米奇利⑤和汤姆·雷根⑥的语言。这是哲学语言,我们可以应用这种语言,来讨论或辩论一些有关动物的问题,诸如它们具有什么样的灵魂,它们是凭理性还是恰恰相反凭生物本能行动,它们是否有权利尊重我们人类,或者只是我们有义务去尊重它们。我能学会这种语言,而且,在一段时间内,我将应用它。不过,事实上,如果你们本来希望有人到这儿来,替你们分辨必死的和不死的灵魂,或者分辨权利和义务;那你们应该去请一位哲学家,而不是像我这样的人。我之所以引起诸位的注意,只是因为我写过一些关于虚构的人物的故事。

"我可以回过头来,再谈谈刚才我所提到的那种语言,

---

① 波菲利(约234—约305),生于巴勒斯坦,学于雅典,曾加入罗马的新柏拉图学派。他不遗余力地想根除那些以讹传讹的教义,以使人们皈依上帝。

② 奥古斯丁(354—430),古罗马帝国晚期著名教父、哲学家,代表作《忏悔录》是一部宗教性的自传,写于397年。

③ 托马斯·阿奎那(1225或1226—1274),被认为是最伟大的经院哲学家。1879年,教皇列奥十三世下令,所有教授哲学的天主教文教机关中,阿奎那的体系必须作为唯一正确的体系来讲授,从此这成了惯例。

④ 杰里米·边沁(1748—1832),哲学家和法理学家,是英国"功利主义哲学"和"哲学激进主义"的创始人。

⑤ 玛丽·米奇利(1919—2018),纽卡斯尔大学哲学教授,她的处女作《野兽与人》探讨的是人与动物的关系问题。另有著作《人性之根》等。

⑥ 汤姆·雷根,著名的素食主义者,美国北卡罗来纳州立大学哲学教授,在解放动物和动物权利方面,著作甚丰,代表作为《动物权利问题》。

我最多只能采用间接的而不是直接的方式。比如,我可以告诉你们,我对圣托马斯有什么看法。因为我们人类是上帝根据自己的形象创造出来的,而且我们都是上帝的存在的一部分;所以,除非我们虐待动物成习惯了,从而连人类都要虐待,否则我们如何对待动物是无关紧要的。我会问圣托马斯,上帝的存在到底是什么,他会回答说,是理性。柏拉图和笛卡儿都说过相同的话,只是说的方式不同而已。宇宙建立在理性之上。上帝是理性的上帝。通过应用理性,我们就能理解宇宙赖以运行的一些规律;这一事实证明,理性和宇宙是同一种存在。由于缺乏理性,动物无法理解宇宙,而只能盲目地遵循宇宙的规则。这一事实证明,它们跟人类不同,它们是宇宙本身的组成部分,而不是宇宙之存在的组成部分。人类像神明,动物像东西。

“在这一点上,甚至伊曼纽尔·康德都缺乏探索的勇气;我本来对他有更高的期许。关于动物,甚至康德都没有坚持他直觉到的一些想法,如,理性可能不是宇宙的存在,恰恰相反,可能只是人类头脑的存在。

“你们瞧,这就是今天下午我碰到的难题。理性和七十年的人生经验都告诉我,理性既不是宇宙的存在,也不是上帝的存在。恰恰相反,在我看来,我怀疑,理性像是人类思想的存在;也许比这更糟糕,理性像是人类思想的某种倾向的存在。它是人类思维的某个范围的存在。如果真是这样,如果我就这么认为,那么,今天下午,我为什么要对理性折腰,为什么要渲染古代哲学家们的话语,并因此而感到心满意足?

"我提出这个问题，然后又替你们作了回答。或者，我宁愿让红彼得，卡夫卡的红彼得，替你们回答。我既然来了，红彼得说，穿着礼服，戴着蝴蝶领结，我的黑色裤子上有一个洞，那是当我坐下来时，由我的尾巴戳出来的（我把尾巴藏在身后，你们是看不到的）；我既然来了，我该做点什么吧？我有实质性的选择权吗？不管我讲什么，如果我不让自己的话服从于理性，那么，我在这儿叽里呱啦，挤眉弄眼，敲打水杯，把自己变成一只猿猴，那我还剩下什么？

"你们应该知道斯里尼瓦萨·拉马努金①的事。他于1887 年生于印度，曾被抓到英国的剑桥大学，他无法忍受那儿的气候、食物和学术体制，病了，后来，三十多岁就死了。

"许多人认为，拉马努金是我们这时代最伟大的天才数学家；也就是说，他是自学成才。他用数学方式思维，但对他来说，那些相当烦琐的数学论证或公式却跟他格格不入。尽管拉马努金的许多结论（恶意诽谤他的人说，那都是他的假设而已）在任何情况下都是正确的，但是，这些结论到今天仍然没有得到证实。

"拉马努金现象告诉我们的是什么呢？拉马努金比一般人离上帝更近，那是否是因为他的头脑（让我们称之为'他的头脑'；对我来说，只称之为'他的脑子'，是对他的无

---

① 斯里尼瓦萨·拉马努金（1887—1920），数学天才，被尊为有史以来最伟大的数学家之一，与欧拉、高斯和雅各比齐名，虽然没有受过正规教育，而且享年很短，只有三十三岁，但身后留下了近四千条数学公式，其中有大约三分之二是原创性的。

理的侮辱）跟理性的存在是一致的；或者说，跟别人的头脑比起来，显得更一致？如果剑桥大学的优秀人士，以 G. H. 哈代为首[①]，没有从拉马努金那儿得到他的那些假设，并且费力地把其中能够被证明为正确的一些给证明了；那么拉马努金是否还会比哈代他们离上帝更近呢？

"那么，红彼得（我指的是历史上的红彼得）的情形如何呢？我们如何能知道，红彼得，或者，被猎人们枪杀在非洲的红彼得的小姐姐，其所思所想不像拉马努金在印度的所思所想，而且它跟拉马努金一样说得很少？一边是 G. H. 哈代，另一边是沉默的拉马努金和沉默的红萨丽；两者之间的差异是否只在于，前者熟悉数学界的礼仪，而后者却不熟悉？那是否是我们衡量自己与上帝和理性存在之间的距离远近的方式？

"一代代地，人类推出了一批思想家。这些思想家虽然比拉马努金离上帝要更远一些；但是，在指定的十二年基础教育和六年的高等教育之后，他们能通过应用物理的和数学的规则，为解读自然这部大书做出贡献。这是怎么回事呢？如果人类的理性与上帝的理性真的一致，那么我们是否就有理由怀疑：我们真的需要花费十八年——人的一生中能用来干事的那一段美好时光，来取得资格，从而成为上帝的巨著的解读者吗？为什么不是五分钟，或者，五百年？我们现在所关注的这个人，与那些所谓有资格接触宇

---

① 格德福雷·哈罗德·哈代（1877—1947），当代英国杰出的数学家，以数理方面的成就尤其是素数研究著称。

宙奥秘的'满天下的桃李'相比,是否显得更加专业?他是否体现了一种更加狭隘的但又是自我更新的知识传统?这种传统的长处是推理,象棋手在下象棋时用的就是推理;推理因其自身的一些动机,力图置身于宇宙的中心。

"尽管我明白,要想获得学术界的承认,对我来说,最好的方式是让自己加入到西方的主流话语之中,像支流汇入大河。这话语是人的,而不是野兽的;是理性的,而不是非理性的。我内心是拒绝这样做的,因为我预见到,那一步是整场战斗的退却。

"因为,在外人看来,在一个跟学术界没有关系的人看来,理性只是一种煞有介事的同义反复。理性当然会把理性本身证明为宇宙的第一规则——除此之外,它还能干什么?罢黜自己吗?理性体制都是极权体制,是没有那样的魄力的。如果有那么一个位置,理性可以用来攻击并罢黜它自己,那它早就占领那位置了;否则,它就不是极权的了。

"在古时候,人类的声音虽然由理性提升,但会遭遇狮子的咆哮、公牛的吼叫。于是,人类与狮子和公牛开战;许多年代之后,人类确定无疑地赢得了战争。今天,这些动物再也没有那样反抗的力量了。它们只剩下了沉默,只能用沉默与我们对抗。一代又一代地,我们的俘虏们显现了英雄气概,拒绝跟我们说话。除了红彼得,除了大猿猴。

"不过,由于这些大猿猴,或者说其中的一些,似乎在我们面前放弃了它们的沉默,我们听见,人类提高了嗓门,争辩说,这些大猿猴应该被划入更大的类人猿族群,类人猿跟人类一样,具有理性的能力。由于这些声音是人类或者说是类人猿发出来的,它们将继续存在。因此,我们应该赋予大猿猴们人类的或者说类人猿的权利。具体指什么权利呢？至少是我们所给予人类中那些智力有缺陷的人的权利:生存的权利,不受痛苦或伤害的权利,法律面前受同等保护的权利。

"这可不是红彼得奋斗的目标。1917 年 11 月,当它通过弗朗茨·卡夫卡的记录,写自己的生平历史时,它只想着要给科学院读一读关于它的生平的报告。不管这报告可能有什么别的含义,它都不是一个请求,即不是请求人类把它看作一个有智力障碍的人,一个傻瓜。

"红彼得不是一个调查灵长类动物行为方式的人,而是一只被打上了烙印、身上有记号、受了伤的动物,它出来,是要向一群学者申述。我不是一个研究思想的哲学家,而是一只展现自己的动物;不过,我向学者们展现的,不是伤口;我把伤口藏到衣服下面了,不过,我说的每一句话都能使你们联想到我所受的伤害。

"如果红彼得非得要降低自己的尊严,由野兽变成替罪羊,由沉默变成理性的喋喋不休;如果它被选定为替罪羊,那么帮它记录的人也是替罪羊,天生的替罪羊。他能预感到,在他死后不久,一场大屠杀将要发生,被杀的就是那些被选中的人。因此,为了证明我的好意和诚意,让我装模作样,假充学者,给你们讲讲我的一些学术观点,这些观点要有脚注才能撑得起来。"——讲到这里,伊丽莎白摆了一个没有什么特点的姿势,把她的演讲稿举到空中,挥舞着——她的讲题是"论红彼得的起源"。

"1912年，在特内里费岛①，普鲁士科学院建立了一个研究站，用于测试猿猴，尤其是大猩猩的智力。这个研究站一直存在到1920年。

"在那儿工作的科学家中，有一位是心理学家，叫沃尔夫冈·克勒②。1917年，他出版了专著，题目叫《猿猴的智力状况》，他在书中描述了他的试验情况。就在这年11月，弗朗茨·卡夫卡发表了他的《给科学院的报告》。我不知道，卡夫卡是否读到了克勒的书。在他的书信和日记里，都没提到那本书，而他的藏书则在纳粹时期就散失了。1982年，他的大约二百本藏书重新面世，其中没有克勒的书，不过，那说明不了什么。

"我不是研究卡夫卡的学者。事实上，我根本就不是学者。我宣称卡夫卡读过克勒的书；这是正确的还是错误的，没关系，因为我在这个世界上的地位并不取决于此。不过，我倾向于认为，卡夫卡读过那本书。研究一下年代，使我的推测看起来似乎有一定的道理。

"根据红彼得自己的叙述，它是在非洲大陆上被抓获的，捕获它的是一些专门从事猿猴交易的猎人；随后，它被装上船，漂洋过海，来到一个研究所。克勒所研究的就是红彼得这样的猿猴。后来，红彼得和克勒的猿猴经过了一段

---

① 特内里费岛位于非洲西北海岸附近，属于金丝雀群岛，是其中最大也是最吸引人的一座，岛上四季常春，其北部是青葱的热带风光，西部是宜人的海岸。

② 沃尔夫冈·克勒（1887—1967），格式塔心理学的创始人之一，出生于爱沙尼亚，毕业于柏林大学，一战爆发时，他在金丝雀群岛上从事灵长类动物研究。

时间的训练,目的是要使它们具有人性。尽管付出了很大的代价,红彼得大获全胜,完成了训练。卡夫卡在故事中描写了那个代价的状况:通过对故事中的嘲讽和沉默的把握,我们了解到了它的含义。克勒的猿猴没有红彼得做得好。不过,它们至少都受到了些许的训练。

"让我向你们重新讲一讲,在特内里费岛上,猿猴们从它们的老师沃尔夫冈·克勒那儿学到了什么。我尤其要讲讲苏尔坦,它是克勒最好的学生,从某种意义上说,是红彼得的翻版。

"苏尔坦独自窝在它的笼子里。它饿了:食物往往是定期送来的,但不知何故,现在却停掉了。

"有个男人过去常常给它送来食物,现在那人不仅不再给它送吃的,还在地面以上三米的高度,在笼子的上方,拉了一根铁丝,上面挂了一串香蕉,又把三个板条箱拉进笼子。然后,他就关上门,走了;不过,他还在附近的某个地方,因为猿猴们能闻到他的气息。

"苏尔坦知道:现在,他是要我们思考。香蕉挂在那儿,就是这个意思;香蕉挂在那儿,就是要让我们思考,刺激我们绞尽脑汁。可是,我应该思考什么?我会想:他为什么要让我挨饿?我会想:我做了什么?他为什么不再喜欢我?我会想:他为什么不再需要这些板条箱?但所有这些想法都不正确,甚至是更为复杂的想法也不正确——比如:他出了什么问题?他对我有什么误解,使他认为,我去拿挂在铁丝上的香蕉,比从地上捡取,要更加容易些?正确的想法应该是:如何利用这些板条箱来拿香蕉?

"苏尔坦把箱子拖到了香蕉下,把它们一只只垒起来,然后爬上这个它自己建造的塔,把香蕉摘了下来。它想着:现在,他不会再惩罚我了吧?

"答案是否定的。第二天,那人在铁丝上挂了一串新鲜的香蕉,但同时在板条箱里塞满了石头使它们重得搬不动。我不应该想:他为什么要在箱子里塞满石头?我应该想:尽管箱子里塞满了石头,但我该如何利用这些箱子,拿到香蕉?

"我现在开始明白,人的脑子是如何工作的了。

"苏尔坦清空了箱子里的石头,用箱子建造了一个塔,爬上去,摘下香蕉。

"如果苏尔坦想错了,它就得挨饿;它饿着,直到饥饿的疼痛变得无比强烈、高于一切,它才不得不往正确的方向上想,亦即,想着如何才能得到香蕉。这就是大猩猩的智力所受到的最大的测试。

"那人在铁笼子外面一米处,扔了一串香蕉,又把一根棍子扔进笼子。苏尔坦的错误的想法是:他为什么不再把香蕉挂在铁丝上?另一个错误的(不过,也是正确的)想法是:怎么能利用那三只板条箱够着香蕉?真正正确的想法是:如何用棍子够着那香蕉?

"每一回,苏尔坦都被迫去想比较无趣的想法。从纯粹的沉思冥想(为什么人类要有这样的习惯?),它被无情地推向低贱的、实用的工具理性(如何用这个得到那个?),从而倾向于把自己也看作主要是一个生物体,有一副需要满足的胃口。从它母亲被杀,它自己被捕,到它被装进笼子,漂洋过海,来到这个岛上,被关在监狱似的营地里,如今,在它吃东西的时候,他们还要跟它玩虐待狂似的游戏;所有这些经历都促使它想问一些有关普遍正义的问题,以及这个监狱似的聚积地在宇宙中的位置问题。这是一个精心谋划的心理领域的政权,它迫使苏尔坦离开伦理学和形而上学,走向更加卑贱的实用理性的领域。当它一寸寸地穿过这羁押它、控制它并充满欺诈的迷宫时,不知为何,它肯定会想到这一点,即,无论是出于什么样的考虑,它都不敢放弃;因为,在它肩上扛着的,是代表猿猴王国的责任。它的兄弟姐妹们的命运可能就取决于它的表现。

"克勒可能是个好人。一个好人,但不是诗人。那些被捕获的大猩猩迈着大步,绕着围场,围成一个圈,慢慢地走动。它们整个像一支军队。有的赤裸着,像刚刚出生时的样子;有的身上拖挂着绳索或旧布条,那都是它们捡来的;还有的穿戴着垃圾。一个诗人会把这一刻点化成伟大的一刻。

"(从图书馆里,我借阅了克勒的一册书;在有这段描写的书页边上,一个愤怒的读者写道:'把动物当人写了!'他的意思是说,动物不会迈步,不会打扮;因为它们不知道'迈步'是什么意思,也不知道'打扮'是怎么回事。)

"在它们以往的生活中,猿猴们未曾习惯于以外界的眼光看待它们自己,就好像有那样眼光的人是不存在的。因此,正如克勒所洞察到的:由于布条和垃圾看起来非常巧妙,由于这些东西让你产生异样的感觉;它们在大猩猩们身上并不是为着什么视觉效果,而是为着动觉效果——某种用来解乏的东西。以克勒所具备的同情心和洞察力,他只能想到这个程度;而诗人可能会从这里出发,因为他能感受到猿猴的感受。

"在苏尔坦内心的最深处,它对香蕉问题并不感兴趣。那迫使它把注意力集中在这一问题上的,只是试验者一厢情愿的统治欲。实验室和动物园有如地狱,老鼠、猫和其他许多动物都被困于其中;所有这些动物都被这样的问题困扰着:家在哪里? 我如何能到达那里? 这也是真正困扰着苏尔坦的问题。

"卡夫卡笔下的猿猴戴着蝴蝶领结,穿着晚礼服,握着一卷演讲提纲。让我们回到这只猿猴那儿,测量一下由它到这群被捕获的动物之间的距离;这些动物绕着特内里费岛的牧场,没精打采地走着,是多么悲哀啊! 红彼得已经走得多远了啊! 不过,我们有权利问:作为回报,它的智力已经得到了巨大的超常的发展,而且已经掌握了演讲厅的礼仪和学术界的话语;为此,它不得不放弃了什么? 答案是:许多,包括传宗接代。如果红彼得有一丁点理智,它就不会要孩子。在卡夫卡的故事中,有一只绝望的、半疯的母猿猴,那些猎捕红彼得的人力图把这只母猿猴许配给它,它们生下来的可能只是一头怪物。我们很难想象红彼得的孩子,正如很难想象卡夫卡自己的孩子。杂种是,或者说,应该是没有生育能力的。卡夫卡把自己和红彼得都看作杂种,就好像有一套怪异的会思想的设备,莫名其妙地被装在那些受苦受难的动物身体上了。在所有幸存下来的卡夫卡的相片中,我们可以看到他那盯着我们的目光,这是一种纯粹惊异的目光:惊异、震惊、惊恐。在所有人中,卡夫卡在心理上是最没有安全感的。他好像在说:这是,这就是上帝的形象吗?"

"她这是在漫谈。"坐在约翰身边的诺玛说道。

"什么?"

"她在漫谈。她跑题了。"

"有一个哲学家,名叫托马斯·内格尔①,"伊丽莎白继续说道,"他提出一个问题;到了今天,在专业圈子里,这个问题已经变得非常有名:做一只蝙蝠,会怎么样?

"想象做一只蝙蝠的样子,内格尔先生说,就是想象:整夜整夜地飞来飞去,把昆虫抓到嘴里,凭借声音,而不是物象,辨别方向;白天则倒挂着——这可没什么了不起的;因为,他所告诉我们的这一切,只是如何像一只蝙蝠那样去'行动'。而我们真正想知道的,是如何'作为'一只蝙蝠去行动;因为,蝙蝠就是蝙蝠。由于我们的头脑不适合于回答这样的问题——我们的头脑不是蝙蝠的头脑,我们决不可能回答这个问题。

"作为一个有知识而没有同情心的人,内格尔使我感到震惊。他甚至很有幽默感。不过,他认为,除了我们自身,我们不可能知道任何别的东西是什么样的。在我看来,他的这种看法非常有局限。对内格尔来说,蝙蝠是一种与人根本不同的生物,也许不像火星人那样迥异于人,但肯定

---

① 托马斯·内格尔(Thomas Nagel),纽约大学哲学系教授,代表作有《人的问题》等。

比人与人之间的差异要大（我猜想，与学院里的哲学家的差异尤其大）。

"因此，我们建立了一个连续统一体。它的一端是火星人，另一端是人（但不是卡夫卡）；中间经过蝙蝠和狗和猿猴（但不是红彼得）三个阶段。内格尔说，沿着连续统一体，我们从蝙蝠走向人；在其中的每一个阶段，我们都会问这样一个问题'让某某成为某某会怎么样呢？'而答案也随之越来越容易找到。

"我知道，内格尔只是把蝙蝠和火星人当作对他有用的东西，目的是就意识的本质提出他自己的问题。不过，跟大多数作家一样，我的思维直来直去；因此，我想到蝙蝠为止。当卡夫卡写猿猴时，我认为，他首先谈的是猿猴；当内格尔写蝙蝠时，我认为，他首先谈的是蝙蝠。"

诺玛坐在约翰身边，恼怒地叹了一口气，声音轻得只有约翰能听见。不过，诺玛本来就只想让他一个人听见。

"在目前这段时间，"他母亲说，"我了解到了，做一个死人，是什么样子。这使我感到厌恶，使我心中充满恐惧；我唯恐避之不及，拒绝享用这样的知识。

"我们所有人都经历过这样的时刻，尤其是在我们长大之后。我们所具备的知识——'所有人都会死，我是人，所以我也会死'——这样的知识不是抽象的，而是具体的。在某一时刻，我们就是这样的知识。我们过着不可能的生活，我们活过自己的死亡，回过头来再看这死亡；这样的回顾，只有死去的自我才能做得到。

"用内格尔的话来说，如果我有这样的知识，当我知道自己将要死时,我知道的是什么呢?我是否知道,让自己成为死人,会是什么样子?或者,我是否知道,让死人成为死人,会是什么样子?在我看来,其间的差异微乎其微。我所知道的,是死人不可能知道的东西:死人已经死灭,它什么都不知道,而且决不会再知道任何东西。比如,在我整个知识结构在惊慌中坍塌之前,我会活在那样的矛盾之中,死了,同时又活着。"

诺玛轻轻地吸了一下鼻子。约翰抓到她的手,用力握了握。

"我们人类能够具备的就是这种想法。如果我们强迫自己,或迫于外力,那么,我们不仅想到这一点,甚至还会想到别的。可是,我们抵制外力的压迫,而且很少强迫自己。只有当我们被推到死亡面前时,我们才会设身处地地思考死亡。现在我要问:如果我们能够思考自己的死亡,那么,到底为什么我们无法设身处地地思考蝙蝠的生活?

"去做一只蝙蝠,会怎么样?在我们能够回答这样一个问题前,内格尔提示说,我们要有能力通过蝙蝠的各种感觉方式,去体验蝙蝠的生活。但他错了;或者,至少说,他把我们送上了一条错误的道路。做一只活生生的蝙蝠,是充满生机的;做一只全面的蝙蝠,就是做一个全面的人,这样的人也充满生机。也许,首先是蝙蝠,其次才是人;不过,这些都是次要的想法。要充满生机,就要身心健全。有一个词,可以用来指称这种对生机盎然的体验,这就是'快乐'。

"活着,就要有一颗活生生的灵魂。动物——我们都是动物——都有灵魂附体。这一点正是笛卡儿所看清的,并决心加以否定的;他有他的理由。笛卡儿说,动物活着,就像一架活着的机器。动物的构成无非是一个机械系统。如果说动物有灵魂,那么这正如机器有电池,电池给机器提供电力,使它得以运转。不过,动物并非灵魂附体,动物的生命性质也并非快乐。

"'我思,故我在。'①笛卡儿还说过这样的名言。对这个公式,我一直感到不舒服。它的意思是,如果一个生物不进行我们所谓的思考,那么,从某种程度上说,它就是二等生物。我赞同丰满、具体而活生生的知觉;但反对思考,反对认知。我所认可的知觉——不是那样的一种自我意识,即把自己看作某种幽灵一般的机器,会推理,会思想;恰恰相反,它是一种跟感觉关系很大的知觉——属于具有四肢的躯体,那四肢向着空中伸展;这是一种活在人世的知觉。

"这种丰富性与笛卡儿所说的状态完全相反,后者只有一种空洞的感觉,像一粒豌豆在一只豆荚里旋转,发出哐啷哐啷的声音。

"生活的丰富性是一种状态;在监禁中,这种状态很难保持。监禁是惩罚的一种形式。西方人钟爱它,通过种种其他处罚形式(拷打、折磨、肢解、处死)——那些形式既残酷无情,又违背天理——他们竭尽全力,把监禁这种处罚形式强加给世界其他地方。关于我们自己,这意味着什么呢?对我来说,这意味着:身体在空间中的活动自由被看作我们的目标,因为有这个目标,理性可能会损害感性,而这种损

---

① 原文为拉丁文。

害是最恼人,也是最有效的。而且,事实上,正是在那些最少有能力忍受监禁的生物身上——它们与笛卡儿所描绘的灵魂图景——一粒豌豆被监禁在一只豆荚里——最缺乏一致性,而且与进一步的监禁无关——我们看到了最让人感到绝望的后果:在动物园,在实验室,在研究所——在这些地方,快乐之流没有任何流动的空间,因为它不是来自身体之中的生命或身体本身,而只是来自某种具体化了的存在。

"我们要问的不应该是这样的问题:我们是否跟其他动物拥有相同的东西——理性、自我意识、灵魂?(由此我们必然会推出这样的结论:如果我们跟其他动物不同,那么我们就会自以为可以随心所欲地对待它们,把它们关起来,把它们杀掉,羞辱它们的尸体。)让我回过头来谈死亡营。这些营地有一种特别的恐怖,从而使我们相信:发生在那儿的事情都是反人道的恶行。那些杀人者不把受害者当人,只把他们当虱子。这太抽象了。恐怖的是:那些杀人者跟所有其他人一样,拒绝设身处地地替受害者着想。他们说:'运牛车载着那些牲口,吱吱嘎嘎地驶过。'他们不会说:'假如我在那运牛车上,会怎么样?'他们不会说:'那在运牛车上的是我。'他们说:'肯定是那些死人,此刻正在被焚烧,使空气发臭,然后变成骨灰,落在我的卷心菜上。'他们不会说:'假如我被焚烧,会怎么样?'他们不会说:'我在被焚烧,我的灰在掉落。'

"换句话说,他们关闭了自己的心扉。心灵是'同情'的所在地。'同情'这种能力使我们在有些时候能替他者分担。'同情'完全与主体相关,但跟客体即'他者'无关。

一旦我们所想到的客体不是蝙蝠（'我能替蝙蝠分担吗？'），而是另一个人；我们就会明白这一点。有人有能力把自己设想为别人，有人不具备这样的能力（当这种能力匮乏到极点时，我们把他们叫作'精神病患者'），还有人具备这种能力，但不想施展出来。

"托马斯·内格尔可能是个好人。尽管让我去同情他，还有托马斯·阿奎那和雷内·笛卡儿，比较难；但是，这种困难并没有发展到这样的程度，即限制我们去设身处地地为别人着想。出于同情的想象是没有任何限制的。如果你们想要证据，请往下听。几年前，我写过一本书，叫《爱可尔斯街的房子》。为了写那本书，我不得不设身处地地，把自己想象成马伊蓉·布卢姆。要么成功，要么失败。如果我没有成功，我就无法想象，你们何以今天要请我到这儿来。关键是，在任何情况下，马伊蓉·布卢姆都不存在。她是詹姆斯·乔伊斯通过想象虚构出来的人物。既然我能设身处地地把自己当成一个从未曾存在过的人，我就能设身处地地把自己当成一只蝙蝠，或一只黑猩猩，或一只牡蛎，我就能跟任何一种生物共享生命之源。

"让我最后一次来谈谈那些死亡营，这些屠宰场遍布在我们四周；而我们却齐心协力、竭尽全力，对它们关闭了心扉。每天都有新的一轮大屠杀，可是，就我目前所能看到的而言，我们道德的神经却并没有被触动。我们并没有被污染的感觉。我们似乎可以做任何事情，然后走开，双手依然是干净的。

"我们指的是德国人、波兰人和乌克兰人，他们什么都干,但并不知道自己周围的暴行。这是一种特殊形式的无知,造成了一定的后果;我们宁愿认为,他们的内心烙上了这种后果的印记。我们宁愿认为,在他们的噩梦中,有些阴魂会回来,出没在他们周围,因为他们曾拒绝分担那些人的苦难。我们宁愿认为,他们早上醒来时会形容枯槁,然后会死于病痛。不过,事情也许并非如此。证据指向相反的方向:我们可以做任何事情,然后脱身出来;不受任何惩罚。"

奇怪的结尾。只在伊丽莎白摘下眼镜、卷起讲稿时,听众才开始鼓掌;甚至在那时,掌声也是稀稀拉拉的。奇怪的演讲,奇怪的结尾;约翰想着,错误的考辩,错误的论辩。辩论,那可不是她的强项。

诺玛举着手,力图引起人文学院院长的注意;那位院长是这次演讲会的主持人。

"诺玛!"约翰轻声叫道,急促地摇着头,"别!"

"为什么?"诺玛轻声回问道。

"求你了,"约翰又轻声说,"此时此地,别这样!"

"周五中午,我们将就今天这位贵宾的演讲作进一步的讨论——在会议通知书上,你们可以了解到有关的详细内容——不过,科斯特洛女士惠允再回答听众的一两个问题。有——吗?"院长环顾四周,眼睛放出光芒。"有!"约翰听见身后有人叫道。

"我有权提问!"诺玛对着他的耳朵轻声说道。

"你是有权提问,只是别实施这权利,这可不是什么好主意!"约翰轻声回应道。

"我无法容忍她就这样草草收场! 她搞混了!"

"她老了，她是我母亲。求你了！"

在他们身后，已经有人在说话。约翰转身，发现，讲话的是一个长着胡子的高个子男人。他想道，天晓得，他母亲何以要答应对听众的问题作出满意的答复。他母亲应该知道，公共演讲要吸引的是傻子和疯子，正如尸体吸引苍蝇。

"我不明白，"那人问道，"您真正的目的是什么。您是否说我们应该关闭养殖场？您是否说我们应该停止吃肉？您是否说我们应该更加人道地对待动物，更加人道地杀戮它们？您是否说我们应该停止动物实验？您是否说我们应该停止拿动物做实验，甚至包括像克勒所做的那样仁慈的心理实验？您能否阐明这些问题？谢谢！"

阐明。根本不是傻子。他母亲可以说得更明白些。

伊丽莎白站在麦克风前，紧紧地抓着讲台的边缘，讲台上没有讲稿；她看上去神经明显紧张。这不是她的强项，约翰又想道，她不应该这么做。

"我希望，一些原则不必明说，"他母亲说道，"如果你们想要从我这演讲中抽取出一些原则，那么，我不得不做出这样的答复：开启你们的心扉，听听你们自己的心里话。"

伊丽莎白似乎想要采取置之不理的态度。院长看起来很是狼狈。毫无疑问，那个提问题的人也感到很是窘迫。约翰当然也很尴尬。她为何不能直截了当地说出自己心里想说的话呢？

他母亲似乎意识到了那阵不满的骚动，重新说道："我对剥夺公权、规定饮食或其他类似的东西一向不太感兴趣。剥夺公权，各种法律。我更感兴趣的，是这些东西后面的本质。至于克勒的实验；我认为，他写了本奇妙的书。假如他不曾把自己看作一个用黑猩猩做实验的科学家，那书就不可能写成。不过，我们读到的这本书，不是那本他想写的书。我想起蒙田说过的某句话：我们认为我们在玩猫，但是，我们怎么能知道，那猫不是在玩我们？但愿我能认为，我们实验室里的动物是在玩我们。可是，唉，事实并非如此。"

伊丽莎白沉默了。"您的问题得到回答了吧？"院长问道。提问者夸张地耸了耸肩，做了个大鬼脸，然后坐了下去。

还得去赴宴。半个小时之后，在教职员工俱乐部，东道主举办了一场宴会。一开始，约翰和诺玛没有受到邀请。后来，人们发现，伊丽莎白·科斯特洛在阿波尔顿学院还有个儿子，他俩这才被加入到了被邀请者的行列。他怀疑，他们在哪儿都会感到不自在。他们肯定是最年轻、最卑微的。也许，人们需要他去做和事佬。

怀着坚韧的兴趣，约翰巴望着想看看校方将如何处理菜单方面的挑战。假如今天这位赫赫有名的演讲者是个伊斯兰教阿訇，或犹太教拉比，他们大概就不会上猪肉。那么，出于对素食主义的尊重，他们会给每个人上炸干果饼？陪伴他母亲的那些贵客是否整个晚上都要烦躁不安，想象着自己回家之后，抓起熏牛肉三明治或鼓槌一样的冷鸡腿，狼吞虎咽？或者，学校里那些英明的头头脑脑会求助于属性暧昧的鱼；因为鱼虽然有脊椎，但并不呼吸空气，也不哺乳幼鱼？

好在不是他负责点菜。他害怕的是：在聊天的间隙，有人会走上前来，说出他称之为"问题"的话——"科斯特洛女士，是什么因素导致您成为素食主义者的？"——然后，他母亲会跨上高头大马①，给出他和诺玛称之为"普卢塔克"②式的回答。

那之后，那修复损伤的任务将落到约翰头上，他一个人头上。

问题的答案来自普卢塔克的伦理文章；他母亲熟记在心，而他只能部分地复述出来。"您问我何以我要拒绝吃鱼。让我感到震惊的是，您居然能把动物的尸体放进嘴里，您居然嚼着鱼肉片，喝着死鱼汁，而不觉得肮脏。"普卢塔克真能让人无言以对：就"汁"这一个字便能让人哑口无言。搬出普卢塔克，就好像在提出挑战；那之后，会有什么事发生，就谁也不知道了。

他宁愿他母亲从未曾来过。再次见到她，是好事；让她看到自己的孙子孙女，是好事；让她得到认可，是好事。但是，如果他母亲的此次访问弄得很糟糕，那么，他将付出代价，他必将付出代价。而且，对他而言，这代价似乎是过高了。为什么她不能是一个普普通通的老太太，过普通老太太的生活？ 如果她想对动物敞开心扉，为什么不能待在家里，对她养的宠物猫敞开心扉？

---

① 比喻趾高气扬。
② 普卢塔克（约46—119），古希腊传记作家，曾任阿波罗祭司，被称为"世界传记之王"。著有《比较列传》（通译作《希腊罗马名人比较列传》）。

他母亲坐在饭桌的主位,正对着加兰德校长。约翰跟她隔着两个座位,诺玛则坐在末尾。有一个位子空着——他寻思着那是谁的。

露丝·奥尔金来自心理学系,正在跟他母亲讲述一个实验,说有一只年幼的黑猩猩,被当作人养。当它被要求将照片分门别类时,它坚持把自己的那张跟人类的而不是其他猿猴的照片放在一起。"我们很容易会简单地解读这个故事,"奥尔金说——"亦即,它希望自己被看作我们中的一员。不过,作为科学家,我们得有所警惕。"

"哦,我同意您的看法,"他母亲说,"在它心目中,那两类动物的区别可能不那么明显。比如说,一类是自由来往的,另一类则被锁起来了,只能待着。它的意思可能是说,它更喜欢处于自由者的行列。"

"或者,它可能只想取悦管理员,"加兰德校长插话道,"以显得它跟那管理员很相像。"

"对动物而言,这有点像马基雅维利①,您不这样认为吗?"一个大块头的金发男子说道。约翰没有记住那人的名字。

"马基雅维利的同时代人都称他为狐狸。"他母亲说。

"但这完全是另一回事——动物的品质令人难以置信。"大块头男人反驳道。

"是的。"他母亲说。

---

① 马基雅维利(1469—1527),意大利政治家和思想家。主张统治者为达到目的,可以不择手段。他的"目的说明手段正当"原则被称为"马基雅维利主义"。著有《君主论》(又译《霸术》)等。

一切都变得非常顺利。服务员给他们端来南瓜汤,没有一个人抱怨。他能够轻松一下了吗?

在鱼这道菜上,他确实可以轻松一下。两道主菜之间是小菜,他们可以从两种小菜中选取一种。一是红鲷鱼烧小土豆,二是宽面条加茄子。加兰德跟约翰一样,也要了宽面条;事实上,他们有十一个人,其中只有三个要了鱼。

"一些宗教团体常常用禁食的名义,把自己禁锢起来;这是很有趣的。"加兰德说。

"是的。"他母亲说。

"我的意思是,比如说,那种禁锢的形式应该是,'我们是不吃蛇的人';而不应该是,'我们是吃蜥蜴的人'。这是很有趣的。我们不做什么,而不是我们做什么。"在调任行政职务之前,加兰德是一个政治学家。

"所有这一切都跟干净和不干净相关。"温德林奇说。尽管他的名字不像是英国人的,但他是英国人。"动物有干净和不干净之分,习惯有干净和不干净之别。不干净是一种非常简便的手段,可以用来鉴定谁属于哪个团体,谁不属于哪个团体;谁在内,谁在外。"

"不干净和羞耻感,"约翰插话道,"动物没有羞耻感。"听见自己在说话,他感到很奇怪。可是,为什么不说呢?——今晚过得很好。

"确实是,"温德林奇说,"动物们不会把自己的排泄物藏起来,它们还在公共场合做爱。它们没有一点羞耻感。我们可以说,这就是它们跟我们人类的区别之所在。不过,我们对它们的基本看法还是:它们不干净。动物们有不爱干净的习惯;因此,它们被排除在人类之外。羞耻感,对不干净的羞耻感,使我们成为人。亚当和夏娃:那个奠基性的神话。在那之前,我们都是混杂在一起的动物。"

约翰以前从未曾听温德林奇说过话。约翰喜欢温德林奇,喜欢他那认认真真而又结结巴巴的牛津口吻。这破除了美国人的自信。

"不过,生物系统不可能是这么运转的,"优雅的校长夫人奥丽维娅·加兰德反驳道,"这太抽象了,没血没肉。我们不跟动物做爱——这就是我们自己跟它们的区别之所在。想想跟它们做爱,就会使我们发抖。这就是说它们——所有动物,都是不干净的。我们不跟它们混杂在一起。我们使干净的和不干净的分开。"

"不过,我们吃它们,"这是诺玛的声音,"我们跟它们是混杂在一起的。我们消化它们。我们把它们的肉变成自己的肉。因此,生物系统不是这么运转的。有些特殊种类的动物,我们是不吃的。当然,这是指那些不干净的,而不是一般意义上的动物。"

她的说法当然正确,但也有错误:这错误把众人的谈话带回到了饭桌上,带回到了他们面前的食物上。

温德林奇又说道:"希腊人感到屠宰动物是有问题的,但他们又认为,通过使屠宰行为仪式化,他们可以弥补错误。他们举行奉献牺牲的仪式,把一部分供品奉献给神明,希望自己能保有剩余的。什一税也有同样的用意。在你打算吃肉时,祈求神明的祝福,祈求他们宣称那肉是干净的。"

"也许,这就是神明的起源。"他母亲说。大家沉默了一会儿。"也许,我们创造神明,就是为了能够把自己的过失转嫁到他们身上。他们许可我们吃肉。他们许可我们玩弄不干净的东西。这不是我们的错,而是他们的错。我们只是他们的孩子。"

"您真的这么认为?"加兰德夫人警觉地问道。

"上帝说:凡活着的动物都可以作你们的食物,"①他母亲引述道,"这很方便。上帝告诉我们,这样做是允许的。"

又是沉默。他们等着她说下去。毕竟,她是拿了钱的客人。

"诺玛说得对,"他母亲说,"问题是,我们要界定我们跟动物的区别。这是指一般意义上的动物,而不只是所谓'不干净的动物'。禁止某些种类的动物——诸如猪等——是相当武断的。这是一个信号,表明我们正处于危险的境地。实际上,是雷区,食物禁忌的雷区——禁忌是没有任何逻辑可言的,雷区也没有逻辑——都不是意想之中的。除非你手里拿着一张地图,一张神圣的地图,否则,你决不可能猜想到,你会吃什么,你会走向哪里。"

"不过,这只是人类学的理论,"诺玛从桌子下首反驳道,"他一点都没说到我们今天的行为。现代人选择食物,不再取决于神明的许可与否。如果我们吃猪肉,而不吃狗肉。那只是从小到大的习惯。难道您不这样认为吗,伊丽莎白?这只是我们的一种习惯而已。"

---

① 这句话引自《圣经·创世记》第九章第三节。

伊丽莎白。诺玛这么称呼她，是在表示自己跟她的亲密关系。不过，诺玛是在玩什么把戏呢？她是否想把他母亲引向陷阱？

"嫌恶，"他母亲说，"我们可能已经摆脱了神明，但我们还没有摆脱嫌恶。嫌恶是宗教恐惧的变种。"

"嫌恶并不普遍，"诺玛反驳道，"法国人吃青蛙。中国人什么都吃。在中国，根本没有嫌恶可言。"

他母亲沉默了。

"因此，也许问题只在于，你在家里学到了什么，按照你母亲的说法，什么可以吃，什么不可以吃。"

"什么是干净的、可吃的，什么是不干净的、不可吃的。"他母亲轻声说道。

"也许是吧"——此时，约翰觉得，诺玛讲过头了，正开始支配话题，而且到了完全不合适的地步——"这整个关于干净与不干净的概念具有一种完全不同的作用，亦即，他能使某些团体有能力从消极的意义上把自我界定为精英分子，或上帝的选民。我们是避开 A 或 B 或 C 的人，通过这种禁绝的力量，我们使自己脱颖而出，成为上等人；比如说，成为社会中像婆罗门那样的特权阶层。"①

又是一阵沉默。

"素食主义禁止吃肉，但禁肉只是禁食的一种极端形

---

① 在古代印度，整个社会分成四个地位不同的社会等级，即婆罗门、刹帝利、吠舍和首陀罗。婆罗门是祭司贵族，属于印度种姓之一，它主要掌握神权，占卜祸福，垄断文化和报道农时季节，在社会中地位是最高的。

式,"诺玛得寸进尺,"一个精英团体想要界定自己,禁食是一种快捷而方便的方式。其他人的饮食习惯是不爱干净,我们不能跟他们同吃同喝。"

此时,诺玛真的快要说到点子上了。此时局面出现了混乱,气氛也不安起来。幸好,用餐完毕了——红鲷鱼和宽面条——女招待来到他们中间,撤走了盘子。

"你读过甘地的自传吗,诺玛?"他母亲问道。

"没有。"

"年轻时,甘地被派往英国,学习法律。英国作为一个伟大的食肉国,当然很是自豪。但是,甘地的母亲让他发誓,不吃肉。她在一只旅行箱中装满了食物,供他一路上食用。在海上航行期间,他曾从饭桌上捡过一点面包吃,后来,就一直吃箱子里的东西。在伦敦,他曾面临困境,曾花费很长时间,寻找住处,寻找有他那样的食物的饭馆。他很难跟英国人交往,因为他无法接受或回报别人的好意。直到他偶尔遇到英国社会中的一些边缘人物——费边社①成员、神学诡辩家等——他才开始感到自在些。直到那时,他还只是一个孤独的小人物,一个学法律的学生。"

"伊丽莎白,要点是什么?"诺玛问道,"这故事的要点是什么?"

"就是说,我们几乎不能把甘地的素食主义看作权力运行的结果。素食主义把他逼到了社会的边缘。而他能在

_____

① 费边社是一种具有改良倾向和社会主义倾向的群众团体,以萧伯纳为首。他们反对武力,主张以技术和教育改善社会,希望依靠经济和政治的方式从资本主义社会过渡到社会主义社会。

社会边缘有所发现,并能把他的发现融入他的政治哲学;这就是他特殊的才能。"

"在任何情况下,"金发男子插话道,"甘地都不是一个好榜样。我们很难说,他忠实地贯彻了他的素食主义。他之所以吃素,是因为他曾向母亲许过吃素的诺。他可能会信守承诺;不过,他感到了后悔,并且嫌恶自己的诺言。"

"难道你不认为,母亲可以对孩子们产生好的影响吗?"伊丽莎白·科斯特洛说道。

大家沉默了一会儿。该他这个好儿子说话了。他没说。

"可是,您自己的素食主义,科斯特洛夫人,"加兰德校长火上浇油,说道,"是来自道德的确信,不是吗?"

"不是,我觉得,不是,"他母亲说道,"是来自一种想要拯救我自己的灵魂的欲望。"

这时,真的是寂静无声,只听得见盘子相互碰撞时发出的叮当声。女招待们把烤好的阿拉斯加鱼端到他们面前。

"呃,我很尊重素食主义,"加兰德说,"它是一种生活方式。"

"我穿着皮鞋,"他母亲说,"拿着皮包。假如我是您,我就不大会尊重素食主义。"

"言行一致,"加兰德嘟哝着说,"言行一致是小人物的怪癖。在吃肉和穿皮鞋之间,我们当然能划出一条界线。"

"可憎的程度不同而已。"伊丽莎白答道。

"对于那些基于尊重生命的生活方式,我也极为尊重。"阿伦特主任说。他第一次加入这场争辩,"我乐于接受这样一个观念,即,饮食禁忌不仅仅是习俗。我愿意接受这样的看法,即,强调饮食禁忌是真正出于道德方面的考虑。不过,同时,我们应该说,对于动物而言,我们整个由关注和信仰组成的上层建筑是一本封闭的书。你无法向一头菜牛解释说,你将饶过它的命;你也无法向一只臭虫解释说,你不会踩它。在动物的生命中,不管好坏,事情就那么发生了。因此,如果你好好想想,你就会发现,素食主义其实是一笔非常奇怪的交易,受益的一方往往不知道他们正在受益,而且永远没有知道的希望。因为他们生活在意识的空白之中。"

阿伦特停住了。该轮到他母亲说话了,但她看上去一脸的困惑,黯淡、倦怠又困惑。他向母亲侧过身去。"这是漫长的一天啊,母亲,"他说,"也许,该结束了。"

"是啊,该结束了。"她说。

"您不要点咖啡吗?"加兰德校长问道。

"不需要,咖啡只会使我保持清醒,"她转向阿伦特说,"这是一个好点子,是您提出来的。没有任何意识会让我们承认其为意识。从到目前为止我们所能证明的情况来看,没有任何一个人的自我意识自有其历史。我所关心的,是后面将要到来的东西。'因此',他们没有任何意识。那又怎么样呢?我们就可以因此随心所欲地利用他们,来达到自己的目的吗?我们就可以因此随心所欲地屠杀他们吗?为什么?我们所承认的意识在形式上到底有什么特殊之处?为什么杀死一个有意识的人是一宗罪行,而杀死一头动物却可以免受处罚?有些时候——"

"婴孩却完全不是这么回事。"温德林奇插话道。大家都转过头去看着他,"婴孩没有自我意识,但我们认为,杀死一个婴孩,比杀死一个大人,其罪行更加可憎。"

　　"因此?"阿伦特说。

　　"因此,关于意识以及动物是否具有意识的整个这场争论只是一道烟幕。说到底,我们是在保护自己的同类。对小孩子跷起大拇指,对小牛犊却把拇指朝下。① 您不这么认为吗,科斯特洛夫人?"

　　"我不知道自己是怎么想的,"伊丽莎白·科斯特洛说道,"我常常想知道:什么是思维,什么是理解。跟动物比起来,我们真的对宇宙有更好的理解吗? 对我来说,理解某物就像是玩魔方。一旦你用所有的小砖块砌成一所房子,嘿,说变就变②,你马上就恍然大悟。如果你把心思放在魔方之中,魔方就有意义;但是,如果你不……"

　　一阵沉默。"我本以为——"诺玛说道。就在这时,约翰紧张地收起了脚;不过,让他感到欣慰的是,诺玛没有往下说。

　　校长站了起来,其他人也纷纷站起身来。"一场精彩的演讲,科斯特洛夫人,"校长说道,"丰富的精神食粮啊。我们盼望着明天的演讲。"

---

① "拇指朝上"表示赞许,"拇指朝下"则表示贬低。
② "说变就变"是魔术师的用语,原文为拉丁文。

第四课　动物的生命

之二：诗人与动物

十一点多了。他母亲已经累得睡着了。他和诺玛来到楼下,收拾被孩子们弄得乱七八糟的房间。整理完房间之后,他还要备课。

"明天,你还打算去参加她的讨论会吗?"诺玛问道。

"我得去啊。"

"讨论什么呢?"

"'诗人与动物'。这是议题。英语系正在筹备会务。他们把地点放在一个用作举行小型讨论会的房间里,所以,我觉得,他们不希望有大群的听众。"

"我很高兴,这是她熟知的话题。我发现,她的哲学探讨很难让人接受。"

"哦。你是怎么想的?"

"比如,她对人类理性的说法就让人难以接受。她大概是力图想要就理性认知的本质提出观点,想要阐述理性认识只是人类思维系统运作的结果,动物有它们自己的认识,它们的认识跟它们自身思维系统的运作是一致的。因为我们跟它们没有共同语言,所以我们无法了解它们的思维系统的运作情况。"

"这样说又有什么问题呢?"

"这是很天真的说法,约翰。是那种很简单而又肤浅的相对主义,只有新生才会觉得新鲜。尊重所有人的世界观、母牛的世界观、松鼠的世界观,所有生物的世界观。到最后,将导致知识的彻底麻痹。你花费太多的时间来尊重他者,以至于没有剩余的时间进行思考。"

"难道松鼠也有世界观吗?"

"是的,松鼠的确有世界观。它的世界观包括橡子、树木、天气、猫、狗、汽车以及异性松鼠,还包括这样的认识,即这些东西是如何相互作用的,以及,为了活命,它们自己该如何与这些东西进行交流。就这么回事。别无其他。在松鼠看来,世界就是这么个样。"

"对此,我们确信吗?"

"我们对松鼠观察数百年了,未曾得出过别的结论。从这个意义上说,我们是确信的。即使松鼠心里还有别的想法,也不会对它可以观察到的行为造成影响。为了所有实用的目的,松鼠的头脑是一个非常简单的装置。"

"因此,笛卡儿说得对,动物只是生物学意义上的自动装置。"

"从广义上说,是的。概括说来,在动物头脑和模仿动物头脑的机器之间,你无法作出区分。"

"人类就不同了吗?"

"约翰,我累了,你真烦人。人类创立数学,制造望远镜,进行计算。他们制造机器,揿一下按钮,'乓'的一声,'旅居者'号探测器就在火星上着陆,像预计的一样准确。正是因此,正如你母亲所宣称的,理性不仅仅是一种策略。理性赋予我们关于真实世界的真知。它已经得到证实,并正在发挥作用。你是物理学家。你应该知道这一点。"

"我同意你的说法。理性是在发挥作用。然而,在理性之外,难道没有另一个假设? 我们从那个假设出发,进行思维,然后,把火星探测器发送出去。这难道不是很像松鼠经过思考,然后冲出去,去抓取一颗坚果? 我母亲的意思难道不就是这个吗?"

"但是,这样的假设根本就不可能实现! 我知道,我这话听起来像是老调重弹,但我得这样说。理性之外没有任何假设,可以给你提供立场,让你发表关于理性的演讲,并且通过基于理性的评判。"

"除非是那样的假设,即某人已经弃绝了理性。"

"这只是法国人的非理性。一个人未曾涉足过关于理性的研究,未曾见过那些真正弃绝理性的人的样子,才会妄谈非理性。"

"那么说来,只有上帝是例外。"

"不,如果上帝是理性的,那么他也不能妄谈非理性。理性的上帝不可能站在理性之外。"

"我感到很惊讶,诺玛。你谈论起来,就像是一个老派的理性主义者。"

"你误解我了。老派的理性主义,那是你母亲所选定的立场,那是她的术语。我只是在回应她。"

"那个缺席的客人是谁?"

"你是指那个空座位? 是诗人斯特恩。"

"你觉得,这是一种抗议吗?"

"我相信,是的。在她提出'大屠杀'这个话题之前,她应该多想想。我能感觉得出来,在我周围,在观众中,有人怒发冲冠了。"

那个空座的确是抗议。那天早晨,当约翰去上课时,他发现,在他的信箱里,有一封写给他母亲的信。当他回家,去接他母亲时,他把信递给了她。她匆匆读过,然后叹息一声,又把信递给了约翰。"这是谁?"她问道。

"亚伯拉罕·斯特恩。一个诗人。我相信,他很受推崇。他已经在这儿有很多年了。"

约翰读着斯特恩的信,是手写的。

亲爱的科斯特洛夫人:

昨夜宴会,未曾列席,见谅。我曾拜读过您的大作,知道您是一个严肃的人;因此,我信任您,并认真对待您在演讲中所谈到的一切。

在我看来,您演讲的核心是进餐问题。如果我们拒绝接受奥斯维辛集中营的刽子手们的款待,那么,我们能否进而拒绝那些杀戮动物的屠夫的款待?

为着您自己的目的,您忽略了那个耳熟能详的类比,即,在那些被杀害的欧洲犹太人和被杀戮的牲口之间具有可比性。您说,那些犹太人死得像牲口,也可以说,牲口死得像犹太人。这样的文字游戏,我不敢苟同。您误解了类比的本质。我甚至想说，您是故意这么曲解的，这是对神明的亵渎。上帝把人造得跟他自己很相像，但是，上帝跟人没有相像之处。纵然犹太人像牲口一样受到虐待，我们也不能因此就说，牲口受到了犹太人一样的待遇。后者侮辱了死者的记忆，并以一种廉价的方式利用了集中营的恐怖。

如果我话说得太直，就请您原谅。您说，您年纪大了，没有时间可以用来浪费在细枝末节上。我也老了。

您忠实的

亚伯拉罕·斯特恩

约翰把母亲送到英语系，交给那些招待她的人；然后，去参加一个会议。那个会议一拖再拖。直到下午两点半，他才得以赶到斯达布斯大楼，举行讨论会的房间就在那栋楼上。

约翰进门时，他母亲正在说话。在门口附近，他尽可能轻声地坐了下来。

"在那种诗歌中，"伊丽莎白说道，"各种动物代表各种人性：狮子代表勇敢，鸥鹉代表智慧，等等。甚至在里尔克①的诗中，豹子作为替身，也有别的象征意义。它自身消

---

① 赖内·马利亚·里尔克(1875—1926)，奥地利诗人。会见过托尔斯泰，给大雕塑家罗丹当过秘书，并深受法国象征派诗人波德莱尔等人的影响。里尔克的早期创作具有鲜明的布拉格地方色彩和波希米亚民歌风味。欧洲旅行之后，他改变了早期偏重主观抒情的浪漫风格，写作以直觉形象象征人生和表现自己思想感情的"咏物诗"，《豹子》就是这类咏物诗的代表作。

融于绕着中心的力量之舞中。这个意象来自物理学,基础量子物理学。里尔克并没有超越量子物理学——并没有超越豹子这个形象。他把豹子用作某种力量的体现,原子弹爆炸时,释放出来的就是这样一种力量;笼子的栏杆迫使豹子屈服,但并没有迫使它的意志就范。那使它的意志麻木、麻痹的,是它绕着圆圈,迈着大步,慢慢跑动。"

里尔克的豹子?什么样的豹子?约翰的疑惑肯定显露出来了:他旁边的女孩把一张复印纸推到了他的鼻子底下。三首诗:一首是里尔克的,题为《豹子》,另外两首是泰德·休斯的①,分别题为《美洲虎》和《二见美洲虎》。约翰没时间读诗。

"休斯的写法跟里尔克的正好相反,"他母亲继续说道,"他采用了同一个动物园的同一个场景。但不同的是,那被麻醉的不是豹子,而换成了人群。诗人走进人群,便感到恐惧,感觉自己要被人群淹没;他的理解力被推出了自身的极限。那美洲虎的形象,跟那豹子的形象不同,并不显得生硬。相反,美洲虎的目光穿过黑暗与空旷。对它而言,笼子一点都不真实,它'在别处'。它在别处,因为它的意识是生动的,而不是抽象的。肌肉运动使它穿越一个空间,这个空间在本质上跟牛顿的三维空间迥然不同——是一个圆形的自我循环的空间。

"因此——把大动物关进笼子,这是一个道德规范问

---

① 泰德·休斯,当代英国桂冠诗人,美国著名女诗人西尔维亚·普拉斯的丈夫,亦以咏物诗著称。

题;让我们先把这个问题放在一边——休斯是在摸索另外一种存在于世的方式。对我们来说,这种方式并非完全陌生;因为,我们都有过站在笼子前的体验,这种体验似乎属于梦中体验,它存在于集体无意识之中。在休斯的诗作中,我们了解美洲虎,不是看它的样子,而是看它的动作。它的身体是运动着的身体,或者说,生命之潮在身体中流动。这两首诗要求我们设身处地地去想象那种运动的方式,并把自我投入到美洲虎的身体之中。

"对休斯来说——我想强调一下——这不是要把自我投入到他者的心灵里,而是要把自我投入到他者的身体里。今天,我要请诸位注意的,就是这类诗歌:诗歌并不力图在动物身上发现观念,因为观念与动物无关;而是记录诗人与动物遇合的情形。

"我们这里所说的诗性遇合,其特殊之处在于:在遇合发生时,不管诗人的情绪多么强烈,他们都对客体保持彻底无关的态度。在这一方面,这类诗与爱情诗不同,因为在爱情诗中,诗人的意图是要感动对方。

"并不是动物不关心我们对它们的感受。事实上,在我们人类和动物之间,是有感情在流淌着的;当我们把这股感情之流转化为文字时,我们永久地抽空了动物身上的感情之流。因此,这首诗不像爱情诗那样,是一份献给对方的礼物。它整个落入了人的手中,动物没有任何份额。我是否已经回答了您的问题呢?"

另有一人举着手:一个戴眼镜的高个子年轻人。他说,他没有很好地理解泰德·休斯的诗,但是,最近有一次,他听说,休斯在英国某地经营着一个绵羊农场。休斯要么单纯为着写诗的目的养羊(房间里四处响起一阵哧哧的窃笑),要么是个真正的农场主,为着赚钱的目的养羊。"昨天,在您演讲时,您似乎竭力反对为了肉而宰杀动物;我所说的这一切怎么能跟您昨天所说的情况取得一致呢?"

"我从未曾见过泰德·休斯,"他母亲答道,"所以,我无法告诉您,他是个什么类型的农场主。不过,请让我在另一个层面上,回答您的问题。

"我没有任何理由认为,休斯相信他对动物的关注是独一无二的。恰恰相反,我怀疑,他相信,我们远古时代的祖先曾经拥有过那种关注,而我们失去了,所以,他是在把它恢复起来(他是从进化论的角度,而不是从历史学的角度,来思索这种失落的;不过,这是另一个问题了)。我猜想,他相信,他看动物的目光,很像旧石器时代猎人的目光。

"这使休斯跻身诗人的行列,诗人们往往赞美原始生活,而批判西方人倾向于抽象思维的偏颇。在这诗人行列中,有布莱克①和劳伦斯,有美国的加里·斯奈德②,有罗宾逊·杰弗斯③,还有打猎和斗牛时的海明威。

---

① 威廉·布莱克(1757—1827),英国前浪漫主义诗人,主要诗集有《天真之歌》《经验之歌》《先知书》《伐拉,或四天神》。杰出诗篇有《老虎,老虎! 你金色辉煌!》等。
② 加里·斯奈德(1930—),美国诗人。早年与避世运动有联系。从20世纪60年代末起,成为主张青年过集体生活和关心生态保护的重要发言人。深受中国古典诗歌尤其是禅诗的影响,使其在"垮掉的一代"中一枝独秀。
③ 杰弗斯(1887—1962),现代美国诗人。崇尚自由、自然,认为"生命及任何事物的充实即宇宙之美,应去珍爱而不是疏离"。

"在我看来,斗牛给我们提供了一条线索。他们说,要想方设法,把野兽杀掉,但又把这一举动变成一种比赛,一种仪式,还要因为对手的力量和勇气而对它表示尊敬。在你战胜它之后,你也会把它吃掉,目的是把它的力量和勇气转移到你身上。在你杀死它之前,看着它的眼睛;在它死后,感谢它,吟唱有关它的歌谣。

"我们可以把这一切叫作原始主义。这种对待动物的态度很容易被人批评、被人嘲笑。它具有深深的男性的、男子汉的烙印。一旦它传入政治领域,就会遭人怀疑。不过,在该说的都说了,该做的都做了之后,在伦理的层面上,关于原始主义,还留存着某种吸引人的东西。

"然而,原始主义并不实用。斗牛士或猎鹿者用弓箭把自己武装起来,我们并没有仰仗他们的努力,来养活四十亿人。我们人类已变得太多。我们需要用动物来填饱肚皮,所以我们没有时间对所有这些动物表示尊敬和感谢。我们需要死亡工厂,我们需要动物养殖场。芝加哥给我们指出了方向。正是芝加哥的牲口围场使纳粹学会了处理人体的方法。

"不过,还是让我回过头来讲休斯吧。您说:尽管有原始主义的掩饰,但休斯是个屠夫;跟他在一起时,我能干什么?

"我想这样回答您:作家给我们的教益往往比他们自己意识到的还要多。通过赋予美洲虎这个形象以象征意义,休斯告诉我们:我们也能表现动物的感想——其方法就是所谓的诗性创造,这种方法能把呼吸和知觉融为一体,而其融合的方式至今尚未有人解释过，而且永远不会有人解释。他还告诉我们：如何把一个活生生的客体转变成我们自己体内的存在。当我们阅读这首关于美洲虎的诗时，当我们后来在平静中记起它时，有那么一小段时间，我们就是那美洲虎。它在我们体内扭动，它借用我们的肉体，它就是我们自己。

"就这么回事，就这么美妙。我想，休斯本人不会不同意我所说的这一切。我的说法很像是萨满教①、勾魂术②和原型心理学③这三者的融合，休斯本人就信奉这种融合。换句话说，就是原始体验（与动物面对面接触）、原始主义的诗和原始主义的诗论，诗论用来证明诗作的正确性。

"猎人，和那些我称之为生态经营者的人，可能也会对这类诗歌感到赏心悦目。当诗人休斯站在那个关押美洲虎的笼子前，看着某一头美洲虎，他被那一头美洲虎的生活所吸引。他不得不那样做。因为我们无法体验到抽象化的东西，所以普遍意义上的美洲虎、美洲虎的亚种以及关于美洲虎的观念等，都没有使他心动。总之，休斯所写的这首诗讲述的是'这头'美洲虎的事，以及表现在这头美洲虎身上的

---

① 萨满教是一种原始宗教，主要分布在韩、中、日、俄、蒙等国。信奉泛灵论，认为万物皆有灵魂。

② 勾魂术（spirit possession），原为宗教术语，后为心理学术语，本义为"被精灵迷住"，指一个人自觉自愿地把"自我"转移到他者身上。这种转移的过程是渐进的、阶段性的，而且有自我意识和自我控制；因此它与"着魔（demonic possession，本义为'被魔鬼迷住'）"不同。

③ 在正统的弗洛伊德分析心理学的基础之上，其弟子荣格发展出了一个重要的分支，那就是"原型心理学"，侧重于对历史、文化和艺术中的"原型"进行心理学研究。

一般美洲虎的性情。这正如后来他写的关于大马哈鱼的精彩诗篇一样，那首诗写的是大马哈鱼的短暂一生，亦即大马哈鱼的生平。因此，尽管诗歌要求生动、真实，但其中依然留有一点柏拉图的意味①。

"在生态学家看来，大马哈鱼和水草和水里的各种昆虫是相互作用的，它们与地球和天气共舞，这是一种宏大而复杂的舞蹈。整体大于部分之和。在这场舞蹈中，每一个生物都扮演一个角色。参与这舞蹈的，就是这些多种多样的角色，而不是扮演他们的具体物种。至于事实上的角色扮演者，只要他们在自我更新，只要他们保持前行的姿态，我们就不必关注他们。

"我曾称之为柏拉图主义，现在我还要这么称呼它。我们眼睛看着这一物种，但心里想着那个诸多物种相互作用的系统；这个物种乃是那个系统的现实的世俗体现。

"这是一句可怕的反话。一种生态哲学告诉我们，要跟其他物种和平共处。这种哲学是通过求助于一个观念来证明自身的合法性的。那个观念认为，人比任何其他生物都要高一等。这一观念是对那句反话的致命歪曲——到最后——除了人，没有任何物种能理解它。每一个有生命的物种都在为自己的个体生命奋斗，通过奋斗，它们拒绝赞同这样一种观念，即，比起大马哈鱼和小昆虫的理念来，大马哈鱼和小昆虫的身体要低一等，还不如理念重要。但是，当我们看到，大马哈鱼为了生存而奋斗时，我们说，这奋斗是

---

① 即精神的抽象特征。

早就定好了的;我们说(跟阿奎那一样),它是被锁在了自然的奴役里;我们说,它缺乏自我意识。

"动物们不相信生态学。甚至人种生物学家都没有提出这样的主张。甚至人种生物学家都没有说,蚂蚁为了使种群永存,而牺牲其个体生命。他们说得很巧妙,他们的说法有点不同:蚂蚁死去,其作用是种群的永存。种群之生命是一股力量,它经由个体发挥作用,但个体又无法理解这一点。从这个意义上说,理念是先天的,蚂蚁被理念控制着,正如计算机被程序所控制。

"我们,生态环境的管理人员——很抱歉,我这样子说下去,是要跑题了。我马上就会打住——我们这些管理人员知道,这世上有更加伟大的舞蹈,因此,在稳定的舞蹈被扰乱之前,我们能够作出决定,我们可以捕获多少鲑鱼,可以诱捕多少美洲虎。这是一种生杀予夺的权力,我们不把这种权力强加于其上的,只有人这种生物。为什么? 因为人跟其他动物不同。人能理解自己的舞蹈,而其他舞蹈者却不能。人是一种智性存在。"

在他母亲讲话时,约翰心中一直充满疑惑。伊丽莎白这番反对生态主义的言论,约翰以前也听到过。那两首关于美洲虎的诗固然写得很好;他想着,但是,你不可能让一群澳大利亚人围着一头绵羊站着,听着它愚蠢的叫声,为它写诗。在保护动物权利的整个运动中,难道这一点不是最受人怀疑? 动物保护者们真正应该关心的物种,是鸡和猪,而这两类动物却没有新闻价值,更别说是白鼠或对虾了;所以,他们要骑在会思想的大猩猩、会做爱的美洲虎和惹人喜爱的熊猫的背上。

此时,爱莱娜·马克思,昨天伊丽莎白演讲之前帮她作介绍的那位,问了一个问题:"在您的演讲中,您争辩说——这一物种有理性吗?这一物种有语言吗?——在糟糕的信念中,一直以来,我们用的是各种不同的标准,以证明人类和其他灵长类之间的区别是合理的,从而证明人类对其他灵长类的剥削也是合理的;其实,这种区别没有任何实质性的依据。

"不过,事实上,您可以批驳这种推理,揭露其虚假性;这一事实表明,您已对理性的力量深信不疑;这种力量属于正确的理性,正确的理性与错误的理性势不两立。

"让我引述雷穆尔·格列佛的故事,来具体说明我的问题。在《格列佛游记》中,斯威夫特给我们描绘了一幅理性乌托邦的幻景,一个叫作'人马国'的国度。可是,结果证明,在那个国度,没有格列佛的家园。斯威夫特几乎把格列佛描写成了我们——他的读者们——的一个代表。在'人马国',存在着理性的素食主义和理性的政府,爱情、婚姻和死亡,莫不是理性的;可是,我们中有谁愿意生活在那样的国度?那是一个一切都受到限制的极权国家,甚至一匹马都不愿意去生活。更让我们关切的是,全面受到管制的社会有什么轨迹可循?这样的社会要么灭亡,要么走向军国主义;难道事实不是这样吗?

"具体说来,我的问题是:您告诫我们,不要有种群剥削,不要有残忍行为;难道您对人类不抱太大的希望——像格列佛那样,渴望到达一种决不可能到达的境界,结果壮志未酬身先死？他为自己找了个好理由：在他的本性，人的本性中，没有这样的追求。与之相比，承认我们自身的人性，难道不是更近人情吗——纵然这意味着，在我们自身之中，包含着吃人的野人？"

"一个有趣的问题，"他母亲回答道，"我发现，斯威夫特是一个迷人的作家。比如，他的《温和的提议》一文，就很迷人。不管什么时候，只要有关于如何读书的大讨论，我都会支棱起耳朵。关于《温和的提议》，读者们有一个共识，即，斯威夫特所说的，或者说表面上所说的，并不是他想说的。他说，或者，他表面上说，爱尔兰人可以通过为他们的英国主子生育孩子来谋生。但是，可以说，他不可能真的想那么说，因为我们都知道，杀死并吃掉婴孩，是很残暴的行为。不过，让我们好好想想，进一步想想，从某种意义上说，通过让婴孩挨饿，英国人已经在杀戮了。因此，您要想到这一点，即，英国人残暴在先。

"这样的读法，多多少少，是保守的。不过，我问自己，为什么年轻读者的喉咙里会塞满热情？他们的老师说，你们应该这样来读斯威夫特，只应有这样的读法，而不应有任何别的读法。如果说杀死并吃掉小孩是暴行，那么为什么杀死并吃掉小猪就不是暴行？如果您想让斯威夫特做一个阴郁的讽刺家，而不是敏捷的宣传家；那么，您可以审视一下那些使他的寓言变得很容易被理解的逻辑前提。

"现在，让我回到《格列佛游记》。

"一边是吃人的野人，他们跟生肉、粪便的臭味以及我们过去常说的人兽性交有关。另一边是人马，他们跟青草、香甜的气味以及激情的理性秩序有关。在这两者之间，是格列佛，他想成为人马；但是在背地里，他知道，自己是野人。所有这一切都极为清楚。关于《温和的提议》的问题在于：我们拿它做什么？

"有一个观察报告表明：人马们赶走了格列佛。他们堂而皇之的理由是：他不符合理性的标准。真正的理由是：他看上去不像马，而像别的东西。事实上，他是一个装扮起来的野人。因此，吃肉的两足动物一直在应用理性标准，来证明他们所拥有的特殊地位是合法的；这标准可能也同样会被吃草的四足动物所应用。

"理性标准。在我看来，《格列佛游记》是在亚里士多德的三分法中展开故事的，亚里士多德把世界分成神、兽和人三界。如果我们力图把三类合并成两类——兽有哪些？人又何指？——那么，我们就不能使这篇寓言产生意义。人马也做不到。人马是善良而冷静的像太阳神一样的神明。他们对格列佛进行测试：他到底是神还是兽？他们觉得，这样的测试是合适的。我们，凭直觉，并不这么认为。

"《格列佛游记》有一个方面一直让我们感到困惑——从前殖民历史中，您可能会想到这一点，即，格列佛总是一个人旅行。格列佛进行过数次旅行，前去探索未知的地域；但是，他上岸时，从来不像在现实中那样，身边有一群武装分子。在格列佛开拓性的努力之后，通常情况下，会发生一些事情：紧跟着就会有远征，其目的是要把小人国或人马国变成殖民地；但是，斯威夫特的书对此却不置一词。

"我要问的问题是：如果格列佛和一支全副武装的远

征军为了要登陆,射杀了一些变得危险的人马,随后又射杀并吃掉了一匹马,以填饱肚子;那会出现什么情况呢?这对斯威夫特的这部寓言作品又会产生什么样的影响呢?《格列佛游记》有点太优雅,有点太脱离现实,太不符合历史。那种影响将是:人马们肯定会大为震惊。同时,有一点将变得非常明显,即,除了神明和野兽,还有第三类存在,那就是人类。格列佛是人类以前的一名代表;另外,如果人马代表理性,那么人类代表物质力量。

"顺便说一下:占领一个岛屿,杀掉岛上的居民;这是奥德修斯及其同伙在色雷纳西亚岛的所作所为,色雷纳西亚岛是祭献给太阳神的圣岛。那位神明毫不留情地惩罚了奥德修斯及其同伙的行为。那个故事似乎唤起了更古老层面上的信仰,那时,公牛都是神明,杀死并吃掉一位这样的神明,会招致诅咒。

"因此——请原谅,我这回答有点乱——是的,我们不是马,我们不具备它们的美:清爽、理性而本真;恰恰相反,我们是次于马的灵长类动物,也称人。您说,我们没有别的办法,只能去信奉人类的地位、人类的本质。很好,那就让我们这么做吧。不过,也让我们把斯威夫特的寓言推向极致,并且承认,在历史上,对人类地位的信奉曾导致这样的结局,即,杀戮或奴役一个神圣的族类或另一个由神创造的族类,并且使我们自己招致诅咒。"

此时已经是三点十五分,离他母亲那天的最后一次约会还有两个小时。他陪着母亲,沿着林荫小道,走向他的办公室。晚秋的叶子正在纷纷下坠。

"母亲,您真的相信,几节诗歌课就会使屠宰场关闭吗?"

"不。"

"那您为何要上诗歌课? 您说,您已经厌烦了关于动物的机智谈话,通过推论,您可以证明它们到底有没有灵魂。不过,您用诗歌称羡大猫的肌肉,难道诗歌不是另一种机智的谈话? 谈话什么也改变不了,难道这就是您的谈话的意义? 在我看来,您想要改变的行为水平是太低了,太低了,谈话是够不着的。① 食肉行为表明了人类的某种真正深刻的东西,正如这一行为表明了美洲虎身上的某种东西。您不会想让美洲虎以通常我们所吃的大豆为生吧。"

"因为那样它会死掉。而人类如果吃素食,是不会死掉的。"

"是的,是的。不过,人类不'想'吃素。他们'喜欢'吃肉。这是一种返祖现象,其中有让人满意的地方。这是血腥的事实。从某种意义上说,动物所得到的是它们应该得到的,这也是血腥的事实。当它们不愿意自救时,您为什么要浪费时间,力图去救它们? 让它们自作自受吧。假如有人问我,我对待我们所吃的动物的一般态度是什么;我会说,蔑视。我们之所以虐待它们,就是因为我们轻视它们;我们之所以轻视它们,是因为它们没有还手。"

---

① 言行不一致的一种表现就是:"行"还停留在原来的低水平上,而"言"已经脱离"行"并被抬得太高,无法回过头去,跟"行"接触。

"我并不反对，"他母亲说道，"人们抱怨说，我们像对待东西一样地对待动物；但是，当着它们的面，我们像对待战俘一样地对待它们。你知道吗，当动物园刚刚开始向公众开放时，管理员们不得不采取措施，保护动物不受游客的攻击。游客们认为，动物园里的动物是用来被羞辱、被虐待的，就像是战胜方对俘虏的羞辱和虐待。我们曾经对动物发动过战争，这就是所谓的'狩猎'；实际上，战争和狩猎是一回事（亚里士多德对此看得很清楚）①。那场战争进行了数百万年。只在数百年前，当我们发明猎枪之后，我们才取得了决定性的胜利。只有在胜券在握之后，我们才有能力培养我们对动物的怜悯之情。可是，我们的怜悯传播得很有限。在怜悯背后，是更加粗野的态度。战俘不是我们的同类。我们可以对他们为所欲为。我们可以把他献祭给神明。我们可以割断他的喉咙，挖出他的心，把他扔进火里。当我们对待战俘时，没有任何法律可言。"

"这就是您想要医治的人类的毛病吗？"

"约翰，我不知道我想做什么。我只是不想静静地坐着。"

"很好。可是，一般来说，我们并不杀死战俘。我们把他们变成奴隶。"

"对，这就是我们所俘获的大批牲口的下场：成为奴隶。它们的活计是为我们生育孩子。甚至它们的性生活也

---

① 亚里士多德在《教授法》一书中，提出了"七艺"之说，其中第二艺为军械（有人误译为"机械"），第四类为"狩猎"。

成了劳作的一种形式。我们之所以不恨它们,是因为它们不再值得我们恨。正如你所说的,我们是用蔑视的眼光看待它们的。

"然而,有些动物还是让我们憎恨。比如说,耗子。耗子从未屈服过。它们会还击。在我们的下水道里,它们自己联合起来,成为地下组织。它们没有赢,但它们也没有输。更别说是那些昆虫和细菌了。至今,它们还可能会攻击我们。它们当然会比我们活得更长久。"

他母亲此次访问的最后一项活动,是参加一次辩论。她的对手将是昨天吃晚饭时见到的那个魁梧的金发男人。实际上,他叫托马斯·奥希恩,是阿波尔顿学院的哲学教授。

大家一致同意,奥希恩将有三次机会摆出自己的观点,他母亲则有三次机会予以回应。由于奥希恩已经提前礼貌地给她送来一份大纲,她已经泛泛地了解了他将说些什么。

"首先,关于动物权利运动,我有一个保留意见,"奥希恩开始说道,"那就是,由于不承认历史的本质,动物权利运动像人权运动一样,面临着这样一种危险,即,变成西方社会针对世界其他地方的事务的十字军东征。它宣称它的标准具有普适性,实际上那只是它自己的标准。"奥希恩进而简要地概括了动物保护组织在 19 世纪的英国和美国兴起的情况。

"讲到人权,"他继续说道,"其他文化和其他宗教传统完全可以正当地回答说,他们有他们自己的各种规范,看不到他们有任何理由接受这些西方的规范。他们说,动物问题也与此相似,它们也看不到它们有任何理由接受我们的规范——尤其因为我们的规范都是新近创立的。

"在昨天的演讲中,我们的演讲人对笛卡儿很是苛刻。可是,动物属于跟人类不同的种类;这一观念并不是笛卡儿发明的。他只是以一种新的方式,使这一观念变得更加正式了。我们对动物有怜悯的义务,这种观念——正如那种与之相反的观念一样——是非常晚近才出现的,完全是西方的,甚至可以说,完全是英联邦的。只要我们坚持认为,我们拥有普遍伦理,而其他民族看不到它;我们力图通过采取宣传或者甚至是经济施压的方式,把这一普遍伦理强加给其他民族;那么,我们将遇到抵抗,而那种抵抗是正当的。"

轮到他母亲了。

"奥希恩教授,您所表达的这些忧虑是实实在在的,而我不敢保证,我能给您一个实质性的回答。当然,关于历史,您的看法是正确的。只是在晚近,在过去的一百五十年或二百年间,善待动物才成为一种社会规范。从历史的角度来说,对动物的关心是那些更加广泛的大慈大悲的延伸——对奴隶的,孩子的,还有其他人的命运,我们向来非常关心。因此,您把关心动物的历史跟人权的历史联系起来,也是正确的。

"不过,'善待动物'这一观念——在此,我是在全面的意义上,使用'善待'这个词的,因为我相信,我们全都属于同类,具有同样的本性——已经广为传播,比您所想到的传得更广。比如,养宠物决不是西方本有的时尚:最初去南美洲的几个旅行家撞见一些人类的聚居地,在那些地方,人与动物乱糟糟地杂处在一起。当然,全世界的孩子都喜欢跟动物在一起,这是相当自然的事。在他们看来,在人与动物之间,没有任何界限。而我们不得不教他们知道这界限,正如我们不得不教他们知道:杀死并吃掉动物,是完全正当的事。

"让我回过头来讲讲笛卡儿。我只想说,他之所以见到动物与人类之间关系的断裂,是因为他掌握的资料不全。在笛卡儿时代,对体形较大的猿猴或等级较高的海洋哺乳动物,科学家们一无所知;因此,他们几乎没有质问那个动物不会思考的假设。当然,那时的科学家也没有办法弄到化石记录;化石记录能显现不同等级的生物,其种类由比较高级的灵长类动物扩展到类人猿。我们应该指出,在人类发展壮大的过程中,把类人猿灭绝了。

"西方文化有自负倾向,我承认您在这一点上的主要看法,但同时,我认为,那些率先把动物生命产业化、把动物肉商业化的人,应该站到前沿上,来弥补这种自负所造成的后果。"

奥希恩发表了他的第二个论点。"在我阅读科学文献的过程中,"他说,"我曾力图证明,动物能够作出策略性的思考,能够具有综合性的概念,还能够进行象征性的交流;但是,我的努力成功得很有限。比较高等的猿猴在表现得最好时,也只相当于一个语言能力低下的人,一个有着严重的智力障碍的人。诚如是,那么,我们是否完全有理由认

132

为:动物,甚至是那些比较高等的动物,都属于另一个自有其法律和道德的王国,而不应该被列入这个让它们灰心丧气的低于人类的种类?传统的看法认为,动物不能享有合法权益,因为它们不是人类,甚至连像胎儿那样的准人类都不是;在这一看法中,难道就没有一定的智慧?在我们制定出一些对待动物的法规之后,就像目前这样,让这些法规变得可行,并在我们对待动物时得到实施,这是否比空谈动物的各种权利,更加有意义?动物们不会要求也不会执行甚至不会理解这些权利。"

轮到他母亲了。"奥希恩教授,因为我首先想要质问这整个的有关权利的问题,还要质问我们是如何取得这些权利的;要让我充分地回答您的问题,我没有足够的时间。所以,就让我只回答其中的一个问题吧:您的结论是,动物都很低能;那使您得出这一结论的,是科学实验,而科学实验完全是以人为中心进行的。如果您能找到走出迷宫的路线,科学实验就会看重您的能力;但是科学实验忽视这样的事实,即,如果那个设计迷宫的人被空投到了婆罗洲①的原始森林里,他或她在一周之后就会饿死。请听我进一步的阐释。作为一个人,如果我被告知,在这些实验中,那些用来衡量动物的标准本来是用于人的;我会觉得自己受到了伤害。低劣的是这些实验。行为科学家设计了这些实验,并宣称,我们只有通过创建一些抽象模式,才具有理解能力,并进而应用这些模式来反对现实。多么荒谬啊!我们

---

① 东南亚加里曼丹岛的旧称。

是通过让自我和自我的智慧沉浸在复杂的事物之中,来理解那些事物的。行为科学畏怯复杂的现实,有些东西就会因此而自动失效。

"由于动物不会说话,脑子又笨,它们无法为自己争辩,我们应该考虑一下由此引发的一系列情况。当阿尔贝·加缪在阿尔及利亚,还是个小男孩的时候,他祖母吩咐他,到他们家的后院去,从笼子里抓出一只母鸡来。他把一只母鸡抓给祖母,然后看着祖母用菜刀砍掉了鸡头,把鸡血放在碗里,这样地板就不会被弄脏。

"那只母鸡在死前大声呼叫,叫声深深地留在了男孩的记忆里,挥之不去;因此,在 1958 年,加缪写了一篇充满激情的檄文,抨击砍头这种极刑。结果,在法国,在一定程度上,这种备受争议的刑罚被取消了。那么,谁能说,那只母鸡不曾说话呢?"

奥希恩说:"经过深思熟虑,我要作出下面的申述;这可能会让人想起某些跟历史有关的事件,我充分考虑到了这一点。我相信,生命之于动物,不像之于我们人,那么重要。当然,动物跟我们一样,对死亡,会进行本能的抗争。但是,它们不理解死亡;而我们人类是能够理解死亡的,或者至少可以说,这种理解是失败的。在我们人类的头脑里,在我们死亡之前,想象力会逐渐消亡。这种想象力的消亡——在昨天的演讲中,您曾描绘过这种情景——是我们害怕死亡的根由。在动物身上,这种恐惧意识是不存在的,也不可能存在;因为,动物们根本没有作出理解灭绝的努力,也就谈不上理解的失败和控制的失败。

"对动物来说,死亡是生命的延续。有些人的想象力非常丰富,只有在他们中间,我们才会见到对死亡的恐惧;这种恐惧感是如此强烈,以至于他们会把它投射到包括动物在内的其他东西上去。动物们活一段时间,然后死掉:就这么回事。因此,把屠夫杀死一只鸡跟刽子手杀死一个人相提并论,是严重的错误。两者是不可比的,因为它们不属于同一个级别,程度也不一样。

　　"这使我们想到残忍这个问题。由于生命之于动物,不像之于我们人这样重要;我想说,杀掉动物是正当的。关于这一点,有一种古老的说法,即,动物没有不朽的灵魂。另一方面,我认为,无缘无故的残忍行为是不正当的。因此,真正合适的做法是,我们应该鼓励大家像对待人一样地对待动物,哪怕,或者说,尤其,是在屠宰场里。很久以来,这一直是动物福利组织的目标,为此我向他们致敬。

　　"在保护动物权利的运动中,在我看来,我们对动物的关心的本质是极为抽象的。我最后想说的就是这一点。我要说的话听起来很刺耳,我想提前向演讲者表示歉意;不过,我相信,我有必要把话说出来。

　　"我看到,在我周围,有许许多多、各种各样喜爱动物的人;让我抽出其中的两种。一种是猎手,他们衡量动物价值的标准是非常基本的、不假思索的。他们会花费数小时,观察动物,然后追踪动物。在他们把动物杀掉之后,他们会品尝肉的美味,并从中得到乐趣。另一种是跟动物几乎没有直接接触的人,或者,至少不接触那些他们挂虑着要保护的种类,比如家禽和家畜;但是,他们想要让所有的动物都过上——在经济真空中——乌托邦生活,所有动物都靠奇迹生活,谁也不把谁当猎物。

"这两种人,我想问,谁更爱动物?

"我们鼓吹动物权利,包括动物的生存权;正是因为这种鼓吹太抽象,所以,我发现,它是不可信的,并且,说到底,是无用的。那些支持这种鼓吹的人大谈特谈,要我们跟动物共享一个生活空间;可是,他们跟动物相处得怎么样呢?托马斯·阿奎那说,人与动物之间的友谊是不可能的,我基本上同意这种说法。无论是跟火星人,还是跟蝙蝠,你都做不成朋友;原因很简单,你跟它们之间的共同之处实在太少。我们当然可以'希望'有一个与动物共处的空间,但这跟真的与动物生活在一起,不是一回事。这只是人类堕落前的一种渴望。"

又轮到他母亲了,这是最后一轮。

"任何人说,生命之于动物不如之于我们人类那样重要;他肯定不曾看见动物在自己的手里挣扎求生的情景。那动物把整个生命都投入到这场挣扎之中,没有任何保留。如果您说,在这场挣扎中,没有意识中或想象中的恐惧感;那我就同意您的说法。在动物的生命中,没有意识中的恐惧感:它们的整个生命都在活生生的血肉之中。

"如果我没有使你们信服,那是因为我的话缺乏说服力,不能使你们充分了解整个动物的生命及其本质;这种本质具体可感,与知识无关。因此,我敦促您读点诗歌,因为诗人把那种活生生的、带电的生命体验带到了语言之中。如果诗歌没有感动您,我劝你跟野兽肩并肩走一走,看着它

136

被刺倒在那条通向刽子手的斜道上。

"您说,死亡之于动物之所以不重要,是因为动物不理解死亡。在我为昨天的演讲做准备时,我曾读过一些哲学家的书;现在我想起了其中一位的话。如果这是人世间的哲学所能给出的最好的答案;我对自己说,我宁愿到马群中去生活。

"这位哲学家问道,严格说来,我们能否说,一条小菜牛失去了母亲? 这条小菜牛是否充分认识到了母亲这层关系的重要性? 它是否充分认识到了缺乏母爱意味着什么? 最后,它是否充分认识到了它已经失去母亲,并意识到了这种失落的感觉?

"一条小牛犊还没有掌握'在'与'不在'、'自我'与'他者'这些概念——因此就有人争论说——严格说来,我们并不能说,它失去了什么。严格说来,为了失去什么,它首先得上哲学课。这是什么样的哲学呢? 我说,把这样的哲学抛开吧。它那些微不足道的辨别有什么好处呢?

"一个哲学家说,人与非人之间的区别取决于你是黑人还是白人;另一个哲学家说,人与非人之间的区别取决于你是否知道主语和谓语之间的区别。对我来说,他俩之间的相同之处要多于差异之处。

"通常,对那些排外的姿态,我都很警惕。我认识一位显赫的哲学家,他宣称,他只是不喜欢把动物和吃肉的人放在一起探讨。我不敢肯定自己是否也会走到那样的地步——坦率地说,我没有这份勇气——不过,我必须说,我不会煞费苦心地想去见这位绅士,我刚才还在引用他的书呢。具体说来，我不愿意劳烦自己，去跟他一起吃饭。

"我是否乐于跟他讨论思想？这真是一个至关重要的问题。只有当双方拥有共同的立场时，讨论才可能进行。当敌对双方针锋相对时，我们说：'让他们坐在一起讲理吧，通过讲理，他们可以弄清双方之间到底有什么样的分歧，从而能靠得更近些。他们在表面上可能没有什么共同之处，但至少他们都有理性。'

"然而，就目前这种情况而言，我不敢肯定，我是否想承认，自己跟对手都有理性。他属于一个悠久的哲学传统，我们可以将这种传统回溯到笛卡儿，再往前，中间经过阿奎那和奥古斯丁，一直追溯到斯多葛派①和亚里士多德。当理性被用来巩固这一传统时，我就更加不敢肯定。如果说我跟他共同拥有的最后的立场是理性，如果说理性把我跟小菜牛分开；那么，谢谢你们，但也没什么可谢的；我宁愿谢别人。"

听到她这番刻薄、恶意而又辛辣的言论，阿伦特主任不得不宣布辩论会提前结束。约翰·伯纳德确信，这不是阿伦特和他领导的委员会所想听到的言论。唉，在他们邀请他母亲之前，应该来问问他。他应该跟他们说说。

子夜已过，他和诺玛躺在床上。他已经筋疲力尽。早

①　斯多葛主义是古希腊的一个哲学流派，是最早的禁欲主义哲学之一，以理智追求至善。斯多葛主义一直流行到公元 6 世纪。早期斯多葛派有唯物主义的倾向，如在自然观上把世界的本原归之于火，随之有气、水、土等其他元素，最后一切为火所灭，开始新一轮的往复循环。

上六点,他就得起床,开车送母亲去机场。不过,诺玛还是怒气冲冲,不依不饶:"这只是饮食习惯,而从饮食习惯往往可以看出权力的运作。她一到这儿来,就力图让人,尤其是孩子们,改变饮食习惯;我真受不了她。再听听她这些荒谬的公共演讲!她力图把她那控制别人的权力扩大到所有人!"

约翰想睡觉,但他不能彻底背叛自己的母亲。"她完全是出于真诚。"他咕哝道。

"这跟真诚没有一点关系。她没有一点属于她自己的洞见。正是因为她对自己的动机几乎没有任何的洞见,所以她才表现得很真诚。疯子都很真诚。"

约翰叹了一口气,跟妻子争吵起来,"她不吃肉,我不吃蜗牛和蝗虫。"他说,"两者之间,我看不出有什么区别。我对自己的动机也没有任何洞见,而且我无法减少对自己的动机的关心,我只觉得它很恶心。"

诺玛"哼"了一声,说道:"你没有发表公开演讲,没有为不吃蜗牛,作出虚伪的哲学论辩。你并没有力图把私人一时的爱好变成公众的禁忌。"

"也许是吧。可是,你为什么不努力把她看成一个传教士,一个社会改革家,而不是一个力图把自己的喜好强加给别人的怪人?"

"你可以把她看成传教士;但是,你看看所有其他传教士吧,他们都有狂热的计划,要把人类分成被拯救的和被诅咒的。你想要你母亲跟他们做伴吗?伊丽莎白·科斯特洛和她的'第二条方舟',带着她的狗、猫和狼。当然,他们全都不曾因为犯有吃肉的罪行而感到内疚。他们尚且如此，更别说是疟疾病毒、狂犬病病毒和艾滋病病毒了。她会把所有这些病毒都储存起来，那样她就可以重新储存她那'勇敢的新世界'了。"

"诺玛，你是在演说啊。"

"我不是在演说。她背着我，给孩子们讲故事，说那些小菜牛如何可怜，坏人们又是如何虐待它们；如果她不是力图通过这种方式，削弱我对孩子们的影响，那我愿意更多地敬重她。当饭桌上放着鸡肉或鱼肉时，孩子们会像鸡啄米似的吃一点，然后问我'妈妈，这是小牛肉吗？'我对此感到厌烦。她所做的就是权力游戏。她心目中的大英雄是弗朗茨·卡夫卡，卡夫卡跟他的家人也玩过同样的游戏。他拒绝吃这个，拒绝吃那个；他说，他宁愿饿着。很快，大家都会感到，在他面前吃饭，是一种罪过。而他会坐在后面，自我感觉良好。这是一种病态的游戏。我不想让孩子们背着我，玩这种游戏。"

"再过几个小时，她就要走了，那时我们就可以回到正常的生活状态。"

"那就好。替我向她道别。我可起不了那么早。"

七点钟，太阳正在冉冉升起。约翰和他母亲正在去往机场的路上。

"我为诺玛感到抱歉，"约翰说道，"一直以来，她总是紧张兮兮的。我觉得，以她现在的处境，她并不值得我们同情。也许，有人也会这样说我。您这次来访太短促了，我还没来得及弄明白,您为什么会对动物事业变得这样热心?"

伊丽莎白看着雨刷来回滑动。"我不曾告诉你,或者说不敢告诉你,"她说,"就是很好的解释。我一想起那些话,就会感觉无法忍受;因此,我最好是把它们说给枕头听,或者,说给地洞听,像弥达斯国王那样。"①

"我还是不明白。有什么不能说的?"

"我已不知道自己身在何处。我似乎是在到处转悠,在人群中,无比轻松;我跟他们建立了完全正常的关系。一味调和,会使人麻木,这是一种罪过;我扪心自问,他们所有的人都参与到这种罪行中,这可能吗?我是不是在胡思乱想?我肯定是疯了!可是,我每天都能看到自己的疯狂的证据。造成这些证据,并且摆放出来,提供给我的,就是那些我所怀疑的人。行尸走肉。碎尸万段。都是他们倒卖的货。

"我好像是在拜访几个朋友。在他们的起居室里,有一盏灯。我礼貌地对那盏灯评论了一番。他们说:'是啊,这灯很好,不是吗?它是用波兰犹太人的皮做的,我们发现,最好的皮属于波兰犹太人中的年轻处女。'我旋即跑进了卫生间,看见包装肥皂的纸上写着:'特雷布林卡——100%人体硬脂酸盐。'我问自己:我是不是在做梦?这是什么房子?

"可是,我并不是在做梦。我看着你的眼睛,诺玛的眼

---

① 弥达斯,希腊神话中的弗利治亚国王,贪恋财富,求神赐给他点物成金的法术,结果手到之处,话音刚落,一切皆变为黄金,包括食物在内,他不得不再求神收回这恩赐。

睛,孩子们的眼睛;我看见的全是善意、人类的善意。安下心来吧,我跟自己说,你是在用鼹鼠打洞扒出的泥土造山啊。而这就是生活。所有其他人都跟生活妥协了,为什么你就不能?为什么你就不能?"

她脸冲着约翰,老泪纵横。她想干什么?约翰想着。她是不是想让我帮她回答她的问题?

他们还没有上高速公路。约翰把车开到路边,熄灭了发动机,把母亲抱在怀里。他呼吸着母亲的气息,那来自冰冷的面霜和冰冷的肌肤的气息。"好了,好了,"他在母亲耳边轻声说道,"好了,好了。一会儿就好了。"

第五课　非洲的人文学科

1

　　她已经有十二年没见过姐姐了。在那个墨尔本的雨天，在母亲的葬礼上，她们见过面；从那以后，就一直没见过。她一直记得，这个姐姐叫布兰奇；但是，很久以来，布兰奇一直被大家叫作布里吉特姐姐[1]，以至于到了现在，她肯定连自己都认为，自己成了布里吉特式的人物。由于职业需要——看来有好处——布兰奇移居到了非洲。她先是受训想当研究古典的学者；后来，又学习医学，想当传教士。在祖鲁兰[2]的乡下，在一家规模不小的医院里，她升迁为主管。那家医院叫"受福玛丽医院"。由于艾滋病横扫整个地区，由于新生儿感染越来越多，布兰奇将医院的各种资源都集中在玛丽安山上。两年前，布兰奇写了一本书，叫《为希望而活着》，就是关于她在玛丽安山上的工作情况的。

---

①　布里吉特，本来是历史上的人物名字，又称布莱德，或布里吉德，即圣布里吉特（约451—524或528），爱尔兰女修道院院长。
②　祖鲁兰，南非地名，旧时为祖鲁王国。

出乎她意料的是,此书颇受人欢迎。她到美国和加拿大进行巡回演讲,宣传修道会的工作情况,同时募集资金。有关她的特写上了《新闻周刊》。为了过一种默默无闻的劳作生活,布兰奇放弃了学术生涯;但是,此时,她突然之间出了名,出了大名;在她移居的国家,一所大学给她颁发了荣誉学位证书。

正是因为这个学位,因为要参加学位颁发仪式;她,伊丽莎白,布兰奇的妹妹,来到一个她闻所未闻的地方,一个她甚至未曾特别想过要了解的地方;并且来到这个丑陋的城市(她飞来才几个小时,看见这城市在她下面扩展着,它那受伤的土地面积有数英亩之多,它的矿藏面积很大,但很贫乏)。她到了这儿,困乏至极。在印度洋上空飞行时,她失去过几个小时的生命感觉。她徒劳地相信,自己将重新找回失去的光阴。在见到布兰奇前,她应该先打个盹,然后振作起来,恢复精神。可是,她太疲劳了,连东南西北都已分不清——她隐约感到——自己病了。这就是她坐飞机的收获吗?病倒在陌生人中间:多么悲惨啊!她祈祷着说,自己错了。

他们把她俩,布里吉特·科斯特洛姐姐和伊丽莎白·科斯特洛女士,安排在同一家宾馆。在安排房间时,他们询问,她俩是喜欢各自要一个单间呢,还是合用一套。两个单间,她答道;她猜想,布兰奇也会做出类似的回答。她和布兰奇之间的关系从来就没有真正亲密过。现在,她俩已经过了女人的某个年龄段,坦率地说,已经变成了老妪。她一点都不希望自己被迫去聆听或者说监听布兰奇的临睡祈祷,去观看玛丽安修道会的姐妹们穿的内衣样式。

她卸下包裹,忙得团团转,先是打开电视,然后又关掉。在做这一切事情的过程中,不知为何,她倒头睡着了,仰面平躺着,穿着鞋子和所有的衣服。她是被电话铃声吵醒的。她像个盲人似的摸索到了听筒。"我在什么地方?"她想着,"我是谁?""伊丽莎白?"一个声音说道,"是你吗?"

她俩在宾馆的大堂里见面。她本以为,修道会的姐妹们在穿衣方面是很随意的。但是,即便事实果真如此,对布兰奇也没什么影响。布兰奇戴着头巾,上身穿素白的宽松上衣,下身穿灰色的一直够着腿肚子的裙子,脚上穿着粗硬的黑鞋,那是几十年前的标准行头。她的脸上布满了皱纹,手背上出现了褐色的斑点;除此之外,她保养得很好。这样的女人,伊丽莎白心里想着,能活到九十岁。"瘦骨嶙峋"这个词语不情愿地出现在她的脑子里:"像母鸡一样瘦骨嶙峋。"至于在布兰奇眼里,她是什么样子? 她这位还活在世上的妹妹变成了什么样子? 她不愿意老是想着这样的问题。

她俩相互拥抱,然后点了茶,进行了简短的交谈。虽然布兰奇从未履行过作为姨妈的职责,但她是伊丽莎白的孩子们的姨妈;因此,她得听听有关外甥和外甥女的消息,她几乎从未见过这两个孩子,他们可能也都成陌生人了。甚至在她俩聊天时,伊丽莎白都在犯疑:"我到这儿来就是为了这个——你来我往,相互说些无趣的话,做出一副像是要恢复那几乎已经消失殆尽的旧情的姿态?"

亲情。一家子。两个老妇人在一个外国城市里,啜饮着茶,掩藏起对对方的不满。毫无疑问,有些东西是可以激发起来的。往事遮遮掩掩,就仿佛是角落里的耗子,看不清楚。可是,此时此地,她太累了,无法抓住它,把它摁住。

"九点半。"布兰奇说。

"什么?"

"九点半。他们来接我们,到这儿来接。"布兰奇放下杯子,"伊丽莎白,你看起来很疲惫。睡一会儿吧。我要准备一个讲话。他们要我发表讲话。这是我的任务。"

"讲话?"

"演讲。明天,我要向即将毕业的学生发表演讲。我怕,你得坐那儿听了。"

2

她坐在第一排,跟其他贵宾坐在一起。自从上次参加毕业典礼以来,已经有些年头了。这是一个学年结束的时候:在非洲的这个地方,夏天热得让人难受,就像是回到了家乡。

在她身后,有一大群穿着黑衣的年轻人。她推测,大概有二百张人文学科的学位证书需要颁发。不过,排在最前面的是布兰奇,她是唯一的荣誉学位获得者。她被介绍给众人。她穿着鲜红的礼服,那是医生和教师常穿的礼服。她站在他们面前,双手紧握着。与此同时,校方演说员念了一份她的生平事迹档案。随后,她被引导到校长面前。她弯了一下膝盖,行了屈膝礼。长时间的欢呼声。布里吉特·科斯特洛姐姐、基督的新娘①和文学博士,此时,以她的行状和著述,使传教士这个名称重新焕发了荣光。

她站到了讲台后。轮到她,布里吉特,布兰奇,发表演讲了。

"校长阁下,"她说,"尊敬的老师们、同学们:

"今天上午,我能来到这儿;这是你们给我带来的荣耀。我怀着感激之情,接受这份荣耀。我之所以接受这份荣耀,不是为我自己,而是为我的几十位同行。在过去的半个世纪里,他们把自己的劳作和爱献给了玛丽安山的孩子们,并通过这些小家伙,献给上帝。

"你们所选定的给予我们荣耀的这种方式,对你们来说是最简便的,那就是授予我们学位。具体而言,就是你们所说的人文学科的博士学位②,或者,说得更加随意些,是人文博士学位。对于人文学科,你们比我了解得更多;但我还是要利用这次机会,斗胆谈一谈人文学科,谈一谈这些学科的历史和现状,还要谈谈人性。我谦恭地希望,我所说的可能跟你们所处的境况有关。作为人文学科忠实的从业者,你们会发现,自己正处于一种令人困惑的境况;在非洲如此,在非洲以外更加广阔的世界,也是如此。

"有时,我们必须残酷地表达善意;因此,我一开始就

---

① 原文用布莱德(Bride)这个名字,意思是"新娘"。
② 原文为拉丁文。

要提醒你们,今天我们所说的人文学科,并不诞生于大学;大学所产生的是——为了从历史的角度说得更加准确些,我愿意称之为——人文研究①,即对人和人的本性的研究;这种研究不同于神灵研究②,神灵研究是关于神灵的研究。大学并没有产生人文研究。虽然大学最终把人文研究划入学科范围,但并没有提供特别的养育之恩。恰恰相反,大学是以一种无趣而狭隘的方式包容人文研究的。这种狭隘的方式就是文本研究。大学里的人文研究历史从 15 世纪就开始了;但是,直到现在,这一历史一直跟文本研究的历史紧密结合在一起。所以,这两种历史可能被误认为是同一种。

"由于我并不拥有一上午的时间(你们的主任要求我自己限定时间,最多十五分钟——'最多'是他的原话),我将说出我想说的话,而省却一步步的推理,省却历史的证据;你们作为学生和学者,本来有权利要求我进行推理并给出证据。

"如果我有更多的时间,那我想说:文本研究,本来具有人文研究的活生生的气息,而人文研究,我们可以更加准确地称之为历史运动,或者,人文运动。但是,不久之后,文本研究的活生生的气息就被吹灭了。从那以后,在文本研究的历史上,人们作过一次次的努力,想恢复那种活力,但是徒劳。

---

① 原文为拉丁文。
② 原文为拉丁文。

"文本研究赖以创立的文本是《圣经》。文本研究的专家们把自己看成奴仆,努力去恢复《圣经》的真正教义,具体而言,就是耶稣的真正教义。他们用来描述自己工作性质的词语是再现或复活。你第一次读《新约》时,会面对面地见到已经升天而又复活的基督①,他不再因为罩着学者的注释和评论的面纱而模糊不清。正是怀着这个目的,学者们自学多种语言,首先是希腊语,然后是希伯来语,然后(晚近)是近东的其他语言。文本研究首先意味着恢复真正的文本,然后意味着对那种文本进行忠实的翻译。忠实的翻译被证明与忠实的解释密不可分,正如忠实的解释被证明与忠实的理解密不可分;我们要理解的是历史文化的基础,文本就来自那样的基础。就这样,语言研究、文献研究(解释方面的研究)、文化研究和历史研究——所有这些研究构成了所谓的人文学科的核心——它们渐渐地相互结合起来了。

"你们可能会义正词严地问,这一系列研究都是专门用来恢复救世主的原话的,那么,为什么要把它们叫作人文研究呢? 事实证明,问这个问题,正如同问:为什么人文学科的繁荣只在 15 世纪,而不在此前的数百年里?

"答案跟一个历史事件关系很大:君士坦丁堡没落并最终被洗劫,有学问的拜占庭人纷纷逃往意大利。②(考虑到你们主任提出的十五分钟规则,我将跳过一些内容,如关

---

① 原文为拉丁文。
② 君士坦丁堡是拜占庭王国的首都,15 世纪被奥斯曼帝国吞灭,从此走向衰落。

于加伦①的内容,他曾被誉为'活着的亚里士多德';如中世纪西方基督教世界中的其他希腊哲学家;如在传播这些哲学家的学说中,属于阿拉伯帝国的西班牙所起的作用。)

"'哪怕希腊人来送礼,我也惧怕他们。'②从东方来的人们带来了一些礼物,这些礼物不仅包括希腊语的语法,还包括古希腊作家的作品。这些基督教产生之前的作品很诱人。只有通过潜心研究这些作品,学者们才能完全掌握希腊语,并进而研究希腊语的《新约》。后来,人们把对这些作品的研究称为'古典研究';正如人们可以预料到的,这种研究马上就有了自己的目的。

"还有:古典研究之所以能成为正当的研究,不仅是因为语言学上的依据,而且是因为哲学上的依据。耶稣被派遣来拯救人类。辩论由此展开。他从何种状态下把人类拯救出来?当然是从无法拯救的状态。可是,对处于无法拯救状态中的人类,我们知道什么?古代作品的记录覆盖着社会生活的方方面面,只有这样的记录才是实实在在的。因此,为了掌握拯救的意义——我们必须通过研究古典作

---

① 加伦(129—199),古希腊名医及有关医术的作家,代表作是《论自然官能》。

② 原文为拉丁文,典自维吉尔史诗《埃涅阿斯纪》第二卷。希腊联军围困特洛伊城,达九年,但久攻不下。智多星奥德修斯想出木马计。当特洛伊人将大量被希腊攻击者作为宗教祭品而遗弃的木马运进城时,海神祭司拉奥孔预知不祥,试图阻止同胞这种"引狼入室"的举动,遂说了这一句话。但特洛伊人听信希腊人故意放出来的传言,以为木马能永保特洛伊不被攻破;于是,他们坚持将里面藏着希腊突击队员的木马运入城内,希腊人遂里应外合,最终赢得了特洛伊战争的胜利。

品,来从事人文研究。

"到此,我做出了一份简短而又粗略的陈述;我们从中可以得出这样的结论:《圣经》研究和古希腊罗马作品研究渐渐地结合在了一起,两者之间从来没有过对抗。我们还可以得出这样的结论:文本研究,以及那些从属于文本研究的学科,渐渐地被列入了'人文学科'这个范畴。

"关于历史,就讲这么多吧。你们私下里可能会觉得,你们来自各种不同的学科,很难分类;那么,今天上午,作为人文学科即将毕业的学生,你们为什么会发现自己被集合在了同一个屋顶下? 对此,我也不再多讲。现在,我要用仅剩的几分钟,告诉你们:尽管你们对我这么慷慨,但我为什么不属于你们中的一员,而且没有什么安慰的话可以带给你们?

"我想说的是:很久以前,你们就已经迷路了,也许是早在五百年前吧。这场运动是由少数几个人发起的;我觉得,你们在这场运动中所代表的,是可悲的尾巴。那些人的目的是要找到'真言',至少在开始时,他们曾受到这一目的的激励。那时,他们把这'真言'理解为'救言';现在,我也是这么理解的。

"这'真言'不可能在古典作品中找到,不管你把古典理解成荷马、索福克勒斯①,还是理解成荷马、莎士比亚和陀思妥耶夫斯基。在一个比我们现在更加幸福的时代里,

_____

① 索福克勒斯(前496—前406),古希腊三大悲剧诗人中的第二位,代表作有《俄狄浦斯王》和《安提戈涅》等。

人们可能会自欺欺人地认为,古典作品给他们提供了教义和生活方式。在我们这个时代,我们已经相当绝望地认定:研究古典本身可能会提供生活方式;如果不是生活方式,至少是谋生方式;如果事实证明,这种研究不可能有任何正面的好处,那么,至少,不会有人宣称,它有什么坏处。

"但是,在第一代文本研究的学者心底,有一个动机;我们不可能轻易地使这个动机偏离他们认准的目标。我属于天主教,而不属于改革派;但是,我拥护马丁·路德。当他从终极标准判定,他的同事戴西德留斯·伊拉斯谟①尽管才高八斗,但已经被诱惑去研究一些细枝末节的问题,而那些问题是没有意义的时,他就不再理睬伊拉斯谟。很长时间以来,'人文学科'一直处于垂死状态;而现在,在公元第二个千年的末尾,这些学科真的到了临终之时。我想说,它们死后,我们将面临更大的痛苦;因为,导致它们死亡的是理性、机械理性这个怪物,而正是这些学科自己奉这个怪物为王,把它认作全宇宙中首要的、推动其他的原则。不过,这是另外一个问题了,咱们改天再谈吧。"

3

布兰奇的演讲就这样结束了,她听到比较多的不是掌声,而是话音,这声音来自第一排座位,像是由于迷惑不解

---

① 伊拉斯谟(1466—1536),荷兰人文主义学者、北方文艺复兴运动中的重要人物,首次编订附有拉丁文的希腊文版《新约》,著有名作《愚人颂》。

而发出的低声怨言。当天的活动继续进行。应届毕业生们一个个被叫上去领取他们的名册;毕业典礼以一场正式的游行结束,布兰奇穿着红色的外套,也参加了游行。其时,伊丽莎白得了一阵子的空闲,她在宾客中间乱转,碰到有人叽叽喳喳聊天,她就在旁边听着。

整个典礼时间很长,而且乱糟糟的;而现在,叽叽喳喳的聊天成了典礼的主要内容了。只是在休息室里,伊丽莎白才听见有人具体谈到布兰奇的演讲。有一个高个子男人,礼服的袖子上装饰着貂皮,正热情地跟一个穿着黑衣的女人说话。"她以为她是谁啊,"他说,"利用这种场合来教训我们!一个来自祖鲁兰的边远地区的女修道士——她对人文学科知道什么?这帮顽固的天主教——普世教会主义①到底怎么了?"

她是个客人——这所大学的客人,她姐姐的客人,也是这个国家的客人。如果这些人要生气,就让他们生吧;那是他们的权利。她不想介入。让布兰奇自个儿去跟人斗吧。

可是,事实证明,不介入并不比介入轻松。正式午餐已经准备好,她在被邀之列。当她在自己的位子上坐下来时,她发现自己正好挨着那个高个子男人。这时,那男人已经脱掉了他那套中世纪风格的礼服。她没有一点胃口,觉得肚子里有东西在搅动;她宁愿回到宾馆里,躺下来;不过,她还是强忍着。"让我自我介绍吧,"她说,"我叫伊丽莎白·

① 普世教会主义,属天主教范畴,主张全世界各个基督教派别重新联合起来,聆听圣神的呼唤、先知的号召,反对假神与偶像,即唯物主义、享乐主义、消费主义等。

科斯特洛。布里吉特姐姐是我的姐姐,我是说,亲姐姐。"

伊丽莎白·科斯特洛。她能看得出来,自己的名字对那个男人来说没有任何意义。那个男人面前放着座签,上面写着他自己的名字:彼得·葛德文教授。

"我猜想,您是在这儿教书吧,"她继续说道,"您教什么课?"

"我教文学,英国文学。"

"我姐姐刚才说的话肯定相当于什么都没说。好了,别管她。她有点像把战斧,就这样。她喜欢争斗。"

布兰奇,布里吉特姐姐,那把战斧,此时正坐在同一张桌子的另外一头,正专心致志地在跟人聊天,所以听不见他们说话。

"这是一个安全的时代,"葛德文答道,"您不能把时针拨回去,也不能谴责一个机构,说它随着时间而变动。"

"您说的机构是指大学吗?"

"是的,大学;不过,具体是指人文学科,这些学科依然是所有大学的核心。"

人文学科是大学的核心。她可能是身在其外而不知道这一点;但是,假如有人要她说出,今天大学的核心——核心课程——是什么;她会说,是挣钱。从维多利亚省的墨尔本市来看,情况就是这样;假如她知道约翰内斯堡的情况也是如此,她不会感到惊讶。

"不过,我姐姐刚才真的说你应该把时针往回拨?难道她没有说到某种更加有趣、更加有挑战意味的东西——在人文研究中,有些东西从一开始就被误解了。把希望和期望放在人文学科上,但它们可能永远得不到实现,所以这种做法有问题? 我不是非得跟她保持一致,不过,在我看来,她所争辩的就是这个。"

"对人类进行彻底研究的是人类自己,"葛德文教授说,"而人类的本性是堕落。甚至令姐都会同意我的这一看法。不过,这不应该阻碍我们努力提高自己。令姐想让我们放弃人类,回到上帝那儿。当我说把时针往回拨时,我的意思就是这个。她想要倒退到文艺复兴之前的时代,倒退到她所说的人文主义运动之前,甚至回到12世纪启蒙运动之前。她想要我们重新陷入基督教的宿命论,这种宿命论属于我所说的'低等的中世纪'。"

"我了解我姐姐。当我想说她身上有宿命论倾向时,我总是犹豫不决。不过,您应该亲自跟她聊一聊,把您的观点摆出来。"

葛德文教授忙于吃沙拉。一阵沉默。坐在伊丽莎白对面的,是那个黑衣女人,她以为那是葛德文的太太;此时,黑衣女人冲她笑了笑。"刚才我听您说您叫伊丽莎白·科斯特洛?"那女人问道,"难道是作家伊丽莎白·科斯特洛?"

"是的,我是写东西的,写作是我谋生的手段。"

"您是'布里吉特姐姐'的妹妹。"

"是的。不过,'布里吉特姐姐'有许多姐妹。我只是她血缘上的妹妹。其他姐妹都是精神上的,所以更真诚。"

伊丽莎白本想把话说得轻松些,但这似乎惹恼了葛德文太太。也许正是因此,布兰奇激怒了这儿的人们:她不恰当地用到了诸如"精神"和"上帝"这样的词,用在不属于它们的地方。她虽然不信教，不过，在这件事上，她觉得，自己愿意跟布兰奇站在一起。

葛德文太太正在跟她丈夫说话，像是在向她丈夫炫耀着什么。"亲爱的，伊丽莎白·科斯特洛是一位作家。"她说。

"哦，是嘛。"葛德文教授说道。不过，伊丽莎白的名字并没有引发他的兴趣。

"我丈夫生活在18世纪。"葛德文太太说道。

"啊，是啊，好啊。理性时代。"

"我相信，今天，我们用一种相当简单的目光，去看那个历史时期，是看不清楚的。"葛德文教授说。他似乎想要说下去，但没有继续。

跟葛德文夫妇的交谈越来越没劲。伊丽莎白转向右边的人，但那人正全神贯注地关注着别处。

"当我是个学生时，"她重新转向葛德文夫妇说，"那已经是20世纪50年代左右了。我们读了许多D.H.劳伦斯的书。当然，我们也读古典作品，不过，我们真正的精力并没有花在古典作品上。D.H.劳伦斯和T.S.艾略特——我们专心阅读的是这类作家。也许还有18世纪的布莱克。也许还有莎士比亚，因为我们都知道莎士比亚超越了他的时代。劳伦斯之所以吸引我们，是因为他给我们许诺了一种拯救的方式。他告诉我们，如果我们崇拜黑暗的神明，遵循他们的规章，那么，我们就会得到拯救。我们相信劳伦斯。根据他提供的线索，我们走出去，竭尽全力地崇拜黑暗的神明。唉，对神明的崇拜并没有拯救我们。现在，当我回顾时,我要把劳伦斯叫作'伪预言家'。

"我想说的是,作为学生,我们曾在那些真实的读物中,寻找指导,困惑中的指导。在劳伦斯身上,或者在艾略特身上,早期的艾略特身上,我们找到了指导。这些指导可能各种各样,但都是关于我们人类如何生活的。比较而言,我们阅读其他东西,只是攻读课程,目的是通过考试。

"如果人文学科想要免于消亡,那么,它们必须应对各种精神状态以及那种对指导的渴望:最终,它是对拯救的渴求。"

伊丽莎白讲了一大通,比她本来想说的还要多。事实上,现在大家都安静下来了;她知道,其他人都在听自己说话。甚至她姐姐都转向她这边了。

"当'布里吉特姐姐'要求我们邀请您来参加这一快乐的活动时,"那位主任高高的说话声从桌子的头里传来,"我们还没意识到,您就是伊丽莎白·科斯特洛。欢迎。有您在,我们感到很高兴。"

"谢谢。"伊丽莎白说。

"我不自觉地听到了您刚才所说的一些话,"主任继续说道,"您是否同意令姐的说法,即人文学科的前景是黯淡的?"

她必须非常注意自己的说话方式。"我只是说,"她说道,"我们的读者——尤其是年轻读者——是带着某种程度的饥饿感,来看我们的书的。如果我们不能或不愿满足他们的饥饿感,那么,纵然他们转身离去,我们也不必惊诧。不过,我姐姐和我属于不同的领域。她已经把她的想法告诉给了你们。至于我自己,我想说,让书本来教导我们认识自己,这事我们已经做得够多的了。任何读者,或者说几乎所有读者,都应该满足于这一点。"

他们看着她姐姐,想看看她姐姐会有什么样的反应。教导我们如何认识自己:除了人文研究,还有什么别的吗?

"这是否只是午餐时的闲聊,"布里吉特姐姐问道,"抑或,我们是认真的?"

"我们是认真的,"主任答道,"我们都是认真的人。"

也许,伊丽莎白应该改变自己对主任的看法。他以东道主的身份,始终参加各种活动。也许,他不仅是一个学术官僚,而且有一颗灵魂,一颗饥饿的灵魂。要承认这种可能性。事实上,也许,他们所有人之所以都围坐在这张桌子边,正是因为他们都有饥饿的灵魂,那是他们最深刻的存在。她不应该急于下判断。如果没有别的问题,那么这些人并不愚蠢。到现在,他们肯定已经意识到,不管他们喜欢还是不喜欢,在布里吉特姐姐身上,他们看到了一个不喜欢循规蹈矩的人。

"我不需要去向小说求教,"布兰奇说,"就能知道,人类能够变得何等卑鄙,何等下流,何等残酷。我们,我们所有人,在人生之初,都是这样的。我们都是堕落的畜生。如果对人类的研究结果最多只是给我们描绘出我们的黑暗潜力,那么我应该把时间花在更好的研究对象上。如果这种研究的内容是人类再生后可能出现的样子,那就是另一回事了。然而,在这一天里,你已经说得够多的了。"

"可是,"挨着葛德文太太的年轻人说道,"确实,这正

158

是人文主义和文艺复兴所代表的东西;人类之所以为人类,就是因为人类有能力存在,而且有能力上升。人文主义者们并不假装不信神,甚至不是伪装的路德分子①。姐姐,他们跟你一样,是天主教信徒。想想洛伦佐·瓦拉②吧。瓦拉一点都没有对抗教会的言行,他只是碰巧比哲罗姆③更懂得希腊文,并指出了哲罗姆在翻译《新约》时所犯的一些错误。假如教会认可这样一条原则,即哲罗姆的拉丁文译本是一个凡人的译本,而不是上帝亲口说的话,因此有进一步改善的可能;那么,也许,整个西方历史就会是另外的样子。"

布兰奇沉默着。伊丽莎白继续往下说。

"假如整个教会都能够承认,它所有的教义以及整个信仰体系的基础都是《圣经》;而各种不同的《圣经》文本一方面很容易会被抄错,另一方面很容易会被译错,因为翻译总是不能十全十美。假如教会还能承认,对文本的解释是一个综合工程,极为复杂,而不是像某些人自己所宣称的,他们能垄断解释权。假如真是那样,那么,今天,我们就不会有这样的争辩。"

"可是,"主任说道,"除了亲身体会某些历史教训,那些教训是 15 世纪的教会基本上无法预见的;我们如何能知

---

① 即马丁·路德的信徒,信奉"因信称义"教条,故又称信义会教友。

② 洛伦佐·瓦拉(1407—1457),意大利文艺复兴时期哲学家、人文主义者,与伊拉斯谟一起开创了《圣经》批评的先河,对释经与评经均有相当的影响。

③ 哲罗姆(347—419/420),基督教会早期教父,《圣经》学家,《圣经》通俗拉丁文本译者。

道,解释工作会有多么困难。"

"比如说?"

"比如说,我们的文化跟数以百计的其他文化的联系状况。每一种文化都有其自身的语言、历史和神话,以及独一无二的观看世界的方式。"

"因此,我的观点是,"那个年轻人说道,"是人文学科。只有人文学科,以及人文学科所提供的训练,使我们得以乘风破浪,穿过这个多元文化的新世界,那正是,"——他已变得万分激动,几乎是要拍桌子了——"正是因为人文学科的内容就是阅读和解释。正如我们的演讲人所说的,人文学科开始时是文本研究,后来发展成为一套原理,这套原理是专门用于解释的。"

"实际上,是人文科学。"主任说道。

年轻人拉长了脸,说:"主任先生,您这是在转移话题。如果您不介意的话,我要坚持说'研究'或'学科'。"

伊丽莎白想着,他这么年轻,这么自信。他会坚持说"研究"的。

"您觉得温克尔曼①怎么样?"她姐姐问道。

温克尔曼? 年轻人回过头来看着她,一副不理解的样子。

"温克尔曼是否会自动承认,他属于您所描画的那一

---

① 温克尔曼(1717—1768),德国艺术史家、考古学家。1755年发表《关于在绘画和雕刻中模仿希腊作品的一些意见》一文,同一年到达罗马,展开长达八年对古希腊罗马艺术史的研究。并于1764年出版《古代艺术史》,为此掀起了一股崇拜希腊古风的浪潮。

类人文学者,即从事文本解释的技术员?"

"我不知道。温克尔曼是大学者。也许他会承认吧。"

"或者是谢林①,"她姐姐紧接着说道,"或者是任何一位那样的学者,他们多多少少公开认为,较之于犹太教-基督教文明,希腊提供了一种更好的文明理想。或者是那样的学者,他们认为,人类已经迷失了方向,应该回到根源上去,重新开始。换句话说,他们是人类学家。洛伦佐·瓦拉——既然您刚才提到他——就是一个人类学家。他的出发点是人类社会。您可以说,最初的人文学者不是假装反对神学的人。不,他们不是。不过,他们假装是相对主义者。在他们看来,耶稣是深入他自己所处的世界的,或者,正如我们今天所喜欢说的,他自己的文化。作为学者,理解耶稣的世界,并给当代人解释那个世界,是他们的任务。正如在今后某个适当的时候,解释荷马的世界会成为他们的任务。依此类推,直到他们解释温克尔曼的世界。"

布里吉特姐姐突然停住了口,盯着主任。也许是主任给她发了某个信号?他是否不可思议地在桌子底下拍了拍布里吉特姐姐的膝盖?

"好,"主任说道,"很精彩。布里吉特姐姐,我们应该请您做一整个系列演讲。但是,不巧的是,我们已经安排了一些人。也许,等将来某个时间吧……"他让这可能性悬在空中。布里吉特姐姐优雅地低下了头。

----

① 谢林(1775—1854),德国客观唯心主义哲学的代表人物,晚年转向天主教神学,著有《对自然哲学的看法》《先验唯心论体系》和《哲学与宗教》等。

4

她们回到宾馆。伊丽莎白累了。她的肚子一直不好，她得吃点药，得躺下来。可是，有一个问题仍然困扰着她：为什么布兰奇要对人文学科怀有敌意？布兰奇说，"我不需要向小说求教。"这份敌意，是否是以某种纠缠不清的方式，冲她而来？尽管每一部自己的书一从出版社拿出来，她就诚挚地寄送给了布兰奇；但是，她无法看到任何迹象，表明布兰奇读过哪怕是其中的一部。她是否是作为人文学者或小说家或两者兼而有之的代表，在进入坟墓之前，被召到非洲去，最后一次去接受教训？布兰奇是否真的把她看成了人文学者兼小说家？事实是——她应该让布兰奇对这一事实有所了解——她从来就不是人文爱好者。在这件事的整个过程中，布兰奇表现得有点像男人，太沾沾自喜，太自以为是。她应该纠正布兰奇的说法。

"温克尔曼，"她对布兰奇说，"你提出温克尔曼，是什么意思？"

"我想提醒他们，古典研究会走向哪里。会走向希腊主义。希腊主义将替代宗教，替代基督教。"

"这正是我所想到的。对于某些美学家来说，它有这样的替代作用。那些美学家受过高等教育，是欧洲教育体制的产物。但是，对于普通人来说，它肯定不具备这样的替代作用。"

"伊丽莎白，你没有抓住我的要点。希腊主义是一种替代。虽然古希腊可能很贫穷,但它能替代基督教的幻想王国;而且是人类有能力造就的。我指的是古希腊社会——尽管这很明显是古希腊社会的理想图景,那么,普通老百姓如何了解这社会呢?——他们可以指着那图景说,'瞧,这就是我们应该过的生活——不是在来世,而是在今生。'"

古希腊的男人们半裸着身子,胸膛上闪耀着橄榄油的光泽;他们坐在神庙的台阶上,谈论着真与善;与此同时,在他们身后,四肢柔韧的男孩子们在摔跤,一群山羊在安心地吃草。自由自在的心灵,自由自在的身体。一幅比理想更理想的场景:一个梦,一个幻觉。但是,除了靠梦想,我们还能如何生活?

"我不是不同意你的看法,"伊丽莎白说,"可是,现在谁还相信希腊主义? 还记得这个词?"

"你还是没抓住我的要点。希腊主义是我们关于美好生活的一种幻境,是人文主义所能推出的唯一幻境。当希腊主义失败——这是不可避免的,因为它跟现实中人们的生活没有任何关系——人文主义也就破产了。中午吃饭时,那人为人文学科争辩,说人文学科是一套技术,是关于人的科学。像灰尘一样干燥。青年男女血气方刚,却把生命花费在整理各种档案材料上,或所谓的'文本解释'上,而没有任何结果;他们图的是什么?"

"可是,希腊主义肯定只是人类社会历史的一个阶段。从那以后,关于人类社会生活可能的样子,已经出现了一些更大的、包容面更广的幻境。比如,阶级社会。或者,是那样一个世界,贫穷、疾病、文盲、种族主义、重男轻女、对同性恋的憎恨、对外国人的憎恨,以及许多其他糟糕的现象都已被消除。我只想指出,没有希望,人是活不了的;也许,没有幻想,也不行。假如你找到那些跟我们共进午餐的人中的任何一个——他们都是人文学者,或者,至少是正在做卡片的人文学科的初入道者——你请他说出他的种种努力的目的;那么,尽管他会说得很委婉,但他肯定会回答说,他们奋斗的目的是改善人类的命运。"

"是啊。在那一方面,他们自己会表现出,他们是人文主义先辈们忠诚的追随者。先辈们给他们提供了一种关于拯救的非宗教图景。跟基督无关的复活。由人类自己独自完成。文艺复兴。以希腊人为榜样。或者,以美洲印第安人为榜样。或者,以祖鲁人为榜样。唉,这不可能。"

"你说,这不可能。因为——希腊人该死,印第安人该死,祖鲁人也该死——尽管这些人不知道自己该死。"

"我压根就没说过该死之类的话。我只是在谈论历史,谈论有关人文主义事业的历史记载。人文主义事业无济于事。除了教会,不可能有拯救的途径。①"

伊丽莎白摇着头。"布兰奇,布兰奇,布兰奇,"她说,"谁会想到,你最终会变成这样一个强硬分子。"

布兰奇冲她冷冷地笑了笑。灯光在她的眼镜上闪烁着。

----

① 原文为拉丁文。

164

5

这个星期天,是伊丽莎白在非洲的最后一个全天。她把这一天花在了玛丽安山上,那家她姐姐终其一生工作和生活的医院里。明天,她要到德班①去。然后,从德班,飞往孟买,再由孟买飞往墨尔本。"就这样吧。布兰奇和我,"伊丽莎白想着,"今生今世,将不会再见面。"

她是来参加毕业典礼的;不过,布兰奇真正想让她看的,那隐藏在邀请书后面的,是那家医院。她知道布兰奇的想法,但她拒绝了。那不是她想看的地方。她的肚子不好,但还不用上医院。她在电视上经常看到有关那家医院的一切,太经常了,以至于她无法容忍自己再去看一眼:靠拐杖走路的双腿、浮肿的肚子,孩子们冷漠的大眼睛逐渐消逝,得不到治疗,得不到照料。"叫人来把这杯子从我这儿拿走。"她心里恳求着,"我太老了,太老太弱了,已无法承受这些光景。我只想哭。"

可是,这一次,她无法拒绝,因为她面对的是她的亲姐姐。结果证明,医院的状况还不太糟糕,还没有糟糕到不可收拾的地步。护理人员都是西班牙人或美籍西班牙人,医疗器械都是新的——布里吉特姐姐筹集资金的结果——而且气氛很轻松,甚至可以说是快乐。在院子里,有一些穿着当地人服装的女人,夹杂在护理人员中间。她以为她们是

---

① 德班,南非东部的一个港口城市。

病孩们的母亲或祖母。布兰奇解释说：她们都是郎中，是传统郎中。到这时，她才恍然大悟：这就是玛丽安山医院出名的原因所在。这是布兰奇的伟大发明，让医院向民众敞开大门，让当地医生协助西医医生们工作。

至于孩子们。也许，布兰奇已经把那些最严重的病人藏起来了，不让她看见；不过，让她惊讶的是，哪怕是一个垂死的孩子都会显得那样高兴。正如布兰奇在其著作中所说的：用爱和护理和适当的药品，这些无辜的孩子可以被带到死亡的门口，而没有恐惧。

布兰奇还带她去参观了小教堂。一走进那座简陋的用砖头和钢铁建造的房子里，她就大吃一惊。祭坛后面，是一个木头十字架，上面雕刻着骨瘦如柴的基督形象。基督的脸像一张面具，他的脑袋上戴着一个用真正的刺槐做的花冠，那刺穿他的手脚的，不是一般的钉子，而是铁螺钉。雕像本身接近真人大小，十字架向上碰到了裸露在外的橡子；这整个结构主宰着小教堂，喧宾夺主。

布兰奇告诉她，基督像是当地的一位雕刻家做的。几年前，医院把他招来，给他一个工作间，还每月给他薪水。她想见见那人吗？

于是，为着她的缘故，在医院的一个偏僻的角落里，那老人打开了一间工棚的门。他的牙齿和衣服一样，脏兮兮的，英语很蹩脚。布兰奇在介绍他时，只说他叫约瑟夫。伊丽莎白注意到：门口的草很茂盛，这表明，已经很长时间没人来过了。

走进屋里，伊丽莎白不得不拨开蛛丝。约瑟夫摸索着灯的开关,上下推动,没有效果。"灯泡没了。"他说。但是,他没有采取任何措施。只有从开着的门口,从屋顶和四壁之间的缝隙里,才有光漏进来。过了好一阵子,伊丽莎白才使自己的眼睛适应过来。

小屋中间,有一张凑合着能用的长条桌。一些乱七八糟的木雕作品堆在桌子上,或者说压在桌子上。靠墙堆放在托盘上的,是一些长条形的木头和一些满是灰尘的木板箱,有些木头上还留着树皮。

"这是我的工作间,"约瑟夫说,"我年轻时,整天都在这儿干活。可是,现在,我年龄太大了。"

伊丽莎白抓起一个十字架,不是最大的那个,但也很大,上面有一尊十八英寸高的基督雕像,是用一种略带红色的很重的木头雕成的。"这是什么木头?"

"卡里,卡里木。"

"这是您雕的吗?"她握着十字架,然后把手臂伸直。跟小教堂里的那尊雕像一样,这个受尽磨难的人①的脸是一个面具,是用一整块平坦的木板雕成的,这面具已经脸谱化、简单化了。他的双眼眦裂着,下巴沉重地低垂着。另一方面,他的身体却相当自然。伊丽莎白猜测,这是根据某个欧洲人的样子雕出来的。双脚被钉子刺穿了,膝盖往上蜷曲着,就好像他力图把自己的体重放在那钉子上,从而减轻双臂的疼痛。

"所有的耶稣像都是我雕的。有时我的助手帮我雕十

----

① 指基督。

167

字架。我的助手们。"

"那你的助手们现在去哪儿了?不再有人在这儿干活吗?"

"没有,我的助手们全都走了。太多的十字架。太多的十字架要出售。"

伊丽莎白往其中一个箱子里偷看了一眼。里面是一些小型十字架,有三四英寸高,跟她姐姐戴的那个一模一样。一共有几十个,一色是平平的面具一样的脸,一样是往上蜷曲的膝盖。

"您还雕别的东西吗?动物?头像?普通人?"

约瑟夫拉长了脸。"动物只供应给游客。"他鄙夷地说道。

"这么说来,您不为游客雕东西。您不做旅游工艺品。"

"不做,从来不做旅游工艺品。"

"那您为什么要雕东西呢?"

"为耶稣啊,"他说,"是的。为我们的救世主。"

6

"我看了约瑟夫的仓库,"伊丽莎白说,"他有点着迷,难道你不这样认为吗?就那么一个形象,一遍又一遍地做。"

布兰奇没有作答。她们吃着中饭。在任何平常的环境里,伊丽莎白都会叫嚷,因为食物太少:一个切开的土豆、几张枯萎的莴苣叶、一枚鸡蛋。她没有一点食欲。她翻弄着莴苣叶,鸡蛋的气味让她倒胃口。

"在我们这时代,"伊丽莎白继续说,"那些东西,宗教工艺品,是如何经营的?"

"约瑟夫过去是玛丽安山医院领工资的雇员。他领工资做他的雕像,也干一些杂活。最近十八个月来,他一直靠退休金生活。他的手有关节炎。你肯定已经注意到了。"

"可是,谁来买他那些雕像呢?"

"在德班,我们有两条销售它们的渠道。其他教区也会要过去,再卖出去。从西方的标准来看,它们可能不算什么艺术品,但它们全都货真价实。几年前,约瑟夫曾受教会委托,在伊克塞泼①做了一笔买卖,进账了数千兰特②。我们还能得到大批小型十字架的订单。学校、天主教学校买去当奖品。"

"当奖品。你在《教理问答》中出了大名,还得到了约瑟夫的一个十字架。"

"多多少少吧。这有什么不妥吗?"

"没有。不过,约瑟夫做得太多了,不是吗? 在那间小屋里,肯定有数百件吧,全都一个样。除了十字架,十字架加耶稣,你为什么不让他做点别的东西? 他一遍又一遍地雕刻一个痛苦的人物形象,把一生都花费在这样的劳作上;这对他的——让我斗胆用这个词——'灵魂'有什么意义? 我的意思是,在他不干杂活的时候。"

---

① 伊克塞泼,南非克瓦祖鲁省的一个镇子。
② 兰特,南非、莱索托等国的货币单位。

布兰奇冲她僵硬地笑了笑。"伊丽莎白,你说他是一个'人'?一个痛苦中的'人'?"

她说:"一个人,一个神,半人半神,布兰奇,别把这弄成一个问题,我们不是在上神学课。一个像约瑟夫那样有天赋的人,却终其一生做没有创造性的工作;这对他本人到底有什么意义?他的天赋可能很有限,严格说来,他可能不算艺术家;但是,鼓励他把他的视野再扩展一点,难道不是更加明智吗?"

布兰奇放下了刀叉。"那好,让我们直面你刚才所作的批评,你可以用最极端的方式把它说出来,让我们直面它。约瑟夫不是艺术家;可是,假如我们——假如我——几年前,曾经鼓励他,让他去参观画廊,或者,至少去拜访别的雕刻家,看看他们做的作品,从而扩大工作范围;那么,他也许早就成了一名艺术家。而现在,约瑟夫一如其旧——还保持在工匠的水平上。他在这儿生活,当差,完全默默无闻,一遍又一遍地,以各种不同的尺寸,用各种不同的木头,雕刻着同样的作品;直到关节炎发作,他的雕刻生涯就此结束。因此,正如你所说的,约瑟夫被束缚住了,没能拓展他的视野。他没有能过上更加完满的生活,尤其是艺术家的生活。你的指控就是这个吗?"

"差不多吧。并不一定是艺术家的生活。我不会愚蠢到称许他为艺术家,我只是指一种更加完满的生活。"

"对。如果你的指控就是这个,那么我愿意答复你。在别人看来,不过,主要是在约瑟夫自己看来,他花费三十年青春时光,来表现我们的痛苦的救世主。一个小时又一个小时,一天又一天,一年又一年,他想象着那种痛苦,而且怀着忠诚的情愫,竭尽所能,再现那种痛苦。你自己可以看到他的忠诚。他没有使那种痛苦走样,没有在其中加入新的样式,也没有在其中投入他自己的个性。现在,我来问你,在你、我和双手被磨损的约瑟夫之间,耶稣最乐于迎入他的王国的是谁?"

当她姐姐趾高气扬、慷慨陈词时,伊丽莎白感到难受。在约翰内斯堡,在她姐姐演讲时,出现过这种情况;现在,这种情况又出现了。布兰奇性格中最让人难以容忍的东西往往出现在这种时候:让人难受、顽固不化和咄咄逼人。

"我觉得,假如耶稣知道,约瑟夫曾经有过选择的自由,而且其忠诚也不是被迫的,"布兰奇干巴巴地说道,"那么,耶稣还是会更加乐于接受约瑟夫。"

"去。去问问约瑟夫。问他是否被迫做了什么,"布兰奇顿了顿,"你以为,约瑟夫只是我手中的一个傀儡吗?你以为,约瑟夫一点都不了解自己的生活方式吗?去问他吧。听他自己说。"

"我会去问他的。不过,我还有一个问题。约瑟夫不可能回答这个问题,因为它是针对你而发的。你,或者,如果不是你的话,那么就是你所代表的组织,把一个模特放在约瑟夫面前,让他照着复制、模仿。这个模特,这个特定的模特,为什么非得具有哥特式风格①——我只能称之为哥

---

① 哥特式风格是一种仿罗马式的艺术风格,但没有突出罗马式的厚重和结实,而是强调垂直向上、轻盈修长,主要表现在建筑上。哥特式风格肇始于 12 世纪的法国,而后扩展至全欧洲,并且一直延续到 15 世纪。

特式？为什么是一个身子扭曲的临死的基督形象,而不是活生生的基督形象？他是一个三十多岁的青年人:你不去表现他活着的样子、不表现他生机勃勃的美,是出于什么考虑？还有,你反对希腊人,又是出于什么考虑？希腊人决不会创作那样的雕像和肖像:具有极度的痛苦、残废和丑陋。还要在这些雕像面前跪下去,顶礼膜拜。你希望我们嘲笑人文主义者,而人文主义者的目光却超越了基督教,超越了基督教所表现出来的对人体的蔑视,那也是对人类的蔑视;如果你想知道,他们为什么会有超越的目光,那么,希腊人的所作所为应该能够给你提供一条线索。你应该知道,你不会已经忘记,痛苦中的各种耶稣形象是西方宗教的癖好。对于康斯坦丁堡来说,这些形象完全是外来的。东方宗教会认为它们不像样,这也是非常正当的看法。

"坦率地说,布兰奇,整个耶稣受难传说中的有些东西让我感到震惊——这些东西最卑鄙、最落后、最中世纪——不洗澡的和尚、不识字的教士、胆小怕事的农民。这是欧洲历史上最肮脏、最死寂的阶段,你在非洲让它重现,你想达到什么目的?"

"霍尔拜因①和格吕内瓦尔德②不是中世纪天主教的艺术家。他们属于改革派。"

---

① 汉斯·霍尔拜因有两位,是父子俩,分别称为老汉斯·霍尔拜因和小汉斯·霍尔拜因。霍尔拜因家是绘画世家。小汉斯比老汉斯成就大。此处应该指小汉斯(1498—1543),为德国北方文艺复兴运动的中坚。代表作有《死亡舞蹈》等。
② 格吕内瓦尔德(约 1480—1528),北方文艺复兴运动的另一员大将,代表作有《耶稣的复活》等。

"布兰奇,我不是在跟历史悠久的天主教教会争吵。我是在问你,你自己,你凭什么要反对美。人们为什么不能一边观赏艺术品,一边想:这就是我们作为一个群体所能成为的样子,这就是我个人所能成为的样子;而不是一边看着艺术品,一边想着:我的上帝啊,我要死了,我要被蠕虫吃掉了。"

"我猜想,接下来,你要说希腊人了吧。望景楼的阿波罗像①,米洛的维纳斯像②。"

"是啊,接下来我是要说说希腊人。我的问题是:在哥特式艺术风格中,有着对丑陋而速朽的人体的迷恋;对非洲人来说,这是完全陌生的东西。看在上帝分上,你把它引入非洲,引入祖鲁兰,你想干什么? 如果你非得要把欧洲引入非洲,那是否可以引入某种更好的东西,比如希腊文明?"

"伊丽莎白,你是否以为,对祖鲁兰人来说,希腊的东西是完全陌生的? 我要再次告诉你,如果你不愿意听我说,你至少要礼貌地听听约瑟夫的说法。你是否以为,约瑟夫之所以雕刻耶稣受难的形象,是因为他不知道有更好的形象? 你是否以为,如果你带着约瑟夫,到罗浮宫去看一圈,他就会瞪大眼睛,并且为了大家伙的利益,着手做现代人的

① 《望景楼的阿波罗》,大约是公元前320年创作的古希腊雕像作品,1496年在罗马梵蒂冈被发现,该雕像被誉为"古典艺术的理想典范",被历史学家称作"意大利文艺复兴艺术的偶像"。
② 《米洛的维纳斯》又译为《米洛斯的维纳斯》或《米洛斯的阿佛洛狄忒》,古希腊雕刻家亚历山德罗斯的大理石作品,1820年初出土于爱琴海南部的米洛岛,刚出土时,雕像抬起的左手中还拿着苹果。而现在的维纳斯雕像则双臂全无。

雕像,裸体女人在打扮自己,男人则伸缩着他们的肌肉?你是否知道,当欧洲人,受过教育的欧洲人,有着公立学校教育背景的欧洲人,初次跟祖鲁人接触时,他们以为,他们重新发现了古希腊人?对此,他们讲得很明白。他们取出画板,画了一些草图。图中的祖鲁战士手持长矛、棍棒和盾牌,表现出了跟赫克托耳①和阿喀琉斯②一模一样的神态、一模一样的体态。只是他们的皮肤是黑色的。在 19 世纪,在《伊利亚特》的插图中,我们能看到赫克托耳与阿喀琉斯的形象。匀称的四肢、紧身的衣服、傲慢的身材、庄重的仪态以及勇武的行为——所有这一切都在祖鲁人身上。非洲的斯巴达:这就是那些欧洲人觉得他们已然发现的地方。在几十年间,也就是这批从公立学校毕业的男孩子,带着他们关于希腊古风的浪漫想法,代表祖鲁人的国王来管理祖鲁兰。他们想把祖鲁兰变成斯巴达,想把祖鲁人变成希腊人。因此,对约瑟夫和他的父亲和他的祖父来说,希腊人决不是一个遥远的异邦种族。他们的新统治者们给他们送来希腊人,他们应该或者说能够把希腊人当作榜样。但是,他们拒绝了。他们反而把目光转向地中海世界的其他地方。他们决定皈依基督教,追随永生的基督。于是,约瑟夫选定耶稣作为自己的榜样。你去问他吧。他会告诉你的。"

"布兰奇,这等关于大不列颠人和祖鲁人的历史知识,我不熟悉,我无法跟你论辩。"

---

① 赫克托耳是荷马史诗《伊利亚特》中特洛伊一方的第一条好汉。
② 阿喀琉斯是荷马史诗《伊利亚特》中希腊联军一方的第一条好汉,略胜赫克托耳。

"这样的事不仅发生在祖鲁兰,也发生在澳大利亚,发生在整个殖民世界,只不过形式上没有这么优雅。这些年轻的家伙毕业于牛津大学、剑桥大学和圣西里尔学院①。他们给那些新的土著居民提供了一个荒谬的理想。'抛弃你们的偶像吧,'他们说,'你们可以跟神明一样。看看希腊人②吧。'事实上,这些年轻人都是人文主义者的后裔;在古希腊,在他们眼中的浪漫的古希腊,谁能把神跟人分开?'到我们学校来吧,'他们说,'我们会教你。我们会把你们变成理性和科学的信徒,而科学就来自理性;我们会把你变成自然的主人。通过我们的帮助,你们会战胜疾病,战胜整个肉体的衰落。你们将永生。'

　　"嘿,祖鲁人知道得更多。"她朝着窗户,朝着医院里那些被太阳烘烤的建筑物,朝着那条向着荒凉的群山蜿蜒而上的土路,挥了挥手,"真实的祖鲁兰,真实的非洲。根据我们所能见到的情形,它既有现实的真实性,也有未来的真实性。因此,非洲人,尤其是非洲女人,来到教堂,跪在十字架上的耶稣像前。他们得承受现实的打击。因为他们受苦受难,而耶稣跟他们一起受苦受难。"

　　"难道不是因为他向他们许诺另一种生活,死后的更加美好的生活?"

---

① 圣西里尔,希腊基督教神学家、传教士,与其兄向斯拉夫人传教,共同创造斯拉夫语字母,并用斯拉夫语翻译《圣经》。圣西里尔学院指法国著名的圣西里尔军事学院,主要培养骑兵和步兵。

② 希腊神话中除了自然神以外,已出现人格神,但还没有出现形而上的宗教神,而且以人格神为主,这些人格神具有许多人的特征。

布兰奇摇了摇头。"不是。对那些到玛丽安山来的人,除了说我们将帮助他们背负十字架,我没有作出任何许诺。"

7

星期天上午,才八点半,可是,太阳已经很刺眼了。中午,司机会来带她去德班,然后她将飞回家乡。

两个年轻的女孩穿着俗丽,光着脚,跑到钟绳边,开始用力牵引。那钟像痉挛似的,发出刺耳的高音。

"你愿意过来吗?"布兰奇问道。

"好,我会过去的。我是否需要把头蒙起来?"

"就这样,过来吧。这儿不是正儿八经的场合。不过,要警惕:一个电视节目组要来采访我们。"

"电视?"

"从瑞典来的。他们在拍一部有关夸祖卢族祖鲁人①的艾滋病情况的纪录片。"

"那牧师呢? 是否已经有人告诉牧师,祈祷仪式正在被拍下来? 到底谁是牧师?"

"来自宽谷山的米西芒古牧师将来做弥撒。他没有任何理由拒绝。"

米西芒古牧师是个年轻人。在他到达某个安静而又非

---

① 夸祖卢族祖鲁人,讲夸祖卢语的祖鲁人。夸祖卢语是西非的一种语言。

常漂亮的高尔夫球场时,他往往戴着眼镜,显得身材瘦长。他到诊所里去,换穿法袍去了。在众人面前,伊丽莎白加入了布兰奇和修道会的其他六个姐妹的行列。照相机的闪光灯已经就位,正对着她们在试拍。在她们悲苦的目光里,伊丽莎白不难看到:她们都已老态龙钟。姐妹们都属于垂死的一类,已快耗尽生命。

在金属屋顶下,小教堂非常闷热。伊丽莎白不知道,布兰奇穿得整整齐齐,是如何忍受这炎热的。

米西芒古带头做弥撒时用的是祖鲁语,尽管这儿那儿伊丽莎白能听出个把英语单词。开始时极为安静,可是,等到第一次集合时,人群中已经有了嘈杂的声音。在米西芒古进行冗长乏味的布道时,他不得不提高嗓门,好让别人听见他说话。他是那样年轻,却拥有一副男中音的嗓子,真令人称奇。这声音似乎来自他胸腔的深处,毫不费力。

米西芒古转过身,跪在了祭坛前。接下来是一片沉默。在他上面,一颗戴着王冠的脑袋隐约可见,那是受难的基督的脑袋。随后,米西芒古又转过身,拿起"圣体"①。信徒们爆发出了快乐的叫声。大家开始有节奏地顿脚,使木板都振动了。

伊丽莎白发现自己在摇晃。空气中充满了汗味。她抓着布兰奇的胳膊。"我得出去!"她低声说道。布兰奇瞥了她一眼,表示同意。"再稍微待一会儿吧。"布兰奇低声答

---

① 圣体是天主教在弥撒仪式中(耶稣教则在圣餐仪式中)经过"祝圣"的面饼。

道,然后便走开了。

伊丽莎白深深地吸了一口气,力图清醒一下自己的头脑;可是,不管用。一股寒意似乎由她的脚趾往上升起,一直升到她脸上。她的头皮被这寒意冲破,旋即她失去了知觉。

她醒来时,发现自己平躺在一个空房间里,她不认识这个房间。布兰奇站在那儿,目光向下凝视着她。还有一个穿着白色制服的年轻女子。"真抱歉,"她喃喃说道,挣扎着想要坐起来,"我刚才晕倒了吗?"

那年轻女子安抚似的把手放在她肩膀上。"没关系,"她说,"不过,您应该休息。"

伊丽莎白抬起目光,看着布兰奇。"真抱歉,"她重复着说道,"我经过了好几个洲。"

布兰奇惊诧地看着她。

"好几个洲,"她又重复道,"好累的旅途啊。"在她自己听来,她的声音非常微弱,并消失在了远处。"我吃的东西也不合口味,"她说,"应该是这原因。"

不过,原因真的是这个吗?两天的肠胃不舒服就足以使人晕倒?布兰奇应该知道,因为她肯定经历过禁食,体验过眩晕。在伊丽莎白自己看来,她怀疑,她的身体不适不只是由身体原因造成的。如果她受到布兰奇那样的安排,那么,她也可能乐意接受这些在一个新大陆上的体验,并把这些体验变成文字。可是,她没有受到那样的安排。这是她的身体说的,以其自身的方式说的。一切都太奇怪、太繁杂了。她的身体抱怨道:我想回到我以前的环境中去,回到我

178

熟悉的生活中去。

想回去：这是她现在受苦的原因。眩晕：想回去的症状。这使她想起了某个人。想起谁呢？想起《印度之行》中的那个身体虚弱的英国女孩。女孩无法适应印度的生活，使大家感到恐慌和耻辱。她无法承受印度的炎热。

8

司机在等她。她穿戴好了，准备好了，但仍然感到有点虚弱，有点飘浮。"再见，"她跟布兰奇说道，"再见，布兰奇姐姐。我明白你的意思。星期天上午根本不会像圣巴特里克节①那样。我希望，他们没有把我拍下，没有拍下我跪在那儿的样子。"

布兰奇微笑着说："如果他们拍下了，我就要求他们剪掉。"两人都不再说话。伊丽莎白想着："也许，现在，她会说出她把我弄到这儿来的原因了吧。"

"伊丽莎白，"布兰奇说道（她的声音中是否有某种新的、更加柔和的东西，或者，那只是伊丽莎白的想象？），"记住，这是他们的福音，他们的基督。他被他们，普通人，变成了基督。他们把他变成了什么样？或者说，他让他们把他变成了什么样？没有爱。不仅在非洲如此。在巴西，在菲律宾，甚至在俄罗斯，你都会看到诸如此类的情景不断重

---

① 圣巴特里克（389？—461），在爱尔兰建立基督教会的英国传教士，著有记述其传教经历的《信仰声明》一书。3 月 17 日为圣巴特里克节。

演。普通老百姓不想要希腊人。他们不想要纯粹形式的王国。他们不想要大理石雕像。他们想要的是某个像他们自己一样受苦受难的人。像他们一样受苦,而且是为他们受苦。"

耶稣。希腊人。在这最后时刻,当他们跟她道别时,也许是最后一次向她道别时;这不是她所期望的,也不是她想要的。这是她到死都不会饶恕布兰奇的地方。布兰奇应该已经吸取了教训。姐妹之间永远不会放过对方。不像男人,男人们会极其轻易地放过对方。这种不可饶恕的东西已经锁死在了布兰奇的胸怀里。

"因此,你胜利了,哦,苍白无力的耶稣啊,"伊丽莎白说道,她不想掩饰自己声音中的悲苦色调,"布兰奇,这就是你想要听我说的吗?"

"多多少少是吧。亲爱的,你这是在支持一个失败者。假如你把钱投在另一个希腊人身上,你可能仍然有机会。俄尔浦斯而不是阿波罗。迷狂者而不是理性者。他是这样一个人:他常常根据自己周围的环境,变换形式,变换颜色;他会死,但随后就会返回阳世。一条变色龙。一只凤凰。他会求助于女人。因为,跟土地最亲近的就是女人。他行走于人民中间,人民可以跟他接触——把手放在他身上,摸摸他的伤口,闻闻他的血液。可是,你没有那么做,所以你失败了。伊丽莎白,你没有找到合适的希腊人。"

9

一个月之后。她在家里,已经安定下来,回到了她自己的生活之中,把此次去非洲的冒险旅行抛在了脑后。她跟布兰奇分别时,不像是一对姐妹;这一点至今让她感到烦恼。尽管她记着她俩分别时的情景,但是,关于此番姐妹重逢,她还什么都没写。

"我想跟你讲一件有关母亲的往事。"她写道。

她是在给她自己写信;她会给任何一个跟她一起的人写信,而现在,房间里只有她一个人。可是,她知道,除非她觉得自己是在给布兰奇写信,否则,她写不出来。

> 母亲在橡树林①的第一年期间,跟一个叫菲利普的人交上了朋友,菲利普也住在那儿。我跟你提起过他,但你可能不记得了。他有一辆小车;他们常常一起出去,去剧场,去音乐厅。他们以一种文明的方式,成了一对伴侣。母亲自始至终都称他"菲利普先生",我也这么称呼他,并没有太多的想法。后来,菲利普先生病倒了,他们的游荡生活也就此结束。
>
> 在我初次遇见 P 先生时,他还是一个充满活力的老头。烟管,颜色鲜艳的运动夹克衫,领结,大卫·尼文②式的胡子。他曾经是一名律师,一名非常成功的律师。

---

① 地名。

② 大卫·尼文,著名电影演员,代表作有《通向天堂的梯子》和《生与死》等。

他很注意自己的仪表,兴趣爱好广泛,爱读书;正如母亲所说,他身上依然充满活力。

他的一个爱好是画水彩画。我看见过他的一些作品。他画的人物有点木,不过,他对风景、对树丛,有感觉;我想,这种感觉是真实的。他对光,对距离之于光的影响,也有感觉。

他画过一幅母亲的肖像画。母亲穿着蓝色的薄薄的棉外套,一条丝巾飘在她身后。作为一幅肖像画,整体上看来,画得并不好;不过,我保留着它,现在,它仍然在某个地方。

我也去他那儿陪坐过几个小时。那是在他动了外科手术之后,他被迫待在屋子里,或者说,无论如何,他都不想出来。让我去陪坐,是母亲的意思。"看看你能否让他从自我的世界中走出来一点,"她说,"我是没办法了。他整天一个人待着,沉思默想。"

菲利普先生之所以不跟人交往,是因为他刚刚动了一个手术,切除了喉咙。他的喉咙口成了一个洞,通过这个洞,在人造喉咙的帮助下,他可以说话。不过,在喉咙口,有这么一个难看的洞,使他感到不习惯,感到羞耻;因此,他躲避着公众的视线。让人难以理解的是,他无论如何都不会说话——他一直没有花力气学习正确的呼吸方法。他最多只能发出哇哇哇的叫声。对于这样一位受到女士们青睐的男人来说,这肯定使他感到深深的耻辱。

我和他用字条交谈,结果,一连好几个星期六下午,我都为他坐着。那时,他的手已经有点颤抖,每一次,他只能支撑一个小时。癌细胞以多种方式而不是一种方式侵入了他的体内。

在橡树林,他有一套比较高级的公寓,在底层,法国式的门一直通到花园。在我的肖像画上,我坐在花园的门边,坐在一把椅背硬直的雕花椅子里,我戴着一条围巾,那是我在雅加达时无意之中购买的。我的手指甲染成了赭色和栗色。我不认为这样做会使我倍加高兴,不过,我觉得,作为一名画家,他会欣赏这些颜色,会从中得到某种让他玩味的东西。

一个星期六——请耐心点,我将言归正传——那是一个可爱而温和的日子,鸽子在树林里咕噜咕噜地叫着。他放下画笔,摇了摇头,然后用他那哇哇哇的声音说了点什么。我没领会他的意思。“我听不见,阿伊旦。”我说。“这东西不管用。”他重复着说道。然后,他在画板上写了几个字,并把画板递给我。他写的是:“但愿我能画一个裸体的你。”在这句话的下面,写的是:“我本来就很想。”

要从自我的世界中走出来,他可真不容易。“我本来就很想”,过去的假设。但这就是他的意思吗?可以相信,他的意思是:“趁你还年轻,我本来就很想把你画下来”,但我并不这么认为。“趁我还是一个男人,我本来就很想把你画下来”,这种可能性更大。在他让我看这些话时,我看见他的嘴唇哆嗦着。我知道,在老人哆嗦的嘴唇上和湿润的眼睛上,我们不应该放置太多的东西;可是……

　　我笑了笑,力图使他恢复信心;然后我重新摆好姿势。他回到画架旁。但我发现,他只是站在那儿,画笔在他手中渐渐干去,他不再动笔画;除此之外,一切如旧。因此,我想——现在我终于讲到了正题——我想,"管他的"。于是我解开围巾,耸动肩膀,让它掉落下去。然后,我又脱掉胸罩,把它挂在椅子背上,说:"现在怎么样,阿伊旦?"

　　"我用我的老二作画"——难道这不是雷诺阿①说的吗?他画过肌肤丰满而滑腻的女人。"用我的老二",一个阴性名词②。那好吧,我心想,让我看看,我能否把菲利普先生的老二从沉睡中唤醒过来。我再次让他看着我的侧面,此时鸽子继续待在林子里,似乎什么也没有发生。

　　这是否管用,我这半裸着的形象是否重新点燃了他身体里的某种东西;我说不上来。不过,我能感觉到,他凝视着我,凝视着我的胸脯,我能感觉到这凝视的沉重。坦率地说,这是好事。那时我四十岁了,已有两个孩子,两个真正的孩子,而不是指青年女子胸前的两个乳房③;不过,这是好事。在那个衰亡的、死亡的

---

① 奥古斯特·雷诺阿(1841—1919),法国印象主义美术大师。代表作有《金发浴女》和《睡觉的女人》等。
② 原文为法文。在法文中,"verge(阴茎)"一词虽然意指男性生殖器,但它是阴性名词。
③ 男人们有时喜欢戏称女人的乳房为孩子。

地方,我就是这么想的;而且,到了现在,我还是这么认为。一种福分啊。

过了一阵子,花园里的阴影变长了,也变凉了,我重新使自己变成了淑女。"再见,阿伊旦,愿上帝赐福于您。"我说道。他在画板上写了"谢谢您"三个字,然后拿给我看。就这么回事。我觉得,他并不期望我下个星期六还来,我也确实没再去。我不知道,他是否自己完成了那幅画。也许,他把它毁掉了。他当然没有把它拿给母亲看。

布兰奇,我为什么要把这事告诉你? 因为我把它跟你我在玛丽安山的谈话联系起来了,咱们的谈话是关于祖鲁人、希腊人以及真正的人类本性的。我不想就此放弃咱们的争论,我不想使咱们的话题落空。

我跟你所说的这件事,即在菲利普先生卧室里发生的这件事,本身是比较次要的;但它让我困惑了数年之久。只是到了现在,从非洲回来之后,我觉得,我能对它进行解释了。

当然,在我当时的行为中,有一种胜利的感觉,一种值得夸耀的东西;但我并没有因此而自夸:一个有能力的女人嘲笑一个阳痿的男人,展示她的胴体,却跟那男人保持距离。"嘲笑老二"——你记得从前传下来的"嘲笑老二"这个说法吗?

但是,这事并不就到此为止。对我而言,它实在是出乎意料。我一直在想,我是从哪儿得来这念头的? 我是在哪儿学会那姿势的——平静地盯着远方,把外套像一片云似的,围裹在腰上,露出我那可爱的躯体?布兰奇,我现在弄明白了,我是"从希腊人那儿"学来的:从希腊人那儿,从文艺复兴时期的画家那儿,他们也是取法于希腊人。当我坐在那儿时,我不是我自己,或者说,不仅仅是我自己。通过我的身体,女神在展示她自己,爱神,或天后,甚至可能是月神。我属于神仙。

还不仅如此。适才我用了"福分"这个词。为什么?因为那时所发生的一切都围绕着我的乳房,我敢肯定地说,都围绕着我的乳房和乳汁。那些远古时代的希腊女神,不管她们做了其他什么事,她们的乳房没有流出乳汁,而我流了。说得形象些,我的乳汁流在了菲利普先生的房间里。我闻到了自己乳汁的气味;而且我敢打赌,他也闻到了,在我离开很久之后,他还能闻到。

希腊人没有流乳汁。拿撒勒的玛利亚流了。不是那个在"天使报喜"①时的羞怯的处女,而是我们在柯勒乔②的画作中所见到的那个母亲;她小心翼翼地用她的指尖抬起乳头,好让她的婴孩吮吸。她坚信自己的美德,所以敢于把自己的身体暴露在画家的凝视里,从而也暴露在我们的凝视里。

---

① 天使报喜,是指大天使加布里埃尔向玛利亚传报,耶稣将通过她的身体降临人世。
② 柯勒乔(1494—1534),意大利文艺复兴时期重要画家,创作有大量油画和屋顶壁画,多以宗教和神话为题材,名作有《耶稣诞生》和《圣母升天》等。

布兰奇,请想象那天在柯勒乔画室里的情形。那个男人用他的画笔指点着说:"把乳头抬高点,这样。不,不是用手,只用两根手指。"他走过来,给模特示范。"这样。"于是,那女人遵照他的命令,调整了自己身体的姿势。在整个过程中,其他人都朦朦胧胧地看着:学徒、合作者、访问者。

那天的模特,谁知道那是谁呢?是一个街头女郎吗,还是赞助人的妻子?画室里的空气都带着电,但为什么呢?是因为爱欲?所有那些男人的阴茎,他们的"老二",是否都竖起来了?毫无疑问。不过,空气中也有些别的东西。崇拜。一种神秘的东西来自女人的胴体,有如生命之流,展现在他们面前;当他们对这种神秘的东西顶礼膜拜时,画笔都停住了。

布兰奇,在祖鲁兰,有没有什么东西可以跟那一刻媲美?我怀疑。不是那种性感和美感在头脑中的结合。在人类历史上,那样的时刻只出现过一次;那是在文艺复兴时期的意大利,那时,人文主义者们梦想着重回古希腊;于是,远古时代基督教的各种形象和仪式都沉浸于这种梦想。

在所有关于人文主义和人文学科的谈论中,我们都忽略了一个词:"人性"。当玛利亚在众多女人中受到上帝的赐福,当她像个远来的天使一样微笑着,在我们面前轻轻地抬起她那粉红的乳头,当我以她为楷模,把我的乳房展现给年老的菲利普先生;我们都是在用行动表现人性。动物们是做不出那样的行为的,因为它们没有掩饰自己，所以也就谈不上展示自己。无论是玛利亚还是我，都不是被迫这样做的。由于心灵潮水的自然流淌，我们才这么做：脱下衣服，裸露自己，展现生命和美丽；那是上帝赐予我们的福分。

美丽。在祖鲁兰，你可以凝视这么多不穿衣服的身体；布兰奇，你当然应该承认，没有任何东西，比女人的乳房，更具有人性的美丽。正是因为女人的乳房最具有人性的美丽，最具有人性的神秘，所以男人们老想抚摸，用画笔，或用凿子，或用手，一再地抚摸这些有着奇特曲线的、充满脂肪的液囊。我们共同谋划（我指的是女人们的共谋）让男人痴迷，没有比这更可爱的了。

人文学科教给我们人性。基督教文明的黑夜长达许多世纪；在这黑夜过去之后，人文学科将把我们的美丽还给我们，我们人类的美丽。你已经忘记了这样的说法。布兰奇，这是希腊人，正确的希腊人，教给我们的。好好想想吧。

妹妹

伊丽莎白

这就是伊丽莎白给布兰奇写的信。她没有写的，她不愿意写的，是那个故事，那个关于菲利普先生的故事。那天下午，她在老头的家里当模特；除此之外，还有下文。

那个故事的结尾并不像她自己所说的那样，她贤淑地穿上衣服，菲利普先生写下表示感谢的字条，然后她就离开了他的家。不，一个月之后，那个故事又有了下文。那时，她母亲说,菲利普先生去过医院,接受了新的一个疗程的放射性治疗,现在已经回到家里,情况很糟糕,他很消沉,很沮丧。她为什么不顺道去看看他,想办法让他高兴起来?

伊丽莎白敲了敲他的门,等了一会儿,进去了。

从种种迹象看,母亲说的没错。菲利普先生再也不是一个矍铄的老头,他只是一个老头,只是一包骨头,等待着被运走的一包骨头。他仰卧着,双臂往外伸着,双手松弛着。仅仅在一个月的时间里,他的手就变得满是青紫,骨节突出;你都会怀疑,这双手曾经是否真的握过画笔。他没有睡着,只是平躺着,等待着。毫无疑问,他也在听,听着自己体内的声音,痛苦的声音。("布兰奇,咱们可别忘了,"伊丽莎白在心里自言自语道,"咱们可别忘了痛苦。仅有对死亡的恐惧,是不够的:渐渐加重,其顶点就是痛苦。我们到这世上来走一遭,死亡是结束这走访的一种方法;有什么方法会比它在残忍方面显得更巧妙、更淘气?")

伊丽莎白站在老人床边,抓起老人的手。她把那冰冷而青紫的手握在自己的手里;尽管这么做,一点都没有快意,但她还是做了。所有这些事情都没有快意可言。她握着那手,压挤着它,同时,用她最动情的声音叫着"阿伊旦!"她看见老人的眼泪涌了出来。老人们的眼泪因为来得太容易,所以并不会引起多大的注意。她没有更多的话可说;此时,老人喉咙口的那个洞被一圈纱布蒙住了,蒙得严严实实;他当然也就没法通过洞口说话。伊丽莎白站在那儿,抚摸着他的手;直到护士纳伊渡推着小车,前来送水送药;于是,她帮助老头坐起来喝水(他用吸管从杯子里喝,就像一个两岁的小孩,没有任何羞耻感)。

下一个星期六,再下一个星期六,伊丽莎白都去看望了他。这变成了一个新近养成的习惯。她抓着老头的手,力图安慰他;同时,以冷漠的目光,注意着老人的每况愈下。每次探视,她都尽量少说话。可是,有一个星期六,老头比平日里要活泼一些、有活力一些,他把便笺簿推到伊丽莎白面前。在此之前,他已提前写好了几句话。伊丽莎白念着:"您可爱的胸脯。我永远不会忘记。善良的伊丽莎白啊,谢谢您所做的一切。"

伊丽莎白把便笺簿推还给他。说什么好呢?"忘掉您的所爱吧。"

瘦骨嶙峋的老头使出全身力气,把那页纸从便笺簿上撕了下来,揉皱后,扔到了垃圾筐里;然后,他把手指举到嘴唇边,好像在说"咱们的秘密"。

"这到底是怎么回事?"伊丽莎白反复想着,走到门口,插上插销。在老头挂衣服的小壁橱里,她脱掉了衣服,摘下了胸罩。随后,她回到床边,坐在床沿上;这样,老头可以看得很清楚。于是,她重新摆好模特的姿势。"款待,"她想着,"让我款待这老头一回吧,让我给他的星期六增添些快乐吧。"

她坐在菲利普先生的床上,坐在下午的凉意里(此时已不再是夏天,而是秋天,深秋);过了一会儿,她就因为天气凉,而开始微微地哆嗦了。在这段时间里,她还想到了别的一些事情。其中一件是"搞同性恋的男人们"。她想:"搞同性恋的男人们弄的是闭着的屁眼;但这是他们自己的事,别人管不着。"

在这个地方结束这个故事,也挺好。伊丽莎白所说的这份款待的实质无论是什么,都不需要在此重复。下一个星期六,如果他还活着,只要他还活着,伊丽莎白就会过来,再次握着他的手;不过,这回肯定是她最后一次做模特儿,最后一次把胸脯亮给他看,最后一次让他感到幸福。这之后,她应该把胸脯遮起来,遮起来可能有好处。因而就此结束吧。尽管她都哆嗦了,但她还是坚持摆着模特儿的姿势;她估计,有二十分钟之长。作为一个故事,一段往事,如果就此结束,那么它还是够体面的。她可以把它装在信封里,寄给布兰奇。无论她想说些什么,都不会因为这事,而对希腊人的形象有所毁损。

但事实上,故事还是延长了一点,有五分钟或十分钟吧;而这就是她不能告诉布兰奇的那一部分。她随意地把手伸到被子上;作为一个女人,她这么做,花了很长时间。她开始抚摸——始终是极为温柔——那阴茎所应该在的地方——如果那阴茎还有活力,还醒着的话。当她发现那阴茎没有任何反应时,她把被子掀到一边,解开了菲利普先生的睡衣的带子。那种老年人穿的法兰绒睡衣,她已经有几年没见了——她猜想,人们不可能再在商店里买到这样的睡衣。她扒开那睡衣的前襟,吻了一下那完全是软塌塌的小玩意儿;然后,她把那小东西含在自己的嘴里,闭着嘴细细地吮着,直到那玩意儿重新有了活力,微微地竖了起来。她平生第一次看见已经变得灰白的阴毛。她以前没意识到阴毛会有这样的变化,真叫愚蠢。有朝一日,她自己身上也会出现这样的情况。由于没有好好洗身子,那气味,老人下体的气味,不太好闻。

不如想象的好。她想着,停了下来。她帮老菲利普盖好了被子,并冲他笑了笑,拍了拍他的手。理想的情况应该是给他送来一个年轻美貌的女孩,一个妓女①,来为他干这事。那妓女有着丰满而鲜嫩的胸脯,正是老人们所梦想的。至于给那妓女付钱,她会毫不犹豫。假如那女孩要她说明,假如"随意想到的礼物"是一个冷冰冰的名词而已,那么她会说,这是一件生日礼物。但是,你一旦过了某个年龄段,就会觉得一切都不尽如人意。菲利普可能已经习惯了这种变化。只有神,非人的神,能永葆青春。神和希腊人。

至于她,伊丽莎白,她伏在那包老骨头上,乳房下垂着,不停地吮着老头那几乎已经油干灯尽的生殖器。希腊人会管这样的场面叫什么呢?不是"性爱",当然不是——这说法太古怪了。口交吗?可能也不是。这是否意味着希腊人没有任何描写这种场面的词汇?人们是否得等着基督徒带来恰当的词语:博爱?

最后,伊丽莎白相信,就是这个词。她心里所想的,和护士纳伊渡想看到的,两者之间,是有差异的;而且这差异是全面的、无限的。由于这差异,也由于她汹涌的心潮,伊丽莎白知道"博爱"是怎么回事。如果碰得不巧,护士纳伊渡用她那把万能钥匙,突然间把门打开,然后径直走进来;那她就会撞见这场面。

---

① 原文为法文。

192

然而,伊丽莎白头脑里想得最多的,还不是这些——护士纳伊渡会如何看待这事,希腊人会如何看待这事,就在隔壁楼上的母亲又会如何看待这事。在开车回家的路上,或者,在明天早上她醒来的时候,或者在一年之后,她想得最多的,是她自己会如何看待这事。像这样没有预见到、没有预计到、没有预料到的插曲,人们会怎么看?这样的插曲是否只是一些洞孔,一些心中的洞孔;人一旦踏入,就会往下掉,并因此一再地堕落?

"布兰奇,亲爱的布兰奇啊,"她想着,"你我之间为什么要有这道障碍?人们相互间擦肩而过时,都应该直率而坦诚地聊一聊,为什么你我却不能?母亲走了。老菲利普被烧成了灰,被撒在了风中。在这个我们成长的世界里,只剩下你和我了。我青春时代的姐姐啊,你可别死在异国他乡,你可别一声不响地把我抛下!"

第六课　邪恶问题

　　伊丽莎白曾受邀去阿姆斯特丹参加一个会议,并发表演讲。会议的主题是邪恶这个老问题:世界上为什么会有邪恶,如果我们能够对邪恶采取一些措施,那情况会怎么样。

　　她能精明地猜想出,主办方选中她的原因:去年,在美国的一个学院里,她曾发表过一次演讲。在《评论》杂志上,她为那演讲而受到攻击(对大屠杀轻描淡写,这就是她被指控的罪行);也有人为她辩护,那些人的支持使她在极大程度上感到难堪,他们中有遮遮掩掩的反犹分子和主张保护动物权利的感伤主义者。

　　那回,她所讲的,是她曾经见过的,也是她现在依然能见到的一个现象,即所有的动物都在被奴役。奴隶是这样一种人:他的生死都被掌握在别人的手中。牛、羊和所有的家禽,难道不是奴隶吗? 如果前面没有肉类加工厂作为榜样,人类就不会想到建立死亡营。

　　她说了这个,还说了别的。很明显,她似乎应该就此打住。但她又继续往前跨了一步,这一步走得太远了。她说,在我们周围,日复一日,一再地发生对手无寸铁的群众的屠

194

杀事件;在规模上,在恐怖的程度上,在道义上,这样的屠杀跟我们所谓的大屠杀没什么区别;可是,我们却视而不见。

同样的道义,他们却回避。来自西莱尔中心的学生们进行了抗议。他们要求,阿波尔顿学院作为一个机构,应该跟她保持距离。事实上,学院应该更进一步为给她提供讲坛而道歉。

她一回国,报纸就兴高采烈地纷纷提起这事。《时代报》发了一篇报道,标题是《获奖小说家被指控反抗》,还摘发了她讲话中的一些冒犯人的段落,错误的标点使这些段落读起来扑朔迷离。电话开始响个不停:大多数是记者,但也有陌生人,其中有一个没有留下名字的女人,大声甩过来这样一句话:"你这法西斯杂种!"从那以后,她不再接电话。她一下子就站到了被告席上。

她应该早就预见并避免这种纠缠不清的局面。因此,她又在那讲坛上干什么呢?假如她有点头脑,她就应该避人耳目。她老了,总是感到累;她曾经有过对名声的追逐,但现在已经没有了那样的渴望。如果问题真的是邪恶的代名词,大得足以藏污纳垢;那么,她想用更多的谈话来解决邪恶问题,到底有多少希望?

可是,在她接到邀请函的时候,她正在读一部小说,正沉浸于小说的恶毒的魅力。小说写的是最糟糕的一类人的堕落,这使她被吸入了一种无边的沮丧情绪。"你为什么要对我这样?"她一边读着,一边想叫出声来;天知道,她是要对谁说话。就在那天,她收到了邀请函。伊丽莎白·科斯特洛,受人尊敬的作家,是否愿意莅临一个神学家和哲学家的聚会？如果她愿意，就请发表演讲；题目很泛，是"沉默、同谋与罪行"。

　　那天她读的书是保罗·韦斯特①写的，韦斯特是个英国人，但他似乎已经使自己摆脱了英国小说家常有的那些比较小气的关注。那书是关于希特勒以及希特勒行将在国防军②驻地受到行刺一事。她觉得书写得很好，直到她读到那些描述谋划者的具体行动的章节。韦斯特的资料是从哪儿弄来的？是否真的有目击者？他们于当天晚上回到家里，在忘却之前，在记忆为了防止自己变成空白之前，他们把自己的所见所闻写了下来。他们的话语肯定把纸页都烧焦了。他们还写下了刽子手对受刑人说的话。多数受刑人是哆哆嗦嗦的老人，囚服已被剥掉。他们穿着破旧的囚服，出来参与人生的最后一个事件。哔叽呢裤子上沾满了污垢，套衫上满是蛀虫咬出来的洞，没有鞋子，没有带子，假牙和眼镜都被摘掉了，筋疲力尽，颤颤巍巍，手伸在裤兜里，以便提着裤子，恐惧地呜咽着，吞咽着自己的泪水，不得不听着屠夫训话。这粗鄙的畜生的指甲上还凝结着上个星期的血。他嘲笑他们，告诉他们，当绞刑架上的绳子"啪"的一声，突然绷紧时，就会有什么样的情况发生。他们年迈的双腿像纺锤一样细长，而他们的尿啊屎啊会如何顺着双腿流下来，他们年迈的阴茎软塌塌的，将如何产生最后的震颤。一个挨一个地，他们走向绞刑架。那个刑场没有一般刑场

---

①　实有其人，其小说《封·斯陶芬伯格伯爵的富足时光》出版于1980年。
②　原文为德文，指德国国防军，存在于1935年至1945年。

的特征，以前可能是一个停车场，或者正好是一个屠宰场。上面装着碳弧灯；因此，总司令阿道夫·希特勒可以隐身在他的林中老窝里，通过银幕，眼看着他们先是啜泣，然后是扭曲，然后是一动不动，松弛着一动不动，成了一摊死肉。他为自己已经报仇雪恨，而感到心满意足。

这就是小说家保罗·韦斯特写的东西，一页一页又一页，写得满满当当；这就是伊丽莎白所读到的，她为这场面感到恶心，她为自己感到恶心，也为有这样的事情发生的世界感到恶心。直到最后，她干脆把书推开，把脑袋埋在手里，呆坐着。龌龊！她想叫出来，但没叫；因为她不知道，她该把这词扔给谁：是她自己，还是韦斯特，还是那群在天上无动于衷地看着所有这一切的天使。这些事之所以龌龊，是因为它们不应该发生；之所以到现在还龌龊，是因为它们既然发生了，而如果我们又希望自己保持健全的心智，那么它们就不应该被拿到光天化日之下，而应该被掩盖起来，永远被掩藏在地底下，就像全世界的屠宰场里所发生的情况那样。

在她接到那份邀请函时，手上还留着臭味，那是因为接触韦斯特的龌龊的书而被沾染上的。简而言之，正是因此，她才来到阿姆斯特丹；"龌龊"这个词仍然在她的嗓子眼里往上翻涌。龌龊：这不仅指希特勒手下的刽子手们的行径，不仅指行刑人的行径，还指保罗·韦斯特的黑色书籍。这样的情景不属于光天化日，应该避免让处女们和孩子们的眼睛看到它们。

以伊丽莎白·科斯特洛目前的处境，阿姆斯特丹人会

197

对她有什么反应呢？那儿的市民是所谓"新欧洲人"，敏感、实用而且完全能适应环境；在他们中间，"邪恶"这个意义明确的加尔文主义术语是否还是那么有力？自从上次这恶魔厚着脸皮大摇大摆地走过他们的街道，时间已经过了半个多世纪了；不过，当然，他们不可能已经忘记。阿道夫及其军队的形象仍然纠缠着大众的想象。"狗熊"考巴是他的兄长兼师父。从任何一个角度来衡量，考巴都比他更残暴、更邪恶，其灵魂的龌龊更骇人听闻；但考巴几乎已经消失。这是一个奇怪的事实。用恶去制衡恶；这制衡的行为本身会在我们的嘴里留下恶劣的味道。两千万、六百万、三百万、一万：在这些数字面前，我们的心总会在其中一个上碰碎。你的年龄越来越大，你的心会破碎得越来越快——这种情况至少已经在她的身上发生。一只麻雀被弹弓从树枝上射下来，一个城市被彻底毁灭？谁敢断定：哪样更糟糕？邪恶，完全的邪恶，一个邪恶的宇宙，由一个邪恶的神所创造。在阿姆斯特丹这个文明的、管理得很理性、发展得很好的城市里，面对那些友好的荷兰主人，和同样友好、聪明而敏感的听众，她敢说这话吗？最好是保持平和，最好不要过分地大喊大叫。她可以想象《时代报》上下一篇报道的题目：《科斯特洛认为，宇宙是邪恶的》。

她走出宾馆，沿着运河，穿着雨衣，慢慢走着。作为一个老年妇女，由澳大利亚飞来，经过漫长的航行，她的头还感觉有点轻飘飘的，她的脚还感觉有点摇摇晃晃的。迷惘：是否只是因为她失去了人生的方向，她才想着这些黑暗的念头？如果真是这样，那么，也许，她就应该减少旅行。或者,增加旅行。

　　她将要演讲的题目,那个由她自己和主办方协商确定的题目,是"沉默、同谋与罪行"。讲稿本身,或者,其中的大部分,不难写。在她主持了几年澳大利亚笔会之后,她在睡梦中都能论述检查制度。假如她想为自己把事情搞得轻松些,她可以给他们念她的例行检查报告,然后在银币博物馆里花上几个小时,然后登上去尼斯的火车。到了那儿,一切就方便了;因为她女儿在那儿,是一个基金会邀请的客人。

　　她的例行检查报告自由地表达了一些观点,也许带有文化悲观主义的笔触;这种笔触已经成为她晚近的思维的标志:西方文明的基础在于——相信无穷无尽的、无与伦比的努力。现在已经太晚了,我们对文化悲观主义①已无能为力,只有紧紧地抓着它,任由它把我们带向任何一个地方。正是在"无与伦比"这一点上,她的观念似乎悄然发生了变化。尽管存在着几个对她而言比较模糊的原因,促使这种变化无论如何都会发生;但她怀疑,阅读韦斯特的书也造成了这种变化。具体说来,她不再相信,人们通过阅读而总能有所提高;她进而不再相信,作家们冒险进入灵魂中比较黑暗的区域,总是能够毫发未损地出来。她开始疑惑:随心所欲地写和随心所欲地读,这本身是否是一件好事。

　　在阿姆斯特丹,无论如何,她都计划说说这些。在与会

---

　　①　原文为德文。

者面前,她计划举出的一个主要例子就是保罗·韦斯特的这部小说《封·斯陶芬伯格伯爵的富足时光》。在悉尼的一个编辑朋友曾给她寄来一包书,请她看一看。这些书有的是新出的,有的是再版的,《封·斯陶芬伯格伯爵的富足时光》是其中一本,也是她真正读过的一本。她把阅读感想写进了一篇评论,然后寄了出去;但是,在最后一刻,她把稿子撤回来了,因此那篇评论一直没有发表。①

当她回到宾馆前,早已有一个信封在等着她,里面装着一封主办方写的欢迎信、一份会议议程和几张地图。现在,在北方的太阳的短暂暖意中,在一张长椅上,她坐了下来,细看那份议程。"伊丽莎白·科斯特洛,澳大利亚著名的小说家和散文家,《爱可尔斯街的房子》和许多其他书籍的作者。"这不是她乐意宣传自己的方式,但他们没有问过她。跟往常一样,她被冻结了过去之中,被冻结在了年轻时的成就之中。

她的目光在名单上继续往下移动。大多数跟她一起参加会议的人,她都闻所未闻。正在这时,她的目光被单子上的最后一个名字抓住了,她的心刹那间停止了跳动。"保罗·韦斯特,小说家兼批评家。"保罗·韦斯特:这个陌生人,关于他的心灵状况,伊丽莎白曾耗费多少笔墨加以论述。她在演讲稿中问道:有没有人能够像保罗·韦斯特那样,深入到纳粹的恐怖的森林里,漫游一阵后,再毫发未损地出来?我们是否想到过:这位探险家被诱惑进入那片森

---

① 她不想让更多的人读到这本书,被书中的悲观阴郁"感染"。

林,经历了一番冒险之后,出来时可能不是更好更强,而是更糟糕了? 保罗·韦斯特本人将坐在听众席上,她怎么能发表那样一个演讲? 又怎么能问这样一个问题? 这听起来会像是对一名作家同行的攻击,而且是蛮不讲理、无缘无故的攻击,总之是人身攻击。谁会相信这样的事实,即,她从未跟保罗·韦斯特有过任何过节,从未见过他,只是读过他的这一本书? 她该怎么办?

她的演讲稿有二十页,其中足足有半数是关于《封·斯陶芬伯格伯爵的富足时光》的。幸亏那本书在她发表演讲之前不会被译成荷兰文,最幸运的是,听众中没有任何其他人读过此书。她可以去掉韦斯特的名字,只说他是"一本关于纳粹时期的书的作者"。她甚至可以说,这是一本设想要写的书:一部关于纳粹的假想小说,小说本身的写作会伤害作者的心灵。那样的话,除了韦斯特自己——如果他在场,如果他劳烦自己来听她这位来自澳大利亚的女士的演讲——就没有一个人会了解实情。

现在是下午四点。通常,在长时间飞行中,她只是醒一阵睡一阵。但这回她试着吃了一种新药,似乎还真管用。她感觉很好,随时准备投入工作。她有足够的时间重写演讲稿,把保罗·韦斯特及其小说推到深远的背景里,只留下一个显而易见的论点,那论点是她自己想出来的;作为道义历险的一种形式,它具有潜在的危险。可是,一个没有例证的论点,会是一个什么样的论点呢?

她能否把保罗·韦斯特换成某个人——比如塞丽娜? 塞丽娜有一部小说,名字她已经忘了,嘲弄了虐待狂、法西斯主义和反犹主义。她是几年前读到的。她能否借到一本，最好不是荷兰文版，然后把塞丽娜写进自己的演讲？

但保罗·韦斯特不是塞丽娜，塞丽娜跟他一点都不像。韦斯特绝对不会嘲弄虐待狂；况且，他在书中基本上没有提到过犹太人。他所揭露的恐怖是本民族①的恐怖。这肯定是他跟自己打下的赌：把少数几个装模作样的德国职业军官作为小说的主要人物，以他们的成长背景来看，他们根本不适合谋划并实施暗杀活动；小说叙述的是：这帮人从头到尾都笨手笨脚，以及由此导致的后果。让人惊讶的是，小说留给读者这样的感觉：实实在在的同情和实实在在的恐惧。

她本来想说，一个作家任由自己的笔，跟随着这样一个故事，进入到最黑暗的深处；所有人都应该尊重他。现在，她不太想那么说了。这似乎就是她心中所发生的变化。无论如何，塞丽娜不像韦斯特。用塞丽娜代替韦斯特是不行的。

对岸停泊着一艘游艇，甲板上有两对男女，他们正坐在一张桌子边，闲聊着，喝着啤酒。有人骑自行车从她身边倏忽而过。这是荷兰的一个平常的日子，一个平常的下午。她旅行了数千公里，却发现自己置身于这样一种平常的情景；她是否应该抛开这情景，躲到宾馆里去，为了一个星期之后就会被忘掉的会议，去绞尽脑汁整理发言稿？为了什么呢？是为了避免让一个她从未见过的人感到尴尬？在一系列比较重要的事情中，片刻的尴尬算得了什么？她不知

---

① 原文为拉丁文。

道保罗·韦斯特的年纪——他那本书的封套上没有说,而照片可以是几年前拍的——不过,她确信,韦斯特不是年轻人。他和她,是否以各自不同的方式,还没有老到感觉不到尴尬的程度?

她回到宾馆,有人告诉她,让她给亨克·巴丁斯打电话。巴丁斯来自自由大学,曾跟她通过信。巴丁斯问她:旅行是否顺利?住得是否舒服?她是否愿意跟他还有另外一两位客人一起去吃饭?谢谢,她答道,我不去。她想晚上早点休息。顿了顿,她开始提问。小说家保罗·韦斯特,他到阿姆斯特丹了吗?是的,巴丁斯答道,保罗·韦斯特不仅已经来了,而且就下榻在她住的这家宾馆里;相信她听到这个消息,肯定会很高兴。

如果说她需要有什么事情来刺激自己的话,那么这就是。让保罗·韦斯特无法接受的是,他会发现,自己跟一个撒旦一样的女人住在一起,那女人会对着他大吵大嚷。她肯定会要么打断他的演讲,要么主动离去。必然是这么回事。

她熬了一个通宵,绞尽脑汁整理她的演讲稿。首先,她试图去除韦斯特的名字。"最近有一部小说,"她是这么说起那本书的,"来自德国。"但是,显然,她这样说是不行的。纵然大多数听众都会蒙受她的欺骗,韦斯特将明白,伊丽莎白指的是他。

如果她尝试着把论题变得缓和些,那会怎么样?如果她暗示说,作者在表现邪恶行径时,可能并不明智地使邪恶看起来似乎挺诱人,从而使邪恶压倒了善良;那又会怎么

203

样？这样会使口气变得缓和一些吗？她删掉了第八页上的第一段,这是所有写得不太好的段落中最糟糕的一段;接着,她删掉了第二段,接着是第三段。随后,她开始把修改文字横七竖八地写在页边上,最后,沮丧地盯着那堆乱糟糟的稿子。在她开始进行修改前,为什么不复印一份呢?

坐在前台边上的年轻人戴着耳机,轻轻地左右摇摆着肩膀。他一见伊丽莎白,就跳了起来。"复印机,"伊丽莎白问道,"这儿有复印机吗?我可以用吗?"

那年轻人从她手里接过一卷纸,瞥了瞥标题。宾馆承办了许多会议,他必须习惯那些疯疯癫癫的外国人,他们往往在半夜里修改演讲稿。侏儒明星们的生平。孟加拉的农作物产量。灵魂及其多方面的堕落。所有这一切,对他而言,都是一样的。

复印件拿到手之后,伊丽莎白继续修改演讲稿,使之变得缓些;但是,在她心里,却生出了越来越多的疑窦。作家是撒旦的翻版:胡说八道!不由自主地,她在劝说自己回到以前检查者的位置上。这样一味地小心谨慎到底有什么意义?是为了先发制人,预防卑鄙的传闻?她不太愿意去冒犯别人,这是什么原因造成的?她很快就要死了。那么,假如在阿姆斯特丹,有那么一次,她激怒了某人,又有什么关系呢?

伊丽莎白记得,在她十九岁时,在墨尔本的码头附近,当时那儿很乱,而她允许自己在斯宾塞街桥上被一个男人带走。那是一个码头工人,三十多岁,乍一看去,长得还可以。他自称"提姆"或"汤姆"。伊丽莎白那时是一个学艺术的学生，一个反叛者，主要反叛那些对她的性格形成具有决定性影响的东西：体面、小资、开明。在那段时间，在她看来，只有工人阶级和工人阶级的价值才是实实在在的。

那个提姆或汤姆把她带到了一个酒吧里，然后把她带到了一处出租房里，那是他住的地方。跟陌生男人睡觉，她以前从未干过这样的事。在最后一刻，她不想干了。"对不起，"她说，"真对不起，咱们到此为止吧。"可是，提姆或汤姆不听她的。当她反抗时，他力图强暴她。好长一段时间，在静默中，两人都气喘吁吁，她把他从自己身上掀下去，然后乱推乱抓着。一开始，他摆出了一副肉搏的架势。随后，他厌倦了，或者说，他的欲望疲倦了，变成了别的东西；于是，他开始狠狠地揍她。他把她从床上拉起来，用拳头猛击她的乳房，猛击她的肚子，还用胳膊肘给了她的脸要命的一击。后来，他打烦了，便剥光了伊丽莎白的衣服，并扔进废纸篓里，点了把火。伊丽莎白赤身裸体地偷偷跑出来，藏在位于楼梯平台上的盥洗室里。一个小时之后，当她确信那个男人已经睡着了时，蹑手蹑脚地回到房间里，拿回烧剩下的衣服。只穿着一些烧焦了的碎布，她招手拦了辆出租车。在这之后的一个星期里，她先是住在一个朋友那儿，然后住在另一个朋友那儿，拒绝对所发生的事情作出解释。她的下巴被打破了，得缝起来；她用一根麦秆吮吸牛奶和果汁，以此维持生命。

这是伊丽莎白平生第一次遭遇邪恶。她意识到，没有比这更邪恶的了：当那男人想要凌辱她的欲望减弱后，就开始以打她为乐。伊丽莎白看得出来，那男人喜欢殴打她，也许比做爱还喜欢。尽管他在大街上把她带走时，可能并没有意识到这一点；但他在把她带到自己的房间里之后，便殴打她，而不是跟她做爱。她把他从自己身上掀下去；实际上，她这么做是在他身上打开了一个口子，一个让邪恶蹦出来的口子；邪恶是以快乐的样子出现的，先是以她的痛苦为乐——他一边捏弄她的乳头，一边轻声说："你喜欢这样，不是吗？"然后，他像个孩子似的撕掉了她的衣服，并说："你喜欢这样吗？"

　　这事已经过去很长时间了——而且真的——不重要，那她为什么要回忆它呢？答案是：因为她从未把它透露给任何人，从未提到过它。在她所写的所有故事中，没有一个写到男人因为被女人拒绝而对女人实施报复性的殴打。除非提姆或汤姆自己活到步履蹒跚的老年，除非有一群天使一样的人，看到了并记下了那天晚上发生的事情；否则，那些在出租房里发生的事情就只有她自己、她一个人知道。半个世纪了，那记忆一直躲在她的心里，像一个蛋，一个石头蛋，一个永远不会裂开的蛋，永远不会孵化。她发现这样挺好，挺让她满意；她就要这样保持沉默，她希望一直保持到进坟墓的那一天。

　　她所要求韦斯特的，也是这样的沉默吗？韦斯特讲述的是一个关于谋杀计划的故事，在故事中，他没有交代那些密谋者在落入敌手之后的遭遇。一点都没交代。那么——她看了看手表，最多八个小时之后——她想对这群陌生人所说的到底是什么呢？

　　她力图清理一下自己的思路，于是她重新回到事情的开端。在她刚刚读到韦斯特的书时,那在她心中升腾起来反对韦斯特及其著作的是什么?韦斯特第一次如此逼真而生动地描写希特勒及其手下的暴徒,给予了他们新的立足之地。很好。但这有什么不对呢?韦斯特跟她本人一样,是个小说家;他们俩都以讲述或复述故事为生。在他们的故事中——如果说这些故事有什么好处的话——人物,哪怕是刽子手,都珍视他们自己的生命。那么,她比韦斯特有任何高明之处吗?

到目前为止,她能看得出来,自己之所以比韦斯特高明,是因为自己已不再相信讲述故事本身有什么好处;而对韦斯特来说,至少在他写作《封·斯陶芬伯格伯爵的富足时光》时,这个问题似乎并没有出现。假如她,像她现在这样,必须在讲故事和做好事之间,作出选择;那么,她相信,她宁愿选择去做好事。尽管在她听到韦斯特亲口告诉她,他宁愿选择讲故事之前,也许她应该先别下判断;但她相信韦斯特会作出那样的选择。

有很多事情,跟讲故事这档子事很相像。其中一件(在那些她还没有删掉的段落中,有一段说到了这故事)是魔瓶的故事。当讲故事的人打开魔瓶后,魔鬼就被放到了世界上,举整个地狱之力,才把他抓回到瓶子里。伊丽莎白的处境,她这得到了改善的处境,暮年的处境:整体来说,比那待在瓶子里的魔鬼要好多了。

比喻的智慧,是千百年的智慧(因此,她宁愿用比喻来思维,而不是用理性来推理);这智慧就表现在:它对魔鬼被囚禁在瓶子中所度过的生涯不置一词,而只是说,假如那魔鬼一直被囚禁在瓶子里,那么世界就会变得越来越好。

魔鬼,或者说,恶魔。信奉上帝有什么意义呢?对此,她越来越表示怀疑。与此同时,对于恶魔,她却深信不疑。那恶魔无处不在。躲在万物的表面之下,寻找着走到光天化日下来的方法。这恶魔进入了那天晚上在斯宾塞街上的那个码头工人,这恶魔进入了希特勒手下的刽子手。通过那个码头工人,这恶魔进入了她自己的身体;经过了这么长时间,她仍然能感觉到他蹲伏在自己的身体里,像一只鸟一样蜷缩着,等待着飞出来的机会。通过希特勒手下的刽子手,这恶魔进入了保罗·韦斯特的身体。韦斯特进而在自己的书中把自由交给了恶魔,使他在这世界上为所欲为。当她读到这些黑暗的书页时,她感到撒旦的皮革一样硬邦邦的翅膀抚触着她,这肯定是为了讨好她。

她很清楚,这些话听起来多么像陈词滥调。韦斯特将拥有上千个拥护他的人。这些拥护者会说:"如果我们的艺术家被禁止对纳粹的种种恐怖行径进行生动的描写,那么我们怎么能了解这些恐怖行径呢?保罗·韦斯特不是一个恶魔,而是一个英雄:他已经冒险进入了欧洲过去的迷宫,神勇地降伏了牛怪①,并回来讲述他的经历。"

她拿什么回答呢?假如我们的英雄一直待在家里,或者,把他的冒险经历悉数放在心里;那会更好一些吗?艺术家们的尊严已经所剩无几,有时,他们会把少许尊严的布片

---

① 牛怪名叫弥诺陶洛斯,为人身牛头怪物。据希腊神话,他被弥诺斯王的孙子囚禁在迷宫里,每年要吃雅典奉送来的七对童男童女,后被雅典王忒修斯除掉。

拿来紧紧地贴在自己身上。如果她这样回答,那么作家同行们会如何感谢她呢?"她让我们丢脸,"他们会说,"伊丽莎白·科斯特洛已经变成了一个爱管闲事的大妈①。"

她真希望手头有本《封·斯陶芬伯格伯爵的富足时光》。其中有几页是专门描写那个刽子手、那个屠夫的。她确信,只要她再看一眼那几页,只要迅速扫一眼,她所有的疑虑都会消失——她已忘记了那个屠夫的名字,但无法忘记他的手,就像那些被他杀害的人,无疑会把他们对这双手——这双曾经摸索他们脖子的手——的记忆带进永恒。在这里,韦斯特让那屠夫发出声音,允许他用他那嘶哑的,比嘶哑更难听的声音,把那些无法言表的嘲笑,投向那些即将被他杀死的浑身颤抖的老人。他嘲笑他们的是:当他们的身体在绳子尽头跃动着、舞动着时,他们将如何背叛他们自己的意愿。这是可怕的,可怕得无法形容。可怕的是:这世上居然曾经存在过这样的一个人;更加可怕的是:当我们安全地认为,他已经彻底死掉了时,居然又被人从坟墓里拉了出来。

龌龊。就是这个词,这个其起源有过争议的词,她必须像戴着护身符一样一直戴着它。她相信,"龌龊"的意思是"幕后"②。为了挽救我们的人性,有些我们可能想见的东

---

① 格伦迪大妈,又称格伦迪太太,原为英国剧作家托马斯·莫顿之名剧《快点耕》中的人物,喻指爱管闲事之人。

② 伊丽莎白认为,"龌龊(obscene)"与"幕后(off-stage)"在词源学上关系密切。大概是因为,"scene(场)"与"stage(台)"都是戏剧用语,而且两者押的是头韵。译者技拙,无法译出其中的微妙关系,更遑论其韵法之巧妙了。

西(之所以想见,是因为我们是人!)必须留在幕后。保罗·韦斯特写了一本龌龊的书,他让人看到了不应该看到的东西。当她面对听众时,她一定要把这一点当作她讲话的思路,一定不让这思路出岔子。

她趴在写字台上,睡着了,衣服全都穿着,而脑袋枕在胳膊上。七点钟,铃声响起。头昏眼花,筋疲力尽,她尽可能地收拾了一下自己的脸,然后,乘坐那有点可笑的小电梯,来到大堂。"韦斯特先生登记了吗?"她问前台的服务员,还是昨天的那个男服务员。

"韦斯特先生……有,韦斯特先生在 311 房间。"

阳光透过窗户流进早餐厅。她自己拿了一杯咖啡和一个新月形的面包,找了个靠窗的位子,扫视着另外六个早起的人。一个健壮的矮个子男人戴着眼镜,正在读报纸;他会不会就是韦斯特?他不像那本书封套上的照片上的样子,但是照片证明不了什么。她是否应该走过去说:"韦斯特先生,您好,我是伊丽莎白·科斯特洛,我有一个非常复杂的想法,它跟您以及您对恶魔的看法有关;如果您愿意听,我就把它讲出来。"假如在她吃早饭时,有个陌生人走过来跟她说这样的话,她会有什么样的感觉?

伊丽莎白站了起来,朝着餐具柜走去;她选择从桌子之间走,那是一段比较长的路。那个男人读的是一张荷兰文报纸,叫《人民报》①。他的夹克衫的领子上有些头皮屑。

---

① 原文为荷兰文。

他的目光越过眼镜上方,向上看了一眼。一张平静而平常的脸。他可能是任何一个人:卖布的商贩,或梵文教授。他有多种伪装,其中一种可能跟撒旦一个模样。伊丽莎白犹豫着,走了过去。

荷兰文报纸、头皮屑……不,保罗·韦斯特不会读荷兰文报纸,也不会有头皮屑。但是,如果她下定决心要做研究恶魔的专家,那么,她是否就应该能够把恶魔的气味嗅出来?恶魔会有什么样的气味呢?硫黄味吗?硫黄石?祖克隆B①的气味吗?或者,恶魔像精神世界里的其他许多东西一样,变得无色无味了?

八点半,巴丁斯来叫她。他们俩一起走过两三个街区,到达了一个剧院,会议将在那里举行。在演讲厅里,巴丁斯指了指一个自个儿坐在后排的人,说:"那就是保罗·韦斯特,要我给您介绍一下吗?"

尽管这不是她在吃早饭时见到的那个人,但两人在身材上甚至在相貌上,不无相似之处。

"过会儿吧。"她轻声答道。

巴丁斯找了个借口,走开了,干他自己的事去了。还有大约二十分钟,会议才会开始。伊丽莎白走过听众席。"韦斯特先生吗?"她问道,尽可能显示出高兴的样子。这种样子可能会被叫作"女人的诱骗术";自从她上次用过以

---

① 祖克隆B,氢氰酸的商品名,遇空气而活跃。1941年夏天,曾作为杀虫剂和消毒剂,用于奥斯维辛集中营。

来,已经有些年头了。不过,如果诱骗术果真有效的话,那么她愿意用一下。"我能跟您说会儿话吗?"

韦斯特,真的是韦斯特;他正在读一本书。让伊丽莎白感到大为惊讶的是,那似乎是某种搞笑书。这时,韦斯特的目光离开书,向上看了一眼。

"我叫伊丽莎白·科斯特洛,"她说着,在韦斯特的身边坐了下来,"这事我不太好说,所以干脆让我直说了吧。我今天的演讲会有几处涉及您的一部大作,就是《封·斯陶芬伯格伯爵的富足时光》。实际上,我这演讲的大部分是关于那本书的,也是关于您这位作者的。在我准备这次演讲时,我没料到您会来阿姆斯特丹。组织者没告诉我。不过,当然,他们为什么就应该告诉我呢?他们一点都不知道我打算讲什么。"

伊丽莎白顿了顿。韦斯特盯着远处,没有给她任何帮劲。

"我猜想,我能够,"她继续说道,此时她真的不知道后面会出现什么样的情况,"提前请求您原谅,请求您别觉得我是针对您个人说的。不过,您也许会问——这是完全正当的——既然都要提前道歉,我为什么还要坚持把话说出来,为什么不干脆把那些话从演讲中删掉。

"事实上,我的确考虑过删掉那些话。昨晚,我熬了大半夜。我在听说您要来这儿之后,力图找到一种方法,把我的观点弄得不那么尖锐,不那么无礼。我甚至想过干脆称病不出席今天的会。但是,我如果那样做,对组织者来说,将是不公平的:您不这么认为吗?"

212

这是一个机会，一个让韦斯特说话的机会。他清了清嗓子，但是什么也没说，而是继续盯着前方，让伊丽莎白看着他那相当英俊的轮廓。

"我要说的是，"她说着，看了看手表（还剩十分钟，剧院里开始人头攒动；她必须直奔主题，没时间细谈了），"我主张的是，我们应该警惕种种恐怖行径，那些您在书中描写的恐怖行径。作为作家，我们应该保持警惕。不仅为我们的读者，而且毫无疑问，也是为我们自己。我们可能会被自己所写的东西毁灭，我相信这一点。因为，如果我们所写的东西能使我们把人变得更好，那么，当然，我们的作品也会把人变得更坏。我不知道，您是否会同意我的看法。"

又是一个机会。但那人还是固执地保持着沉默。他心里闪过的是些什么样的念头呢？他是否在想：他来到荷兰，这个风车和郁金香的国度，是来参加会议的，现在却被迫听着一个疯疯癫癫的老巫婆发表长篇大论，而且看来，在后面的会议期间，他将再次不得不干坐着听这老巫婆发表这同样的长篇大论。他这是何苦呢？"一个作家的生活，"伊丽莎白应该告诉他，"是不容易的。"

一群年轻人，可能是学生，一眨眼之间，就在他们前面的那些座位上坐了下来。韦斯特为什么没有任何反应？伊丽莎白被激怒了；她真想提高嗓门，把一根瘦骨嶙峋的手指戳到他的面门上。

"您的书给我留下了深刻的印象。这就是说，它给我留下的印象，就像是烙铁烙下的。有些页码燃烧着地狱的火焰。您肯定知道我说的是哪些页码。具体说来，就是那个绞刑场面。我怀疑,我自己是不愿意写出那样的文字的。这就是说,也许我能写,但我不愿意写,我不愿意让自己写,绝对不愿意,就像现在我不愿意写。我认为,作为作家,我们想象出那样的场景,然后从自己的想象中走出来,我们无法一走了之,不可能完全不受伤害。我认为,那样的写作可能会伤害作者本人。这就是我在演讲中想说的。"她往外托着她那个绿色的文件夹,摸着里面的演讲稿,"我不是来请求您的原谅的,甚至不是来请求您的宽容的。我只是在做一件正当的事,只是在通知您、警告您,将会有什么事情发生。"(突然,她感觉自己更强大更有信心了,而且更愿意对这个男人,这个懒得跟她搭话的男人,表达自己的恼怒,甚至愤怒。)"因为您毕竟不是孩子了,您应该知道您这是在冒险,应该意识到,您这样做可能产生的后果,那不可预测的后果;现在,您瞧,您看"——她站起身来,把文件夹紧紧贴在自己胸口,就好像那文件夹是盾牌,可以使她避开那在韦斯特周围扑腾着的火焰——"后果已经产生。我讲完了。谢谢您听我讲完,韦斯特先生。"

巴丁斯站在大厅的前面,优雅地挥着手。时间到了。

伊丽莎白演讲的开头部分符合常例,都是大家熟悉的内容:作者的身份问题、作家的权威问题。她列举了各个时代诗人的一些主张,如,要写出具有更高价值的真相,而这真相是否可信在于它是否揭露了什么。浪漫主义时代正好是无与伦比的地理大探索的时代,因而诗人们进一步主张,他们有权利到那些被禁止的或有禁忌的地方去冒险。

"我今天要问的是,"她继续说,"艺术家装出一副探险英雄的样子,他是否真的是一名探险英雄呢?当他一只手举着烟熏火燎的宝剑,另一只手提着怪物的头颅,从洞穴里钻出来时,我们就向他欢呼;我们这么做,是否总是正确?为了说明我的观点,我要引用一部想象之作。这部小说出现在几年前,它是一部重要的作品,而且从很多方面来说,是一部勇敢之书。我们,在我们这个幻灭时代,制造了一个最接近于神话中的怪物的人物,那就是希特勒;这部小说就是关于希特勒的。我指的是保罗·韦斯特的小说《封·斯陶芬芬伯格伯爵的富足时光》,其中有一章尤其生动。在那一章里,韦斯特先生叙述了 1944 年 7 月那个密谋者被处决的事件(只有封·斯陶芬伯格伯爵不是在那时被处决的,因为在那之前他就被一个狂热的军官开枪打死了;为此,希特勒还很恼火,因为他想让他的敌人慢慢地死)。

"假如这是一次平常的演讲,那我会在此读一两段给你们听,好让你们感受一下这部非凡的书。(顺便说一下,这不是一个秘密,作者就在我们中间。让我请求韦斯特先生的谅解,因为我居然当着他的面说他:在我写演讲稿时,我压根没想到,他会来这儿。)我应该从这些悲惨的书页中,挑出一部分念给你们听;但我不愿意那么做,因为我相信,听这样的东西,对你或对我,都不会有好处。我甚至敢断言(现在我要摆出我的主旨了):我相信(如果韦斯特先生能宽恕我,那我就要说):写这些东西,甚至对他自己,都不会有好处。

"这就是我今天的论题:有些东西念出来'或写出来',是没有好处的。让我从另外一个方面来讲述我的观点:我

215

要严肃地表明,有些艺术家进入禁区去冒险,是非常危险的——对他自己来说,这种危险是非常具体的;对大家来说,这种危险可能也是存在的。我之所以有此严肃的声明,是因为我对'禁区之为禁区'这个问题有过严肃的思考。1944 年 7 月,那些密谋者被绞死在一个地窖里,这个地窖就是一个危险的禁区。我认为,我们,我们中的任何人,都不应该走进那个地窖。我认为,韦斯特先生也不应该去那儿。如果他决定非要去,那我认为,我们也不应该跟着去。恰恰相反,我认为,在地窖的出口处上方,应该竖立一道栅栏,上面安上一块青铜做的纪念牌,写上'死于此处者有……',后面就是死者名单和死亡日期的列表。我们应该那样做。

"韦斯特先生是个作家,或者,正如他们一度常说的,诗人。我也是个诗人。我没有读过韦斯特先生写的所有作品,但我完全知道,他对于写作是非常认真的。因此,当我阅读他的书时,我不仅尊重他,而且同情他。

"我是带着同情读《封·斯陶芬伯格伯爵的富足时光》一书的,甚至在读执行死刑的场面时,也不例外。我的同情到了这样的程度,即,那个握着笔一字一句地写的人,是韦斯特先生,好像也是我。一字字,一步步,一声声的心跳,我陪伴着他,走进黑暗。'以前从未曾有人来过这儿,'我听见他低声说道,我的说话声也很低;我们俩的呼吸好像都不分彼此了,'自从那些人死了之后,自从那个人把他们杀了之后,从未有人来过这儿。那些将被处死的死囚犯是我们自己,那只将给绞索打结的手是我们自己的手。'('用这根细绳，'希特勒命令他的手下，'把他们勒死。我想让他们感觉自己一点点地死去。'于是，他的手下，他的牲口，他的怪物，服从了他的命令。)

"如果有人宣称，他体验到了那些可怜的人的苦难和死亡，那他就太自负了！那些人的最后时刻只属于他们自己，不是我们所能进入或拥有的。如果对一位同行说三道四不是什么好事，如果这样说能使此刻的气氛轻松下来，那我就可以假装说，这部我正在谈论的①书不再属于韦斯特先生，而属于我。我狂热地阅读它，使它变成了我的。我所需要的无论是什么样的伪装，都让我以上苍的名义接受它，然后保存下去。"

还有几页讲稿需要她念完，但是，突然之间，她变得太难过了，以至于念不下去了；否则，她的精神就会崩溃。让她中断这演讲，就此休息一下吧。死是私人的事；艺术家不应该侵入别人的死亡领域。在这个世界上，即便受伤者和垂死者按例都有照相机，都把镜头安在他们自己的脸上；那也不算什么出奇愤怒的表示。

她合上了那个绿色的文件夹。稀稀拉拉的鼓掌声。她看了看手表。按照计划，五分钟之后，会议就将结束。她讲的时间太长，讲的内容却太少。剩下的时间只够听众提一个问题，最多两个。谢谢上帝。她感到天旋地转。她希望，没有人再要求她谈论保罗·韦斯特。她发现（她戴上了眼镜），此时韦斯特仍然坐在后排的座位上（"这家伙难受好

---

① "in question"语涉双关，一为"正在谈论的"，二为"有问题的"。

长时间了吧。"她想着,突然之间感到自己跟他友善一些了)。

　　一个黑胡子男人举起了手。"您怎么知道?"他问道,"您怎么知道,韦斯特先生——今天,关于韦斯特先生,我们似乎谈了很多;我希望,韦斯特先生有权作出答复;听听他的回应,会很有意思,"——听众中发出了笑声——"他已经被他自己所写的东西伤害了? 如果我没有把您的话理解错的话,您是说,假如您自己写这本关于封·斯陶芬伯格伯爵和希特勒的书,您就会被传染上纳粹的邪恶。可是,也许,说来说去,这就是说,您自己太脆弱。韦斯特先生可能是用更加坚固的材料做成的。而我们,他的读者,可能也是用更加坚固的材料做成的。也许,我们能够阅读韦斯特先生所写的东西,并从中有所收获,而且从中出来时,我们不是变得更弱,而是变得更强了,能够更加坚定地决心,决不让这样的恶魔再回来。麻烦您赐教!"

　　现在,她觉得,她真不应该来,要是从未曾收到那份邀请函就好了。这倒不是因为,她对邪恶,对邪恶这个问题,以及把邪恶称为邪恶的问题,压根就没什么可说的;甚至不是因为,有韦斯特在场,这样倒霉的情况;而是因为,她受够了。在 21 世纪的黎明时分,在一个秩序井然、运作良好的城市里,在一个干净而明亮的演讲厅里,有一批心态平稳、消息灵通的人;她跟他们在一起,感到受够了。

　　"我相信,我并不,"她慢慢地说着,所有的字都像石头,一个一个地蹦出来,"脆弱。我猜想,韦斯特先生也不脆弱。写作或阅读所带来的体验——此时此地,在我看来,是相同的——"(不过,两者真的相同吗? ——她的思路断了,她的思路是什么呢?)"真正的写作,真正的阅读,跟作者及其才华有关,跟读者有关"(她没有睡过头,天知道她睡了多久;在飞机上,所谓的睡觉其实不是睡觉),"当韦斯特先生写那些章节时,碰到了某种极端的东西。极端的邪恶。我想说的是他的祝福和他的诅咒。通过阅读他的文字,邪恶会传到我身上。像打击。像电击。"她朝站在一侧的巴丁斯看了一眼。"救救我,"她的眼睛说,"结束了吧。""这是无法解释的,"她最后一次转向提问者说,"您只能去体验。不过,我建议您,您可别试图把它弄清楚。您不会从这样的体验中学到任何东西。这对您不会有什么好处。这就是今天我本来就想说的。谢谢。"

当听众们起身纷纷散开时(到了喝咖啡的时间。他们已经受够了这个古怪的女人。她来自澳大利亚,而在澳大利亚各地,人们哪知道什么邪恶?),伊丽莎白力图盯着后排的保罗·韦斯特。如果她的话里有任何真实的成分(不过,她心里充满了怀疑,还有绝望),如果邪恶的电击的的确确从希特勒跳到他手下的屠夫们的身上,再跳到保罗·韦斯特身上,那么,韦斯特身上肯定会表现出某些迹象。但是,她看不出任何迹象,因为隔着那么长距离,她只能看见一个穿着黑衣服的矮个子男人,看着那男人走向咖啡机。

巴丁斯来到她身边。"非常有意思,科斯特洛夫人。"他低声说道,尽着东道主的义务。伊丽莎白把他推开了,她根本不需要抚慰。她一往直前,不跟任何人对视;她直奔女卫生间,把自己关在了一个小隔间里。

连邪恶都是陈腐的。是否正因为如此,邪恶再也没有气味或气息?但丁和弥尔顿笔下的魔头是否已经金盆洗手、改邪归正?接替他的是一小撮邋遢的小鬼吗?这些小鬼是否像鹦鹉一样,栖息在某人的肩膀上,不再散发出耀眼的光芒,而是相反,把光芒吸入他们自己的体内?或者,她所数落的一切,她所指责和谴责的一切,不仅是固执的,而且是疯狂的,彻底的疯狂?她自己这一生所做的,只是生动地写出了一些没有生命的东西;保罗·韦斯特的胡子往外支棱着,但他所做的,只是描述了,重新描述了一段历史,就是那个发生在柏林的地窖里的事件。说来说去,小说家的事业到底是什么呢?她带到阿姆斯特丹来,向这些困惑的听众展示的,只是迷惑吗?这迷惑是否只属于她个人,而且她根本无从理解?

“龌龊。”她回到这个辟邪的词语,紧紧地抓着它。紧紧地抓着它,然后,把手伸到它后面,去获取体验:当她感到自己习惯性地滑进出神状态时,她的体验是什么呢?星期六上午,她坐在草坪上,读着那本可憎的书,她的内心发生了什么?那使她如此难受的,一年以后,她仍然在刨根问底的,到底是什么?她有办法缓过神来吗?

在她打开那本书之前,她就知道那些“七月谋划者”的事,而且知道,就在他们企图暗杀希特勒的那些日子里,他们受到了追捕,后来大多数人被判了刑,被处死了。她甚至大致知道,他们被处死的方式非常恶毒、残酷,那样的方式是希特勒及其党羽最拿手的。因此,那本书没有一处内容让她真正感到震惊。

不管那个刽子手叫什么,伊丽莎白要回头想想他。那些人的命掌握在他手里,都快没了;而他还嘲笑他们。这嘲笑是放肆的,其"龌龊"的程度超过了他的行径。这种龌龊的心理来自哪里?她曾认为,它来自魔鬼;但是,现在,也许,她应该抛弃这种想法了。因为,从某种意义上说,它来自韦斯特本人。是韦斯特创造了那样的嘲笑(英国式的嘲笑,而不是德国式的),又把那嘲笑塞到了刽子手的嘴里?言行一致啊:在这一点上,关魔鬼什么事? 她本人也一直在这么做。

回去吧。回到墨尔本去,回到那个星期六上午去。她可以发誓,当时,她感到了魔鬼那滚烫而坚硬的翅膀刮过她的肌肤。她是被迷惑了吗?"我不想读这书。"她自言自语道。可是,尽管她这么想来着,但她还是继续读着,而且读得很兴奋。"是魔鬼在领着我往下读",这是个什么样的借口啊?

保罗·韦斯特只是在尽他的作为作家的义务。从他笔下的刽子手身上,他使伊丽莎白看到了人类多种形式的堕落的一种。从那些被刽子手杀害的人的身上,他使伊丽莎白想到,我们大家其实都是可怜的、被桎梏的、哆嗦着的牲口。韦斯特这样写有什么不对呢?

她说了些什么?"我不想读这书。"但她凭什么拒绝?凭什么不去了解——全面而清楚地去了解——那些她已经了解的东西? 她身上到底有什么东西使她想要抵制,想要拒绝这杯子?但她为什么还是要喝——喝得太饱了,以至于一年之后,她仍然在抱怨那个把杯子送到她唇边的人?

假如这门的背后装着一面镜子,而不仅仅是一个钩子;假如她脱光衣服,跪在镜子前,那么,松垂的乳房和长满老年斑的屁股,使她看上去很像那些私密的、绝对私密的照片上的女人,那些照片是在欧洲战争时期拍摄的,那些女人的目光仿佛盯着地狱,她们赤身裸体,跪在一道壕沟的边上。再过一分钟,再过一秒钟,她们就会滚进壕沟,脑袋里装着子弹,有的死了,有的还没死。只不过,那些女人中的大多数还没有活到她的年纪,只是由于饥饿和恐惧,她们全都形容枯槁。她同情那些死去的姐妹,也同情那些死在屠夫手里的男人;这些人又老又丑,足以当她的兄弟。她不喜欢看到她的兄弟姐妹们被侮辱,这些侮辱的招数用在老人身上是太容易了,比如,脱光他们的衣服,拔光他们的牙齿,逗弄他们的阴茎。如果那天在柏林,她的兄弟们即将被绞死,如果他们在绞索的尽头抽搐,他们的脸憋得通红,他们的舌头往外伸着,眼球往外突着;那么,她是不想看的。一个姐妹的克制。让我把目光转向别处吧。

　　"别让我看,"这就是她向保罗·韦斯特提出的请求(只不过当时她不认识保罗·韦斯特,当时保罗·韦斯特只是封面上的一个名字),"别让我经受这一切!"但是,保罗·韦斯特没有饶过她,而是迫使她读下去,"激励"她读下去。因此,她不会轻易饶恕保罗·韦斯特。也因此,她追着他,经过汪洋大海,一路追到了荷兰。

　　这就是事实真相吗?这是否算是一种解释?

　　不过,她还是跟往常一样写她的东西,或者说,她习惯了。直到她把这事往好里想之前,她一直没想过,要去抓破

222

某人的脸,那是斗兽场里的行为。如果撒旦不在斗兽场里施暴,把他的翅膀的阴影投在野兽们身上,那些野兽的鼻孔里已经充满了死亡的气味,它们被刺倒在一道斜坡上,就面朝着那个手里拿着刀枪的人;那个人像希特勒的手下(学会了他对待牲口的那些做法)一样冷酷无情,而且只会玩"老一套"(尽管伊丽莎白开始感到,"老一套"这个说法本身也应该退休了,它也是有寿命的)——如果撒旦不在斗兽场里施暴,那他在哪儿?跟保罗·韦斯特一样,伊丽莎白也知道如何玩弄词汇,直到把它们整好,使它们对着读者的脊梁骨施行电击一般的打击。我们自己的屠夫。

那么,她现在到底出了什么问题?现在,突然之间,她变得端庄起来。现在,她再也不想看到镜子中的自己,因为这会使她想到死亡。她想把所有丑陋的东西都包起来,并塞进抽屉,储存起来。一个老女人使时钟倒转,回到她童年时代爱尔兰天主教的墨尔本。就是这么回事吗?

回到过去的体验。撒旦拍动着硬邦邦的翅膀:是什么东西使她相信自己有这样的感觉?在这狭小的女盥洗室里,只有两个隔间,她就占着一个。某个好心人会认定她虚脱了,从而叫来看门人,把锁砸开;她还能占多久?

20世纪是"吾主撒旦"的世纪,现在已经过去了,完蛋了。撒旦的世纪,也是她伊丽莎白的世纪。如果她碰巧爬过了终点线,进入了新世纪;那么,她肯定还不能适应。在这样不熟悉的时代里,连撒旦都还在摸索着走路,试图想出新的阴谋诡计,建立新的根据地。撒旦把他的营帐临时设立在一些地方——比如,在保罗·韦斯特身上。根据她所了解的情况,韦斯特是个好人,或者说,最好的人;但是,他又是个小说家,那就是说,也许他一点都不好;不过,从终极意义上说,他绝对想做好人;否则,他干吗要当作家?撒旦也把他的住处建立在女人身上。他像血吸虫,像蛲虫:我们从生到死可能都不知道,它们一代代地在我们身上繁殖。撒旦就在我们的肝上,就在我们的肠子里。在去年那个致命的日子里,她再次明确感到了撒旦的存在。到底是在韦斯特身上,还是在她自己身上?

老人们,兄弟们,被绞死,被处决,裤子挂在脚踝上。在古罗马,不是这样的。在古罗马,刽子手们制造过这样的行刑场面:把死囚犯拖过喧闹的人群,一直拖到一个满是骷髅的地方,然后把他们钉在木桩上,或剥掉他们的皮,或在他们身上涂满沥青,然后把他们扔进火里。纳粹分子,在卑鄙和卑劣方面,可以跟古罗马的刽子手媲美,他们在田野里用机枪扫射人群,在掩体里向人群施放毒气,在地窖里把人绞死。古罗马的刽子手想方设法,就是要让死囚犯尽可能地感到死刑的残酷、感到死刑的痛苦;如果说,古罗马刽子手的行刑手段并不过分,那么,纳粹分子的行径又有什么过分的呢?那要她去忍受的,是否只是柏林地窖里的污秽——太像是真正的现代的污秽?

这就像是一堵墙,使她一再地碰壁。她不想读,但她还是读了;她被强暴了,但她也参与了这暴行。"他迫使我这么做。"她说。但她也迫使别人这么做。

她真不应该来阿姆斯特丹。开会是让人交流想法的;至少,这是举办会议的初衷。当你不知道你自己在想什么时,你不可能跟人交流想法。

门口有尖叫声,那是一个孩子的声音:"妈妈,里面有人,我能看见她的鞋子!"①

她赶紧放水冲了马桶,打开门,走了出来。"对不起。"她说。她避开了那母女俩的目光。

这孩子说的是什么?"为什么她要在里面待这么长时间?"假如她能说荷兰语,她可以把那孩子开导一下,"因为,你年纪越大,待在盥洗室里的时间就越长;因为,有时候,你需要一个人待着;因为,有些事情,我们不想公开做,再也不想。"

她的兄弟们。刽子手们允许他们最后用一次厕所吗?或者,让他们屁滚尿流也是处罚的一部分? 对此,至少保罗·韦斯特,进行了掩饰;谢谢他一定程度上的怜悯。

他们死后,没人擦洗他们。有史以来,擦洗是女人的工作。地窖里的事情发生时,没有女人在场。女人禁止入内;只有男人。不过,也许等到这一切都结束之后,等到黎明那玫瑰色的纤指抚摸东方的云霄时;女人们会到来,那些德国女清洁工,不知疲倦地,她们一从布莱希特的作品中走出来,就开始干活,清理乱糟糟的现场,冲洗墙壁,擦洗地面,使一切都看起来非常整洁;在她们走后,你决不会想到,头天晚上,小伙子们曾经在那儿玩过什么样的游戏。你决不会想到的——直到韦斯特先生走来,重新把这地窖完全打开。

---

① 原文为荷兰文。

十一点了。下一个讨论,下一个演讲,肯定已经在进行之中了。她该选择一下。她可以回宾馆,躲在自己的房间里,继续哀哀戚戚;或者,她也可以蹑手蹑脚地回到演讲厅里,在后排找个座,做他们让她到阿姆斯特丹来做的第二件事情:听别人对邪恶问题发表高见。

应该还有第三种选择,应该有一个办法能使这上午圆满结束,使之有内容、有意义,使那冲突到最后有个了断。冥冥中应该有个安排,比如说,让她在走廊里撞见某人,那人也许就是保罗·韦斯特;应该会有某种东西在他们之间传递,像闪电一样突然,像闪电一样为她照亮前方。哪怕在闪电过去之后,她的前方又黑暗如旧。可是,走廊里似乎空空荡荡。

第七课　爱　欲

　　伊丽莎白曾经跟罗伯特·邓肯见过一次面,那是在
1963年,在她由欧洲返回之后不久。邓肯和另一位叫菲利
普·瓦伦的诗人被拉出去,去参加一次旅行。菲利普是一
位不那么有趣的诗人,那次旅行是美国的情报机构组织的。
那时冷战还在继续,情报机构有钱花在文化宣传上。邓肯
和瓦伦在墨尔本大学进行了一次诗歌朗诵会。朗诵会之
后,他们一起去了酒吧。成员中,除了这两位诗人,还有领
事馆的一个人,和六位各个年龄层次的澳大利亚作家,其中
包括她。

　　那天晚上,邓肯朗诵的是他的长诗《由品达①的一行诗
开始》。这首诗给伊丽莎白留下了深刻的印象,并使她深
受感动,邓肯有着非常英俊的罗马人的轮廓,伊丽莎白被他
吸引住了,她不会介意跟他放纵一回,以她那些日子的心
态,她甚至不介意为他怀个孩子;就像神话中的那些女人,
跟过往的神明一起,先是怀孕,然后被抛弃,独自抚养半人
半神的后代。

---

　　①　品达,公元前5世纪希腊诗人,名篇有《奥林匹克颂》等。

她之所以想起邓肯,是因为美国的一位朋友给她寄来了一本书。在那本书中,她读到了那个关于小爱神和"心神"普绪喀①的故事。作者是一个叫苏珊·米歇尔的人,伊丽莎白以前从未读过这人的东西。苏珊是用一种新的方式讲述那个古老故事的。伊丽莎白想知道,美国诗人们为什么对普绪喀饶有兴趣,他们是否发现在这位少女身上有一些美国人的特征。夜复一夜,普绪喀的情郎来到她床上,给她带来狂喜;但她不满足于此,定要点亮灯盏,赶走黑暗,好好看看那一丝不挂的情郎。她不得安宁,不能独处。美国人是否从她身上看到了自己的某些特征?

尽管伊丽莎白从未写过有关人神交媾的情形,哪怕在她那本关于马伊蓉·布卢姆和她那位经常见到神明的丈夫利奥波德的书中,她也没写过;但她对人神之交也不无兴趣。她所感兴趣的,与其说是形而上的意义,还不如说是形而下的意蕴,即那些跨越人神之间的鸿沟进行交合的具体情形。设想一只雄天鹅已经完全成熟,你让它把它那湿漉漉的双脚猛力刺入你背上的羽毛;这是非常糟糕的情形。神却不一样,他有他的方式,即,他会变成一头重达一吨的公牛,呻吟着把他全身的重量压在你身上;当神明不注意改变自己的形体,而是仍然以他的本来面目出现时,那么,凡人的身躯该如何去适应他那勃然迸发的欲望?

让苏珊·米歇尔来说吧。她没有回避这样的问题。在她的诗中,小爱神似乎为了这艳遇,使自己变得跟人一般大

---

①　普绪喀,据古希腊神话,她本为少女,后成为心神。

小。他仰卧在床上，双翼垂挂在两边，那少女（我们可以想象）则骑在他身上。神灵的精液似乎会大股大股地涌出来（拿撒勒①的玛利亚肯定也体验过这种情形，她从梦中醒来，浑身微微地颤抖着，因为那神灵的精液正在她的大腿上流淌）。当普绪喀的情郎到来时，他的翅膀湿湿的，也许，精液就是从那双翅膀里流出来的，也许，翅膀本身已经变成了性器官。有时，当他和她一起达到高潮时，他会突然从她身上掉下去（这是米歇尔说的，大意如此），就像是一只在飞翔中被击落的鸟。（"那少女是怎么样的呢，"伊丽莎白想问诗人——"你既然能说出那神灵的样子，那你为什么不能告诉我们，那少女的样子？"）

然而，在墨尔本的那个晚上，罗伯特·邓肯明确地暗示，不管伊丽莎白奉献出什么，他都不感兴趣；而伊丽莎白真正想要跟邓肯谈论的，不是那些受到男神垂青的少女，而是那些受到女神垂顾的男人；后者稀罕得多。比如，安喀塞斯，他是爱神的情郎，又是埃涅阿斯的父亲②。人们会想，在伊达峰（Mount Ida）上，在他的小屋里，在那事前没有预见、事后无法忘记的事情发生之后，安喀塞斯——如果我们

---

① 拿撒勒，位于以色列北部，是耶稣出生之地，在古城附近进行的发掘工作显示，在公元前八千年左右的石器时代这里是一个大型的宗教仪式中心。

② 爱神阿佛洛狄忒青睐特洛伊美少年安喀塞斯，假扮成牧羊女，用符咒迷住他，委身于他，并生下大英雄埃涅阿斯。埃涅阿斯是特洛伊国王普里阿摩斯的乘龙快婿。特洛伊被希腊联军攻陷后，这位驸马爷带着年迈的父亲安喀塞斯和少数人逃出城去，辗转来到罗马附近，定居下来。

相信婚姻神①的眼光，那么他应该是一个英俊的小伙子；不过，他其实只是一个放牛娃——只想着跟任何愿意听的人讲述这等好事：他如何操了一位女神，这浑身上下无比妖艳的马子，他操了她一整个晚上，并弄得她怀了孕。

男人们和他们狡猾的谈话。凡人落入神灵的手掌，就会遭遇不幸；不管这是真是假，是新是旧，她一点都没想过。伊丽莎白想起了自己曾经看过的一部电影，电影的编剧好像是纳撒乃尔·韦斯特②；事实上不是。杰西卡·兰格③在影片中扮演一位好莱坞的性感女星，那女星精神崩溃，最后住进疯人院的一间普通病房。她被灌了药，变得迟钝不堪，还被捆绑在床上。疯人院的勤杂人员卖票，让男人们去干她，每次十分钟。"我要操一个电影明星！"有一个顾客气喘吁吁地说着，向那些勤杂人员扔出钞票。从他的声音中，可以听出他的丑陋本质，他崇拜凶神恶煞，有着杀人狂般的邪恶。请一位神仙下凡，让那女星看看真正的生活应该是什么样的，给她当头一棒，直到她痛改前非。"真爽！真爽！"在电视版中，他们把这个画面剪掉了，他们砍掉的是一个最像美国社会核心的画面。

可是，在安喀塞斯这件事上，当那女神从他的床上起来时，曾极为明确地警告她的甜心，让他闭口不谈此事。因

---

① 在古希腊神话中，婚姻神名叫许门。
② 纳撒乃尔·韦斯特，1903 年出生于美国纽约市，曾做过旅馆经理、杂志编辑、电影公司编剧。作品有《鲍尔索·斯奈尔的梦幻生活》《寂寞芳心小姐》《蝗虫日》《百万富翁》等。
③ 杰西卡·兰格，美国著名电影女演员、和平主义者，主要代表作有《蓝天》《俊男》和《"大鱼"》等。

此,如果安喀塞斯是一个谨慎的家伙;那么,那天晚上,他所做的最后一件事,唯一的一件事,应该是让自我迷失在一片模糊的记忆中:凡人的肉体与神灵的躯体合二为一,是什么样的感觉。或者,在他的心态比较镇定、比较达观时,他想弄明白:人神不同,两者身体的结合,具体说来,就是人的性器官与神的性器官(不管神用什么样的部位来替代)相互间的摩擦——严格说来,这等事是不可能的;只要自然法则还在起作用,这事就不可能。为了一夜放纵,为了跟凡人结合,那爱笑的女神把自己变成了什么样的一种存在啊,那是奴隶的身体和神明的灵魂的杂交。当安喀塞斯把那无与伦比的胴体揽入自己的怀抱,那她强大的灵魂去了哪里?是否藏进了头脑中某个偏僻的角落,或某个细小的腺体;或者,像一道光亮,一股气息,无害地弥漫在了整个人间?可是,纵然那女神为了安喀塞斯的缘故,把自己的灵魂藏了起来;当她用手脚紧紧缠着安喀塞斯时,难道安喀塞斯感觉不到她的欲火——感觉不到,而且也没有被烧焦?第二天早上,那女神为什么又要让他明白,夜里到底发生了什么("女神的脑袋碰到了房梁,脸上闪耀着神圣的美丽。'起来吧,'她说,'看看我吧,我看起来像不像昨天夜里来敲你门的那一位?'")?要不是自始至终,安喀塞斯这个凡人都被一个咒语迷住,这一切怎么可能发生?那咒语就像是麻醉剂,能消除他的恐惧。当他知道,那被他脱光衣服、被他拥抱、被他分开双腿、被他插入的女郎,是一位仙女时,他可能会恐惧万分。而迷睡状态反而可以保护他,使他在跟女神做爱时,免受那难以承受的神仙般的快活,使他只感受到凡人可以承受的比较缓和的快感。可是,女神既然已经为她自己选定了一个人间的情郎,那她为什么又要用咒语使她的情郎迷失自己,使他在做爱时,不再是他自己?

我们可以想象,可怜的安喀塞斯被搞糊涂了,在那夜之后的人生里,他会变成什么样子:他有一连串的问题,但是,由于害怕走在路上被人打死,他不敢去向跟他一起放牛的人们提起其中的任何一个问题——除非是用某种笼而统之的方式。

不过,按照诗人们的说法——事实并非如此。如果我们相信诗人们的说法,那么,那之后,安喀塞斯过的是一种正常的生活,是卓越而正常的人的生活;直到有一天,他的城池被外地人纵火烧了,他被迫流亡。如果说他没有忘记那个非凡的夜晚,那他也没有太多的想头,没有我们所认为的那么多。

这就是伊丽莎白想要向罗伯特·邓肯请教的主要问题,因为邓肯是研究人神交媾的专家。这是伊丽莎白对希腊人不理解的地方。假如安喀塞斯和他的儿子不是希腊人,而是特洛伊人①(外地人);那么,她对希腊人和特洛伊人都不理解了。希腊人和特洛伊人是古代地中海东部的两个民族,是希腊神话创作的主体。她说,神话创作表明了他们内心世界的匮乏。安喀塞斯曾跟一位女神有过暧昧关系,说有多暧昧就有多暧昧。这不是一种平常的体验。在

---

① 安喀塞斯和他的儿子不是希腊人,而是特洛伊人;再用假设句,意思反了。原文如此。可能是作者的笔误。

所有的基督教神学著作中,如果我们撇开那些不足凭信的
"伪经",那么,只有一个故事跟这个安喀塞斯的故事类似,
那个故事在形式上显得更加平常。一位男性神灵使一个人
间女子受孕——我们必须说,这是很遥远的事,而且是非个
人的事。据传,玛利亚后来可能把"主使我变伟大"①这句
话听错了,说成是"我的灵魂颂扬主"②。据《福音书》,这
几乎是玛利亚所说的全部。这女孩无与伦比,在那之后的
人生中,她似乎被这次遭遇弄得哑口无言了。在她周围的
人中,没有一个曾不知羞耻地询问:"这是怎么回事?感觉
如何?你是如何承受的?"不过,这问题肯定在人们的脑海
中出现过,比如,在拿撒勒,在玛利亚的女伴们的脑海里。
"她是如何承受的?"他们相互之间肯定曾这样窃窃私语。
"肯定像是被鲸鱼给干了,肯定像是被海怪给干了";那些
犹太部落的赤脚的孩子在说这些话时,会脸红;她,伊丽莎
白·科斯特洛也一样,当她把这个问题在纸上写下来时,几
乎看见了自己的脸红。在玛利亚的同乡中。有的是无比粗
鲁的人;这样来说某个比自己年长两千岁而且比自己明智
的人,肯定是不礼貌的。

安喀塞斯、普绪喀和玛利亚:她应该有一些更好的、更
少色情意味的、更加富于哲学思辨的方式,来思考整个人神
之间的关系事宜。可是,先别说意愿,她是否有时间和条
件,来进行这样的思考?

---

① 原文为拉丁文。
② 原文为拉丁文。

本质主义。我们能否跟神"合二为一"？这种关系能否深刻得足以让我们了解、"理解"神的存在？除了她新近发现的苏珊·米歇尔,还在某种程度上问这个问题,其他任何人似乎都对此不再有兴趣;而米歇尔也不是哲学家。在她的有生之年,这个问题就不时兴了（她记得它是如何产生的,还记得当时自己对它如何感到惊讶）;正如这个问题变得时兴起来,是在她的人生开始之前不久。"其他类型的存在",用这种方式来说,可能更加得体些。我们能够投胎的,是我们自己所谓的人类;除了人类,还有没有别的类型的存在？如果没有,那么,对于我们人类以及人类的局限性,这个问题又有什么意义？伊丽莎白对康德的了解不太多,可是,这个问题在她听来有点像是康德的问题。如果她的耳朵没问题,那么,本质主义肇端于这个来自柯尼斯堡的人,大概终结于那个"维也纳的毁灭者"维特根斯坦。

"神确实存在,"弗利德利希·荷尔德林①读过康德之后,写道,"不过,他们生活在我们头顶之上另一个王国里的某个地方。我们人类是否存在？对这个问题,神似乎不太感兴趣。过去,这些神曾经在大地上漫步,走在凡人中间。可是,我们现代人不再能够瞥见他们,因此由于他们的爱而受苦的事例也就少多了。'我们来得太晚了'。"

随着年纪越来越大,她阅读的范围越来越小。这不是

---

① 弗利德利希·荷尔德林（1770—1843）,早年在图宾根学习神学,和黑格尔、谢林友善。1796 年在法兰克福的银行家恭塔特家里当家庭教师,和银行家的妻子相恋,他在诗歌里称她为"狄奥蒂玛"。1798 年前往法国的波多,1802 年归国。从 1806 年以后发生精神错乱。

什么反常现象。然而,对于荷尔德林,她一直有时间读。假如她是个希腊人,她会称他为"灵魂伟大的荷尔德林"。但是,对于荷尔德林关于神的观念,她是怀疑的。她认为,荷尔德林太天真,太容易认可事物的表面价值,对历史的狡猾没有保持充分的警觉。她想教导荷尔德林:事物很少与它们所表现出来的样子一致。当我们激动地哀悼逝去的神灵时,很有可能是神灵故意要让我们这样激动。神尚未退隐:他们担当不起。

奇怪的是:那个人正确地指出了神的性冷淡,即神没有感受性的能力,结果就需要让凡人来替他们感受;但他却没有看到神的性生活的后果。

爱与死。不朽的神发明了死亡和堕落;可是,除了有一两个例外,他们缺乏勇气在自己身上试验这些发明。正是因此,他们对我们充满好奇,没完没了地探问我们。我们把普绪喀称为喜欢打听的蠢姑娘。可是,神在她床上首先做的是什么?神在我们身上做了死亡的记号,从而使我们痛骂他们。一边是神,一边是人;而生活更紧迫、感觉更紧张的是我们人。正是因此,他们无法从头脑中把我们抹除;没有我们,他们就无法侥幸通过;所以他们一直盯着我们,折磨我们。最后,也是因此,他们没有公布跟我们发生性关系的禁令,只制定出一些法规,规定他们与我们做爱的地点、频率,以及他们该以何种样子出现。他们不仅发明了死亡,还发明了性旅行。在凡人的性兴奋中,有怕死的颤抖、身体的扭曲和放松:当神喝多了时,会没完没了地谈论这些——第一次他们是跟谁做的,感觉又如何。那种轻微的颤抖是无法模仿的。他们希望,在他们自己的性爱体验中,也能有那种颤抖的感觉,以添加交合的趣味。可是,他们又不愿意付出代价:死亡,灭亡。如果没有复活的可能,那他们疑虑什么呢?

我们以为他们,这些神,什么都知道;但事实上他们知道得很少,而且,他们所知道的,也只是一些泛泛的东西。他们无法说他们的身体适合于学习;准确地说,是学习哲学。他们的宇宙论也很平常。他们唯一的专长是星际飞行,他们唯一土生土产的学科是人类学。他们是研究人类的专家,因为我们有的,他们没有;他们之所以要研究我们,是因为他们嫉妒我们。

对于我们,我们是否猜想(多么荒谬!):那使我们的拥抱变得如此强烈、如此难忘的,是他们所给予我们的生命的一瞥。我们把这想象成他们的生命,并称之为"化外生命"(因为在我们的语言中没有现成的词)?"我不喜欢另外一个世界",玛莎·克利福德在给她的笔友利奥波德·布卢姆的信中写道;但她撒了谎:假如她不想被一个邪恶的爱人拐到另一个世界中去,那她为什么还要写啊写的?

与此同时,利奥波德在都柏林的公共图书馆里四处乱转,在没有别人看见他时,他会偷看那些女神雕像两腿之间的部位。如果日神有一个大理石阴茎和两个大理石睾丸,那么,他想知道,月神是否有与之匹配的阴道?他喜欢跟自己说,他是在进行美学考察;他考察的内容是:艺术家的职责会在多大程度上延伸到自然界?然而,他真正想知道的,是人与神之间的交合到底是否可能。

而她自己呢? 她曾经跟那个无比普通的男人一起,在都柏林到处闲逛;关于神,她了解了多少? 她几乎像是嫁给利奥波德·布卢姆了。伊丽莎白·布卢姆,布卢姆的第二任妻子,幽灵一般。

　　关于神,伊丽莎白知道得最确切的是:他们一直在偷看我们,甚至偷看我们两腿之间的部位,他们充满了好奇,充满了嫉妒,有时甚至搅扰了我们尘世的家园。不过,如今她要自问的是:那种好奇心到底有多深? 对于我们,他们的人类样本,他们所感到好奇的,除了我们的性爱本能,是否还有这样一点,即,我们会跟他们学,对黑猩猩、鸟类和苍蝇感到好奇? 尽管有些反面的证据,但她宁愿认为,黑猩猩让我们感到好奇。她宁愿认为,神尽管对我们有怨言,但还是羡慕我们的能量和创造力;正是靠着这两种东西,我们在努力躲避命运。她宁愿认为,神在俯瞰我们这些美味的猎物时,会相互评论道:"多么迷人的造物啊! 在许多方面都跟我们一模一样,尤其是他们的眼睛,多么富于表情啊! 他们缺乏我们所拥有的东西,①而没有这些东西,他们决不可能升上来坐在我们身边;他们是多么可怜啊!"

　　但是,说到神对我们的兴趣,伊丽莎白弄错了。或者,可以说,她以前一直是对的,但这回弄错了。在她年富力强的时候,她宁愿认为,她能促成那长着翅膀的小爱神来造访尘世。那不是因为她有多漂亮,而是因为她渴望跟神接触,一直渴望到痛苦袭来;因为她的渴望得不到回报,当她任由

---

① 原文为法文。

其发展时,这份渴望就变得很好笑。在对小爱神的渴望之中,她可能向小爱神许诺说,他能够亲口品尝到他在奥林匹斯神山上的家中所没有的美味。可是,现在,一切似乎都变了。在当今世界上,我们到哪儿去找她有过的那种凡人对神灵的渴望?在人群中肯定是找不着了。"SWF,五英尺八英寸,三十岁,浅黑肤色的女人,骑着自行车进入星空,去寻找 SWM,三十五至四十五岁的男人,为的是友谊、娱乐和冒险。"哪儿都没有:"DWF①,五英尺八英寸,六十岁,正在跑步奔向死亡,死亡很快就来跟她会合,然后一起寻找 G②,一个神,凡人的样子,但没有实体;这样的结局是任何语言都无法形容的。"在编辑部里,他们会为此皱眉头。"粗鄙的欲望",他们会这样说,会把她当作鸡奸者,把她扔到废纸篓里去。

"我们没有呼唤神灵,因为我们已经不再信奉他们。"伊丽莎白厌恶那些用"因为"连接起来的句子。捕鼠机的叉钳"啪"的一声突然关住,可是,那耗子每次都能逃脱。离题万里!导向有误!比荷尔德林还差劲!谁在乎我们的信仰呢?唯一的问题是:神是否会继续相信我们,我们能否使那一度在他们体内燃烧的火焰保持最后的光亮?"友谊、娱乐、冒险":对于一位神来说,这是一种什么样的吁求?在他的家乡,有着多得消受不完的娱乐,有着享受不完的美味。

---

① "SWF""SWM"和"DWF"是三个人的名字的代称。
② 英文中"神(God)"一词的第一个字母是"G",所以此处"G"指的就是"神"。

万分奇怪的是:随着欲望渐渐放松对她的身体的掌握,她越来越清楚地发现,宇宙是由欲望统治的。在婚姻介绍所里,她喜欢跟人说(假如她能接触到尼采,那她也会这样跟尼采说):"难道你没有读过牛顿吗?欲望是双向流动的:A 之所以拉着 B,是因为 B 拉着 A;反之亦然。宇宙就是这样创造出来的。"或者说,如果"欲望"仍然是个太粗鲁的词,那么用"渴望"这个词怎么样?渴望和机会:一对强有力的组合,强大得用来建一个宇宙都绰绰有余,强大得足以用原子以及那些组成原子的无名的微粒,来建造人马座和仙后座这两个星座,以及它们外面广袤而黑暗的背景。众神和我们自己都被机会之风到处吹来吹去,都无能为力;不过,我们相互拉向对方的力量是等同的。A 不仅被拉向B、C 和 D,还被拉向 X、Y 和 Z,直到终极。它不是最小的,也不是最后的;但它受到了"爱"的召唤。

一个幻象,一个开口;如同雨停下来时,那被彩虹打开的天空。在雨再度开始倾盆而下之前,对于老人来说,时不时地拥有这些幻象、这些彩虹,能不能得到足够的慰藉?在我们能看到这幻象的图案之前,我们是否会因为吵吵嚷嚷,而不能加入到那个舞蹈中去?

第八课　在大门口

　　这是一个炎热的下午。广场上挤满了游客。那个头发花白的女人,手里提着行李箱,从公共汽车上下来;几乎没有人瞥她一眼。她穿着蓝色的棉布外衣,脖子被阳光烤得通红,渗出了汗珠。

　　行李箱的轮子咔嗒咔嗒地滚过鹅卵石地面;经过人行道上的桌子,经过年轻的人们,她来到大门口。守门的是一个穿制服的男人,懒洋洋地站在那儿,支在一把来复枪上;枪托朝下,杵在他面前。

　　"这是大门吗?"她问道。

　　在尖顶帽子下,卫兵的眼睛眨了眨,表示确认。

　　"我可以进去吗?"

　　卫兵的眼睛动了动,指了指旁边的门房。

　　那门房是用一些预制好的木板拼造起来的,非常闷热。在屋子里,在一张三角形的小桌子后面,坐着一个男人;那人穿着衬衣,正在写着什么。一把小电扇将一股气流吹到他脸上。

　　"劳驾。"她说。那人没理她。"劳驾。能让人帮我把门打开吗?"

那人是在填一份表格。他没有停笔，说道："你得先陈述理由。"

"陈述理由？向谁？向你吗？"

他用左手把一张纸推过来给她。她放下手提箱，拿过那张纸，一张白纸。

"在我过这道门之前，我必须发表一个声明。"她重复说道，"什么样的声明？"

"信念。你的信念。"

"信念？只是信念吗？不是一个关于信仰的声明吗？如果我什么都不信呢？如果我不是一个有信念的人呢？"

那个人耸了耸肩膀，头一次直视她。"我们全都有信念。我们不是牛，每个人都有信念。写下来，写下你的信念，写在声明中。"

她在哪里？她是谁？对这两个问题她已经心中有数，确信无疑。她是法院大门口的请求者。这场旅行把她带到这里，这个国家，这个乡镇。当巴士停下来，对着人群拥挤的广场打开车门时，她似乎到了目的地，可是旅程并没有结束。另一种审判才刚刚开始。在她被判定是好人并能通过这道大门之前，她需要做点什么。按照规定——不是那么确定的规定，她需要做出确认。然而，即将审判她的就是这个人吗？此人面色红润、身材魁梧，穿着破烂的制服（军服还是警服？）。她在这人身上探察不到任何级别的标志；但在他上面，有一把风扇，既不左摇也不右摆，一股凉气直直向她灌注而来，那正是她所想要的。

"我是个作家。您在这里也许没有听说过我；但我在写作，一直在写，我的笔名是伊丽莎白·科斯特洛。我的职责不是信念，而是写作。前者跟我无关。正如亚里士多德所说，写作是模仿。"

她顿了顿，接着说出下一句，那将帮助她确认眼前这人是否正是审判她的法官，或者，正好相反，他只是漫长的审判进程中的第一个人，这进程的最后一个人认识在什么样的城堡中什么样的法庭里的没有什么特征的法官。"如果您想要，我可以做个信念的摹本；这足以让您交差吧？"

他的反应有点不耐烦，似乎这是他之前做过无数次的一份差事。"按照规定写声明。"他说，"写好后送回来。"

"好吧，我写。您下班有点吗？"

"我一直在这儿。"他答道。由此她对这个她所置身的镇子有所了解了：这里的门卫从不睡觉；咖啡馆里的人们似乎无处可去，他们无所事事，空气里弥漫着他们的叽叽喳喳。他们跟她一样不真实，但也许更真实。

她坐在人行道上的一个台子上，快速写着那个所谓的声明。她写道：我是作家，卖小说为生，我所信奉的信仰都是暂时性的，固定的信仰会成为我人生的拦路虎。我根据自身需要改变我的信仰，正如我变换我的住处或衣服。在这些专业的职业的基础之上，我请求让我豁免于我适才第一次听到的这个规则，即大门口的每个请求者都该持有一两种信仰。

她把声明送回门卫室，但被拒收；对此，她是有所预料的。那个工作人员没有把声明报给上级部门。他认为不值得上报。他只是摇着头，任由那张纸掉到地板上。然后，他把一张新纸推到她面前。"你信奉什么?"他问道。

她回到人行道上的座椅上。我会不会成为一个知名人士? 她自忖道:这个自称为作家的老女人能或免于法律吗? 她的黑色手提箱总是跟她形影不离(里面装的是什么? 她自己都不再记得)。她写请求书,一封又一封。她呈送给那个门卫过目。门卫置之不理,理由是她写得不够好。正因为她的请求书不符合要求,她无法过关入门。

"能让我往里瞥一眼吗?"她第二次递交请求书时问道。她是想看看里边到底有什么东西。她只是想弄清楚是否值得她如此大费周折。

那人呆板地站起来,离开了桌子。他没有伊丽莎白这样老,但也不年轻了。他脚上穿马靴,下身穿蓝色的斜纹哔叽裤子;裤子的两边有一道红色的条纹。她想,他该多热啊! 而在冬天,该多冷啊! 当门卫,可不是轻松的活计。

那人带着她,经过那个身子倚靠在来复枪上的卫兵,直到他们站在大门前;那门大得足以抵挡住一支军队。那人从腰带边的口袋里掏出一把钥匙,那钥匙几乎跟他的前臂一样长。他是否会在这个时候告诉伊丽莎白,大门是为她,只为她一个人,设立的? 而且,他是否还会告诉她,命中注定,她永远不可能进门? 她是否应该提醒那人,让他明白,她知道这处境的不利?

钥匙在锁孔里转了两下。"走吧,祝你满意。"那人说道。

伊丽莎白盯着门缝,一厘米,两厘米,那人把门打开,又关上。

"你已经看到了,"他说,"有关记录将显示这一切。"

她看见什么了？这门是用柚木和黄铜做成的,毫无疑问,它也是用寓言中的材料做成的。尽管她不太相信;但她预计到,那安置在门背后的东西,是无法想象的:一盏灯放射着耀眼的光芒,使肉眼昏花。不过,这灯光并非无法想象,只是很亮,也许比她迄今为止所知道的各种灯光都更亮;但它并不属于另外一种东西。可以说,它并不比镁光灯亮,镁光灯可以一直亮下去。

那人拍了拍伊丽莎白的胳膊。他做出这样一个动作,让人感到惊奇,因为这动作显得很亲密。她想着,那人像一个折磨别人的人;那样的人口口声声说,他不希望你受到伤害,目的只是履行他们可悲的职责。"现在你看到了,"他说,"现在你可以更加努力地去尝试。"

*   *

在咖啡馆里,她用意大利语点了一份饮料——她自言自语道,在这样一个像歌剧女演员一样的城市里,意大利语是最合适的语言——然后用现金付账,她是在钱包里找到这些纸币的;自己是怎么弄到这些钱的,她一点都记不起来了。事实上,这些钞票看起来很像假钞:一面是一个头像,那是一个19世纪的杰出人物,长着胡子。另一面是数目,5,10,25,100,全都位于绿色和樱桃色的阴影之中。什么东西五块?什么东西十块?不过,服务员接受了那些钞票:从某种意义上说,钞票当然是好东西。

不管这是什么样的钱,她拥有的不多:四百块。一份饮料,加上小费,花去了五块。一个人没钱时,会有什么事情发生呢?有没有一个公益机构,我们可以把自己扔给它,求它施舍?

她向门卫提出了这个问题。"你要是一直不答应我的要求,那我就得跟你一起,住在你的门房里,"她说,"我可没钱住旅馆。"

这是个玩笑。因为这个家伙老是阴沉着脸,她只想让他有所震动。

"如果是长期的,"那人答道,"就有宿舍,里面有厨房和洗浴设备。所有需要都预先考虑到了。"

"厨房还是流动厨房①?"她问道。那人没回答。很明显,在这个地方,人们不习惯被开玩笑。

宿舍是一个没有窗户的房间,很深,很矮。一盏孤零零、赤裸裸的灯泡照着过道。两边各有两排铺位,分别用一根看起来已经陈旧的木头连在了一起,而且都漆成了铁红色。她觉得那木头是一根滚木。事实上,当她凑近些看时,看到了一些用蜡纸印刷的符号:100377/3 CJG,282220/0 CXX……大多数铺位上都有草垫:被套里装着干草,有热气逼近时,会散发出一种油脂味,还有一种陈年的甜香。

她想着,自己可以待在古拉格②的任何一个集中营里,

---

① "soup kitchen",语涉双关,一义为"流动厨房",一义为(救济贫民、灾民的)施舍处。

② 古拉格(Gulag),是俄文"劳动改造营总管理局"的缩写。1919年4月15日,苏维埃政府发布一项命令,开创了强迫劳动营制度。因索尔仁尼琴《古拉格群岛》(1973)一书的出版,"古拉格"一词遂为世所熟知。

可以待在第三帝国的任何一个集中营里。所有这一切都是老一套,没有一点原创性。

"这是什么地方?"她问那个让她进屋的女人。

其实她不必问。在那女人回答之前,她就知道答案了。"这是等待的地方。"

那个女人——到了现在,她还犹豫不决,要不要称她为囚犯头——本身乏善可陈:一个身形笨重的农妇,穿着一套不成样子的灰色工作服,披着一块方巾,脚上穿着便鞋和蓝色的羊毛袜。不过,她的目光很平静、很睿智。好笑的是,伊丽莎白觉得,她以前曾见过这女人,或者是一个跟这女人极为相像的人,或者是这女人的照片。

"我可以选择自己的铺位吗?"她问道,"还是连这个都早就替我定好了?"

"你选吧。"那女人答道。她的脸色显得神秘莫测。

伊丽莎白叹息了一声,选定了一个铺位,把行李箱放上去,拉开拉链。

甚至在这个小镇,光阴也在流逝。日子到了,终于轮到伊丽莎白受审了。她发现,自己是在一个空屋子里,一张又高又长的桌子前。桌子上有九个话筒,摆成了一排。桌子后面,是一堵墙,墙上有一幅寓意画,是石膏做的浮雕:两个盾牌,两把交叉着的长矛,有一只鸟。那鸟看上去像鸸鹋①;但实际上可

---

① 产于澳洲的一种体形大而不会飞的鸟。

能是一只更加高贵的鸟,它用喙衔着一个月桂花环。

一个男人,她觉得是法警,给她拿来一把椅子,示意她坐下。她坐下来,等着。所有的窗户都关着,屋子里很闷。她朝那法警做了个手势,表示想喝点东西。法警假装没看见。

门开了,几名法官,她的法官,审她的法官,鱼贯而入。他们穿着黑色的袍子,她还以为他们是来自格威里①的动物呢:鳄鱼、驴子、乌鸦、红毛蛀虫②。但是,不,他们是她的同类,跟她属于同一个种类。甚至他们的脸都是人脸。所有人都是男性;老年男性。

她不需要法警的搀扶(此时,那法警已经来到她身后),自个儿站着。他们需要她表演一番,她希望自己能担当起他们所需要的角色。

中间的那位法官冲她微微点了点头,她也冲他点了点头。

“你是……”那法官问道。

“伊丽莎白·科斯特洛。”

“哦。申请人。”

“也可以说是恳请人;如果这样说,我的机会可以多一些的话。”

“这是你的第一次听讼?”

---

① 格威里,美国密歇根州的一个城市。
② 红毛蛀虫(deathwatch beetle),一种靠木头而生但又吃木头的小甲虫,身上有红毛,在蛀木时能发出像吃它们的啄木鸟在啄木时发出的声音,宛如丧钟;所以又称“临终看护(deathwatch)甲虫”。

"是的。"

"那你想要——"

"我想进门。跨进门去。去应付后面的事。"

"是的。现在,你肯定已经知道了,这是信仰问题。你能给我们书面申诉吗?"

"我有一份申诉,已经修改过了,修改了很多次,改得很厉害。我敢说,已经尽我所能,修改到了极限。我相信,我不需要再作任何修改。我想,你们有复制件吧。"

"我们有。你说,已经改到极限了。我们中有人会说,进一步的修改总是要的。让咱们看看吧。请把你的书面申诉念一念。"

她念道:

"我是个作家。你们可能认为,我应该说,我曾经是个作家。不过,我之所以现在或过去是作家,是因为我现在或过去的身份如此。我并没有改掉自己的身份。到目前还没有。我感觉这身份挺适合自己的。

"我是个作家,我所写的是我所听到的。我是那不可见的世界的书记员,是世世代代许许多多书记员中的一个。这就是我的职业:有闻必录的书记员。我既不提问,也不对那些我所听到的话作出判断。我只是把话写下来,然后检验它们,检验它们的声音,以确保那都是我听到的。

"不可见的世界的书记员:我现在就说明,这都不是我自己的话,都是我从别人那儿借来的;他是更高一级的书记员，叫米沃什①，是个诗人，你们也许听说过。几年前，他就把这些话听写下来了。"

她顿了顿。她希望他们在这个地方打断她。她预料他们会问："口授者是谁?"她已经准备好了答案："超越我们的力量。"但是，他们没有打断她，也没有问她。相反，他们的发言人在她面前摇晃着铅笔，说："继续。"

"在我能进行之前，得陈诉自己的信仰，"她念道，"我的回答是：一个称职的书记员不应该拥有任何信仰。对这种职业来说，信仰是不合适的。书记员应该只是时刻准备着，等着被使唤。"

她又以为会被打断："谁的使唤?"可是，他们似乎没有任何问题。

"在我的作品中，信仰是阻力，是障碍。我力图让自己清除所有阻力。"

"没有信仰，我们就不是人。"说话声来自最左边的那位法官。她暗地里称他为"老母猫"。这是一个瘦削的小个子，非常矮，以至于他的下巴几乎都够不着桌面。事实上，在他们每一位身上，都有某种让人厌恶的喜剧特征。"太文学了，"她想着，"让这些法官坐成一桌，该是漫画家的主意。"

"没有信仰，我们就不是人，"小个子重复道，"伊丽莎

---

① 米沃什(1911—2004)，波兰诗人，1933年发表第一部诗集《关于凝冻时代的诗篇》。第二次世界大战期间，他在华沙从事地下文学活动，曾秘密编辑出版反法西斯诗集《独立之歌》。1951年留居国外，他在国外发表了二十多部诗集和小说，主要作品有《白昼之光》等。

白·科斯特洛，你对此有何说法？"

她叹了口气，"当然，先生们，我不想让自己的整个信仰都被剥夺。我自己觉得，我有意见，还有偏见，这些东西跟通常所说的信仰没有区别。当我宣称自己是个已经清除了信仰的书记员时，我指的是理想中的自我；理想中的自我能不让意见和偏见迫近自己，而我出于工作需要所记录的那些话语却穿透了我的心。"

"消极感受力①，"那小个子说，"那在你心里的，你所宣称拥有的，是否是消极感受力？"

"是的，如果你喜欢这么说的话。换句话说，我有信仰，但我没有固守这些信仰。它们都不够重要，不足以让我固守。我的心不在它们上面。我的心，还有我的责任感。"

小个子噘起了嘴。他的邻座转过头来，瞥了他一眼（她可以发誓，她听见了羽毛发出的沙沙声②）。"缺乏信仰这样的情况，你觉得，会对你的性格产生什么影响呢？"小个子问道。

"对我自己的性格？结果在此吗？我所奉献给那些读我书的人的，我所贡献给他们的性格的，我希望，其价值要远远超过我本人在信仰上的缺失。"

"你的意思是说，你自己的玩世不恭。"

---

① 消极感受力（negative capability），诗歌术语，原为英国天才诗人济慈所发明，意为：当诗人面对客体时，排除自我主观因素，达到"忘我"境界，或者说"物我合一""物我两忘"的境界，从而能全面地把握客体的本质，更加有效地把它表现出来。

② 这是承接前面将人比成"乌鸦"的比喻。

玩世不恭。这不是她喜欢的说法；可是，在这种情况下，她乐于接受。幸运的是，这将是最后一次。幸运的是，她将不再需要委屈自己，去进行自我辩护，以及与之伴随的自我夸耀。

"我自己，说得正规些，是的，我确实玩世不恭。我没有本钱来十分严肃地对待自我，对待自我的各种动机。但是，对别人，对人类或人性，我认为，我没有玩世不恭，一点也没有。"

"那么说来，你不是没有信仰。"中间那人说道。

"不。没有信仰也是一种信仰。我是个怀疑论者。有时候，尽管我感到，连怀疑都变成了一种信条，但在怀疑和不信之间，还是有区别的；如果你愿意承认这种区别，你就叫我怀疑论者吧。"

一阵沉默。"继续，"那人说道，"继续你的陈诉。"

"这就完了。一切都已经包括在里面了。我的陈诉完毕。"

"你所陈诉的是：你是书记员，记录的是不可见的世界。"

"以及我无法相信的东西。"

"出于职业方面的原因？"

"出于职业方面的原因。"

"如果那不可见的世界不把你看作它的书记员，那该怎么办？如果你的任命很久以前就中断了，而你一直没有拿到有关的公文；那该怎么办？如果你从来不曾被任命过，那又该怎么办？你是否考虑过这种可能性？"

"我每天都在考虑这种可能性。我被迫这么考虑。如果我不是我所说的那样的人，那我就是一个伪君子。如果你们经过深思熟虑，裁定我是一个弄虚作假的书记员；那么，我只能低头认罪。我想，你们已经把我的记录，我一生的记录，都审查过了。出于对我的公平的考虑，你们不能忽视我的记录。"

"孩子们怎么样了？"

这声音嘶哑，还伴随着喘息。起初，她都无法辨别出，它是哪一个人发出来的。"八号"肥头大耳，面色傲慢，会不会是他发出来的？

"孩子们？我不明白。"

"还有，那些塔斯马尼亚人①怎么样了？"他继续问道，"那些塔斯马尼亚人的命运如何？"

塔斯马尼亚人？在前一阵子，塔斯马尼亚岛是否发生了什么事，而她还没听说？

"我对塔斯马尼亚人没有任何特殊的看法，"她警觉地答道，"我一直觉得，他们极为正派。"

那人不耐烦地摆了摆手，"我说的是老辈塔斯马尼亚人，那些被灭绝的塔斯马尼亚人。对他们，你有没有一些特殊的想法？"

"你是不是说，他们的声音已经传达到了我身上？不，没有，还没有。在他们眼中，我可能还不够资格。也许，他

---

① 塔斯马尼亚位于澳大利亚最南部，是澳大利亚唯一的岛州，岛上多山，有着原始雨林以及澳大利亚最肥沃的土地。

们想要用一个他们自己的书记员，他们当然有权利这么做。"

她能够听出自己话音中的怒气。她在干什么呢？向一群老家伙进行自我辩护？他们可能来自意大利或者说意大利南部的某个小村镇；可是，不知为何，现在他们却坐在这里，审判起她来了。她为什么要忍受这一切？他们对塔斯马尼亚知道什么？

"我压根就没提到塔斯马尼亚人的声音，""八号"说道，"我问的是你的想法。"

她关于塔斯马尼亚的想法？如果她迷惑了，那么在座的其他人也会迷惑；因为，那个对她提问的人得转而向他们作解释。"发生了一些惨剧，"那人说道，"无辜的孩子们受到了侵犯。一些种族整个被灭绝。她对这些事情有什么想法呢？她是不是没有任何引导自己的信仰？"

灭绝塔斯马尼亚人的，是她的同胞，她的祖先。最后，在这场听讼、这场审判后面，隐藏着的是否是：历史上的罪恶问题？

她吸了一口气，"纵然你们是法官，纵然我是在法庭上，甚至是在终审法庭上；但是，对有些事情，我可以说说，对另外的事情，我最好保持沉默。我知道，你指的是什么。我的回答只能是：如果从今天我对你们所说的话中，你们得出结论说，我对这些事情不闻不问；那么，你们错了，完全错了。让我再补充一句，希望你们能有所启发：信仰不仅仅是我们所具备的伦理支持。我们也能依靠自己的心灵。我就说这么多，再也没有可说的了。"

藐视法庭。她这几乎是藐视法庭。这样子的勃然大怒,她从来不喜欢自己是这副样子。

"可是,作为一个作家,你今天在这里所表现的,不是你自己的人格,而是一个特殊的案子,一种特殊的命运。一个作家写的不仅是好玩的东西,而且要探讨人类行为的复杂性。在你的书中,你作出一个又一个判断,肯定是在探讨。是什么因素促使你作出这些判断的呢?你是否还坚持说,这只是一个心理问题?作为一个作家,你没有信仰吗?如果一个作家只有凡人的心思,那你这个案子还有什么特殊之处呢?"

他不是傻瓜,不是一头来自格威里的穿着绸缎袍子的猪①。这不是疯子帽商②的茶话会。今天,她平生第一次感到自己已经受了考验。这很好:让她赶上了,亲眼见识了。

"今天,塔斯马尼亚的土著人被列入了隐没者之中,我是他们的书记员,是众多书记员中的一个。每天早上,我坐在自己的书桌旁,做好准备,等着白天有人来叫我。这就是书记员的生活方式,我的生活方式。如果那些塔斯马尼亚的老人决定来使唤我,如果他们真的来;那么我就会尽我所能,高高兴兴地进行记录。

"对孩子也一样。你刚才提到了那些被虐待的孩子。到现在为止,还没有一个孩子来叫过我;不过,我已经准备好了。

---

① 原文为拉丁文。
② "疯子帽商",是著名儿童文学作品《艾丽丝漫游奇境记》中的一个人物形象。

"然而，我还是要提醒你一句。我竖起耳朵，接受所有的声音，不仅是那些被杀害的、被虐待的人的声音。"哪怕是在这一刻，她都力图保持自己的声音，力图不让人一听就知道她这是在进行法庭辩论，"如果那些决定使唤我的是杀害他们或虐待他们的人，如果那些人想利用我，通过我发言；那么，我也不会对他们闭目塞听，不会对他们评头论足。"

"你是否会为杀人犯说话？"

"我会。"

"你对杀人犯和被害人不加以判别？这是否就是书记员的职业需要：写下你被告知的一切？你是否完全丧失了良知？"

她知道，自己被问住了。不过，要是这使她感觉越来越像一场辩论赛，而且越来越临近终点；那么，她自己被难住了，又有什么关系呢！"你以为，罪犯自己就没受苦吗？"她问道，"你以为，他们没有从烈火中叫出声来？'不要忘了我！'——他们喊的就是这话。这是精神痛苦的呼喊，那对此充耳不闻的，算是哪门子良知？"

"这些声音召唤你，"那个胖子说，"但你没问它们来自何方。"

"没问。只要它们表达的是真实的东西，我就不会问。"

"那你——仅仅靠扪心自问，就能判定那些东西都是真实的？"

她不耐烦地点了点头。她想着，这很像是对圣女贞德的盘问。"你如何知道自己声音的来处?"她根本无法容忍这样直接的质问。难道他们没有头脑,不能说点新东西?

一阵沉默。"继续。"那人鼓励地说。

"就这么多了,"她说,"你问过了,我答过了。"

"你是否认为这些声音都来自上帝? 你是否相信上帝?"

她相信上帝吗? 她宁愿机警地跟这样的问题保持距离。哪怕我们假定上帝是存在的——不管这"存在"意味着什么——我们也应该质问:上帝高高在上,呼呼大睡;我们为什么要像选民投票似的,闹哄哄地,用"相信"和"不相信"去打扰他?

"这个问题太私密了,"她说,"我没什么可说的。"

"这里就只有我们几个。你放心说吧。"

"你误解了。我的意思是,我怀疑,上帝对这样冒昧的问题——冒犯了隐私的问题,不会有好感。我宁愿让上帝存在,正如我希望,'他'会让我存在。"

一阵沉默。她头疼。她寻思着,自己用脑过度,想得太多:这是来自身体本身的警告。

审判长扫视着四周。"还有问题吗?"他问道。

没有。

他转向她说:"过一段时间,你就会收到我们的通知。通过现存的邮路。"

她回到宿舍,躺在床上。她宁愿坐着;但那床像烟灰缸一样,四周都是突起的边缘;所以,没法坐。

她讨厌这个炎热而缺乏空气的房间,这是作为她的宿舍分配给她的。她讨厌房间里的气味,一碰到油腻的床垫,就觉得恶心。这儿的时间,尤其是在中午时分,似乎比她平常所习惯的时间要过得慢些。自从她来到这里,有多久了?她已经失去了对时间的追踪。感觉像是有几周,甚至几个月了。

下午最热的时候一过,就会有一支乐队出现。乐手们走到广场上,他们穿着硬挺的白色制服,戴着高帽,衣服上挂着许多金色的丝缘。在那儿的一个华丽的台子上,他们演奏苏泽①的进行曲、斯特劳斯的圆舞曲以及两支流行歌曲:《蝙蝠》②和《索伦托》③。指挥留着整洁得像铅笔一样的胡子,小镇上的浪荡子都留这样的胡子。每演奏完一支曲子,他都会微笑着,向欢呼的观众鞠躬;而那个演奏大号的胖子则摘下帽子,用一块深红的手帕擦拭额头。

的确,伊丽莎白心里说,在 1912 年,在意大利或者说意大利南部的某个默默无闻的边境小镇,这是人们预料之中的情景。她曾从一本书上读到类似的情景描写,正如这工棚似的监狱,这干草床垫和四十瓦的灯泡,这整个法庭上的事,包括这昏昏欲睡的法警,都曾在书上出现过。是不是因为她是作家,这一切都是专门为她设计的? 这是否是某人

---

① 约翰·菲利普·苏泽(1854—1932),美国作曲家、军乐指挥家。一生有大量军乐曲和轻歌剧、歌曲等,对美国铜管乐的发展起了重大的推进作用,被誉为"进行曲之王"。他的军乐曲中,最著名的有《星条旗永不落》《棉花王》等。

② 意大利民歌。

③ 似指著名意大利民歌《重返索伦托》(又译《重归苏莲托》)。

出的馊主意,把作家的地狱,或者至少说炼狱,搞成这副样子? 这老一套的炼狱。不管什么样,她都应该是在外面的广场上,而不是在这儿的工棚里。她可能是坐在一张桌子旁,桌子在树荫里,四周是恋人们的呢喃。她面前放着冷饮,她等待着第一阵微风来抚触她的脸颊。毫无疑问,一个普通人中的普通人,但那又有什么关系呢? 如果广场上那对年轻人的幸福是假的,那岗哨的厌倦也是假的,连那个短号手在上音域吹错了的音调都是假的;那么,做一个普通人又有什么关系? 自从她来到这个地方,生活一直如此:破旧的嘎嘎作响的公共汽车,疲于奔命的引擎,用皮带捆在屋顶上的手提箱,大门上那些巨大的往外突起的钉子;这一幅精心构筑的情景倒是很适合于普通人。她为什么不出去,去扮演她自己的角色? 她的角色是个旅人,突然之间出现在一个小镇上;命中注定,她再也不能离开这小镇吗?

不过,哪怕她隐居在这工棚里,谁会说,她就一无用处①? 为什么她要那么想:只有她有能力从这场戏中抽身出来? 不管是在什么样的情况下,真正的坚强和真正的坚毅,绝对不是说,非得把戏演完;那么到底包含什么样的内容呢? 就让乐队开始演奏一支舞曲吧,让那对情侣相互鞠躬并走到地板上;而在那儿,在跳舞的人们中间,就让她,伊丽莎白·科斯特洛,这位老演员,一个人待着。她穿着不合身的衣服,以她那僵硬但并非不优雅的方式,转着圈。如果说,让她去做一个职业演员,演好自己的角色——这也是老

①　“扮演角色”与“发挥作用”在英语中是同一个词组。

一套——那么,就让它是老一套吧。当所有其他人似乎都信奉老一套,并以此为生,她有什么资格,一听到这老一套,就浑身颤抖?

信仰也是这么回事。"我相信那不可压制的人类的精神。"她应该跟法官们说这句话。这话能使她在气势上压过他们,而且会使人们跺脚欢呼。"我相信整个人类是一个人。"其他所有人似乎都相信这一点,都信奉这一点。甚至她,在她被这种情绪感染时,也时不时地会信奉这一点。她为什么不能假装一回,仅仅一回?

在她年轻时,在那个现在已经失落、已经逝去的世界里,曾经碰到过一些人;他们都还信奉艺术,至少还信任艺术家,还力图追随大师的足迹。尽管上帝和社会主义已经没落,但引导我们的还有陀思妥耶夫斯基,或里尔克,或凡·高;凡·高的耳朵包着纱布,代表着激情。她是否已经把这孩子气的信仰,以及对艺术家及其真话的信赖——带进了自己的晚年?

她首先倾向于说"不"。当然,在她的书中,她没有表明自己对艺术的信仰。写作是终其一生的劳作。现在,这劳作既然结束了、过去了,她就能对自己一生的写作进行回顾;她认为,这样的回顾是非常冷静的,甚至可以说是冷漠的,目的是不再自欺欺人。她的书没有教育人,也没有鼓吹任何东西。它们只是尽可能清晰地写出这样的内容,即,在某个特定的时间和特定的地点,人们是如何生活的。它们还比较恰当地写出了几十亿人中的某一个个人的生活状况。她自己称这个人为"她",而别人称她为伊丽莎白·科斯特洛。到了最后,如果她更加相信的是这个人,而不是那些书本身;那么,这只是那样的信任,如木匠相信稳定的桌子,或桶匠相信坚固的木桶。她相信,她的书比她这个人更加具有整体感。

天气出现了变化,这变化甚至影响到了宿舍的空间;她知道,太阳正在降落。她已经任凭整个下午滑走了。她既没有去跳舞,也没有搞她的申诉;只是沉思默想,浪费时间。

在那个狭小而简陋的浴室里,在靠里的浴位,她好好地洗了个澡,使自己焕然一新。当她回到宿舍,发现来了个新的,一个比她年轻的女人;这女人闭着眼睛,坐在一个铺位上。以前,在广场上,她曾看到过这个女人;当时,这女人身边有个男人,那男人戴着一顶白色的草帽。她以为这女的是本地人;但是,很明显不是。很明显,这也是一个申诉者。

一个问题出现在她的脑际——不是第一次:"我们,所有的人,是否都是申诉人,等待着我们尊敬的法官们?在这些法官中,有的是新来的,有的是原来的。我称后者为'土包子',他们在这里已经有很长时间了,已经定居下来,已经融入了这里的环境,并成为了本地社会的一分子。"

关于铺位上的那个女人,她感到有一种熟悉的东西,但她无法写出来。她第一次看到那女人,是在广场上;甚至在那时,她都觉得挺熟悉的。不过,从一开始,她就感到,那广场本身,以及整个镇子,都有些熟悉的东西。那情景似乎已经成了模模糊糊的记忆的胶片,而她则被移放到了这胶片里。比如,那个搞清洁的波兰女人,如果她真是波兰人，如果她真的是搞清洁的，那么，伊丽莎白以前是在什么地方见过她的呢？为什么要把她跟诗歌联系起来？这个年轻女子是否也是诗人？是否也在那样的地方：有时在炼狱里，更多的时候在某个文学主题公园里；这公园的建立，是为了让她在等待的过程中感到欣慰，跟她一起等待的是一些演员；他们全都装扮成了作家？不过，诚如是，则他们为什么装扮得如此拙劣？他们为什么不把这整个事情做得更好些？

最终看来，这个地方非常奇怪；或者说，如果生活节奏不是那么缓慢，那么，这个地方将会变得怪兮兮的。它的奇怪之处在于：在演员和他们所承担的角色之间，在让她看的这个世界和这个世界所代表的东西之间，有一道鸿沟。如果来世跟今生一个样，那么就把今生叫作来世吧——如果来世最终被证明只是一个把戏，从头到尾只是对今生的模拟，那么，为什么这模拟总是失败？而导致它失败的，不仅仅是一根头发的粗细，还是一只手的大小——如果是前者，我们还可以原谅。

这跟卡夫卡所描写的世界一样。这高墙，这大门，这岗哨，都直接来自卡夫卡。也是要求当事人坦白，也是这样的法庭，里面也有打瞌睡的法警和一群老人，老人们也穿着乌鸦一样黑的袍子。在她翻来覆去费力地说出自己的话时，他们假装注意地听着。卡夫卡，但是，只有表面的卡夫卡，被简化，被磨平，成了一个寓言。

卡夫卡被特地推出来，为什么？她可一点都不热爱卡夫卡。大多数时候，她都不能耐心地读卡夫卡的作品。因为,卡夫卡在无能为力和强烈欲望之间,在暴怒和驯顺之间,来回变动。太多的时候,她发现,卡夫卡,或者至少是他笔下那个叫"K"的自我,完全像个孩子。她被猛然投入这场"演出"——她不喜欢这个说法,但是没有别的。为什么这场景如此具有卡夫卡的风格?

出现在伊丽莎白脑际的一个答案是:这场演出之所以用这种方式上演,是因为它不属于她那一类。"你不喜欢卡夫卡的风格,那就让我们刮你的鼻子。"也许,这些边境小镇就是为此而存在的:给朝拜者一个教训。这很好;可是,为什么人们要顺从这个教训?为什么要这么严肃地对待它?一天一天又一天,除了不断地提审她,这些所谓的法官还能拿她怎么办?大门挡住了她:她已经看见了大门外的景致。门外有光,但不是但丁在天堂里所看见的天光,甚至可以说不是光。如果他们挡着她,不让她出去;那好,那很好,那就让他们拦着她吧。也就是说,让她的余生在这里度过。在广场上游荡,消磨白昼的时光;夜幕降临,就回到屋里,躺在别人的汗臭里。这还不是最糟糕的命运。因为她肯定还可以做点别的事情,来消磨光阴。如果她能找到一家出租打字机的店铺,她甚至还可以重新写小说;谁知道呢?

上午。她坐在人行道上的桌子边,写她的申诉;她在尝试一种新的写法。由于她自夸说,她是那个看不见的世界的书记员;那就让她集中注意力,转而关注自己的内心。今天,她所听见的,从那个看不见的世界传来的,是什么声音呢?

那一刻,她所听见的,只是她自己耳朵里血液缓慢流动的声音；正如她所感到的，只是阳光轻柔地抚触着她的肌肤。至少她不必创造自己的身体，这身体默默无言、忠心耿耿，她每走一步，都陪着她。这温柔而笨拙的怪物，给她，是让她照料的。还有这阴影，变成了肉身，站在两只脚上，像一头熊，用自己的血液，在自己的体内，不断地洗涤着自己。没有一千年时间，她无法凭空想象出这肉体；这是超出她的想象力的。她不仅在这肉体中，而且，从某种程度上说，她就是这肉体本身。在广场上，在这个美丽的上午，在她四周，所有这些人，从某种程度上说，也都是他们的肉体。

某种程度，但是何种程度？肉体究竟如何做到既能用血（血！）洗涤，使自己保持干净，又能思考它们自身存在的秘密，而且要说出这秘密，有时甚至还要来点微微的迷醉？这骗局是如何设下的？当她对此没有一丁点概念时，不管她拥有什么样的东西，这些东西都会使她继续做她的肉体。这是否可以看作一种信仰？他们，那帮法官，那群审判员，所有这些人都要求她坦露自己的信仰——他们是否会满意于这样的回答："我相信我存在？我相信，今天站在你们面前的这个人就是我自己？"还是说，这样的回答太像哲学讨论了，使法庭弄得活像会议室？

在《奥德赛》中，有一段插曲；伊丽莎白每次读到，都会浑身颤抖。奥德修斯来到死亡国度，向预言家提瑞西阿斯①求

---

① 提瑞西阿斯，古希腊传说中的预言家。在年轻时，他曾因为意外看见女战神洗澡，而被她剥夺了视力；后来，他又从女战神那儿获得了预知未来的能力。这是盲人能算命的神话解释。

教。得到教导后,奥德修斯挖了一条沟,切断他心爱的公羊的脖子,让血流进那沟里。当血流如注时,那些苍白的死者聚集在周围,垂涎欲滴,都想尝一尝,直到奥德修斯被弄得没有办法,挥舞宝剑,把他们赶走。

那黑色的血泊,那渐渐断气的公羊,那人;他蹲在那儿,如果需要,他随时准备挥剑刺向那些苍白的鬼魂,鬼魂和尸体很难辨认。这场景为什么时常出没在她的脑际?那来自不可见的世界的声音,在说什么?几乎是毫无疑问,她相信那公羊,那头被主人拉到这个恐怖的地方的公羊。它不仅是一个概念。尽管此时此刻它即将死去,但它还活着。如果她相信那公羊,那么她是否也相信公羊的血?这神圣的液体黏糊糊的,颜色很暗,几乎是黑的,一滴滴地流出来,渗到土壤里,那土壤却什么也长不出。故事是这么说的:伊萨卡国①国王虽然宠爱那公羊;但是,最终,那公羊只是被当作了一只血袋,被捅开后,血流了出来。此时此地,她也可以这样做:把自己变成一只袋子,切断自己的血管,让血流到人行道上,流进阴沟。因为,最终,生存的全部意义就在于:有能力去死。这幻境由那公羊以及那发生在公羊身上的一切组成,这是否是她信仰的全部?对他们,那些饥饿的法官来说,这是否会是一个足够好听的故事?

有人在她对面坐了下来。她正忙着呢,没有抬眼。

---

① 伊萨卡,是一个岛国,为希腊西部爱奥尼亚海中群岛之一,奥德修斯的故乡。

"你是在写悔过书吗？"

是那个跟她同宿舍的女人，是那个带着波兰口音的女人，那个她觉得是囚犯头的女人。今天上午，这女人穿着一套系腰带的棉衣，柠檬绿，很华丽，式样有点老。这衣服很适合她，适合她那硬朗的金发、晒黑了的皮肤和高大的身材。她看上去像一个收获季节的农妇，健壮，能干。

"不，不是悔过书，是关于信仰的陈述。是他们要我写的。"

"在这儿，我们管这叫作'悔过书'。"

"真的？我不愿意这么称呼。不愿意用英语这么称呼。也许会用拉丁语，也许会用意大利语。"

伊丽莎白碰到的每个人怎么都说英语？她不是第一次为这问题感到迷惑。或者，是她弄错了？实际上，这些人说的是否是别的语言，她不熟悉的语言——波兰语、马札尔语①、文德语②——他们的发言是否为着她的缘故，都被以一种神奇的方式，即时译成了英语？或者，是否还有另外的情况，即，在这个地方，所有的人要想生存，都有一个条件，那就是，都得讲一种共同的语言，比如说世界语？她迷迷瞪瞪地以为，从自己嘴里说出来的，是英语；但实际上，那可能不是英语，而是世界语；正如那个囚犯头可能认为，她自己说的是波兰语，但实际上是世界语？

---

① 马札尔语，马札尔人的祖先是当年西征时留在匈牙利境内的蒙古人。

② 文德语，文德人是西斯拉夫民族的一支，其后裔是德国东北部的一个少数民族，叫索布人。

伊丽莎白根本想不起来,自己曾经学过世界语;但她的记忆可能会出错,正如她在许多事情上都出过错。可是,那些服务员为什么说意大利语呢?抑或,她以为他们说的是意大利语,但实际上,那只是夹带着意大利口音和意大利手势的世界语?

隔壁桌子旁坐着一对男女,他们相互把手指插在一起,互相用力拉着,额头碰着额头,还大声笑着,低语着。他们似乎不用写悔过书。这个波兰女人,或者说,这个扮演波兰女人的女人,是专职演员;但是,那一对可能不是专职演员,而只是临时演员。导演让他们做他们日常生活中的事,以填充那忙乱的场面,使之具有真实性、现实感。这肯定是惬意的生活,临时演员的惬意生活。不过,过了一定的年龄,焦虑感肯定会开始偷偷地爬进我们的心灵。过了一定的年龄,这种临时演员的生活肯定会开始让人觉得像是在浪费宝贵的光阴。

"你在悔过书中说了什么?"

"说了我以前说的:我没有本钱去相信。在我的工作范围内,我不得不把信仰搁置起来。信仰就是纵欲,就是奢侈。是我人生之路上的障碍。"

"真的吗?有人愿意说,我们没有能力负担的奢侈是没有信仰。"

伊丽莎白等着那女人说下去。

"没有信仰——包括所有的可能性,而且在相反的事物之间游移——它标志着从容不迫、悠闲自在的生存状态,"那女人继续说道,"我们中大多数人都得作出选择。

只有那轻飘飘的灵魂才会悬挂在空中。"她靠得更近了，"说到轻飘飘的灵魂，请听我劝你一句。他们可能会说，他们需要信仰；但是，事实上，他们满足于激情。把你的激情显示给他们看，他们就会放过你。"

"激情?"伊丽莎白答道，"那黑马似的激情? 我宁愿认为，激情会驮着我们背离光明，而不是奔向光明。不过，在这个地方，你说，激情是十足的好东西。谢谢你告诉我这一点。"

伊丽莎白的声音带有嘲讽意味，但并没有把对方击退。恰恰相反，那女人更加舒坦地坐到了椅子上，微微点了点头，微微笑了笑，似乎对这刚刚到来的问题表示欢迎。

"告诉我，咱们中有多少人已经过关，已经通过检查，已经进了门?"

那女人笑着，低声笑着，笑声中有一种奇怪的魅力。伊丽莎白以前在什么地方见过她呢? 她干吗要这么费劲地去回忆，像是在大雾中摸索? "过了哪道门?"那女人问道，"你以为，只有一道门吗?"她又发出一阵大笑，身子长时间地、猛烈地颤抖着，使她那对沉甸甸的乳房也摇晃起来。"你抽烟吗?"她说，"不抽? 那你介意吗?"

从一个金色的烟盒里，那女人拿出一支烟，划燃一根火柴，开始吞云吐雾。她的手粗糙而又粗大，像农民的手。不过，指甲干净而整齐，还染成了浅黄色。她是谁? "只是一个吊在空中的轻飘飘的鬼魂。"这句话听起来像是一句引语。

"谁知道我们真正相信的是什么，"那女人又说，"这东西在这儿,埋在我们心里,"她轻轻地捶着自己的胸脯,"埋藏着,甚至瞒过了我们自己。那帮人追问的,不是信仰本身,而是信仰的效果,效果就足够了。把你的感想坦露给他们,他们就会得到满足。"

"那帮人,你指的是谁?"

"那帮审判员啊。我们称他们为'那帮人'。我们称自己为'歌鸟'。我们为那帮人歌唱,给他们取乐。"

"我不表演,"伊丽莎白说,"我不是戏子。"烟雾飘到她脸上,她用手扇开,"当我没有你所说的激情时,我无法把它鼓动起来。我无法掌控它的生灭。如果你们的那帮人不理解我这话——"她耸耸肩。她本想谈谈她的入场券,本想说她打算交还那张入场券。不过,对于这么一件小事来说,她那么说会显得太小题大做、太夸大其词。

那女人踩灭了烟。"我该走了,"她说,"我要去买些东西。"

她没有说,她要买的可能是什么东西。但是,这话使伊丽莎白·科斯特洛受到打击(她的名字正在消失:哎,好,她的名字并没有消失,一点都没有)。她已经变得多么被动、多么冷漠。她自己也想买些东西。除了幻想着买台打字机外,她还需要防晒霜,一块属于她自己的肥皂,浴室里的那块药皂太粗糙了。可是,她并没有真的去询问,在这个地方,哪儿可以买东西。

这是对她的另一个打击。她再也没有胃口了。昨天,她就着咖啡,吃了一个柠檬味的冰淇淋、几块蛋白杏仁甜饼干;嘴里一直有淡淡的回味。今天,就是"吃"这个念头,就使她心里充满了厌恶。她感到身子沉重，像具尸体，让她难受。

是否是一种新的生涯开始在召唤她：去成为一个单薄的人、一个被迫吃斋的人、一个饥饿的艺术家？如果审判员们眼看着她一天天地消瘦下去，他们是否会怜悯她？她看着自己像拐棍一样的身形，她坐在一片阳光里，一条公用的长椅子上，胡乱地写着她的悔过书；这是永远完成不了的工作。上帝啊，救救我吧！她轻声自言自语道，"太小题大做了，太小题大做了！在我死掉之前，我必须离开这儿！"

黄昏时分，当伊丽莎白沿着城墙漫步时，当她看着燕子在广场上空上下翻飞时，这些话语再度回到了她耳边。一个轻飘飘的鬼魂。她是一个轻飘飘的鬼魂吗？一个轻飘飘的鬼魂是什么样的？她想到肥皂的泡沫，在一群燕子中飘浮起来，甚至高过了蓝色的苍穹。那个女人，那个擦地板、扫厕所的女人（这并不是说她曾见她干过这些活计），就是这么看待她的吗？当然，从大多数人的标准来衡量，她的生活一直不算艰辛，但也不轻松。也许算是安静、安宁的：一个澳大利亚人的生活，免于最糟糕的历史；但也是"被赶来赶去"，这样说并不过分。她是否应该把那个女人找出来，去纠正她的看法？那女人会明白吗？

她叹了口气，继续走下去。这世界哪怕是个幻影，也是无比美丽！至少，它有着我们可以回过头来依赖的东西。

还是那个法庭,还是那些法警;不过,那帮人(她现在已经学会这个叫法了)是新换的。他们共有七位,不是九位,其中一位是女性。所有这些脸,她一张都不认识。旁听席不再空空如也。她拥有一个旁听者,一个支持者:那个搞清洁的女人,自个儿坐在那儿,腿上放着一只网线袋。

"申诉人伊丽莎白·科斯特洛,二号听讼人,"一名法官慢条斯理地念叨着,他是今天"那帮人"中的发言人(审判长?主审法官?),"你已经修改了自己的申诉,我们知道了。请继续你的申诉。"

伊丽莎白往前挪了挪步子。"本人相信,"她念道,声音坚定,像一个孩子在背诵,"本人生于墨尔本市,不过,小时候,有一阵子,是在维多利亚省的乡间度过的。那个地方气候极其恶劣:有时是灼热的干燥,接着是潮水般的大雨,跟那些被淹死的动物尸体一起,使河流鼓胀起来。不知为何,我记得的就是这些。

"当洪水退去——现在,我说的是一条具体的河,即达尔加依河——会留下数公顷的泥沙。夜里,你会听到数万只小青蛙像喇叭似的鸣叫,它们为老天爷的慷慨大方而欣喜若狂。空气会因为有它们的鸣叫而变得稠密起来,就好像中午时分充满了知了的尖叫。

"这数万只青蛙是突然之间蹿出来的,它们来自哪里呢?答案是,它们一直在那儿。在旱季,它们钻到地下,把地洞挖得尽可能深,以躲避炎热的阳光,直到每一只都为自己挖建了一个小小的坟墓。据说,它们就死在那些坟墓里。

270

它们的心跳减速，呼吸停止，它们变成了淤泥。夜晚再度沉寂。

"沉寂，直到下一个雨季到来。雨点敲打着数万个小棺材的盖子。在这些棺材里，心脏开始跳动，四肢开始抽动，它们已经度过了几个月没有生命的光阴。死者醒来。当泥块变软，青蛙们开始钻出地面，很快，它们的声音再度响起，在苍穹下欣喜若狂。

"请原谅我的用语。我是，或者说曾经是一个职业作家。平时，我会小心地把那些夸张的想象藏起来；可是，今天，在这个场合，我不想掩藏任何东西，我要把一切都说出来。那使万物复苏的洪水，那像喇叭一样快乐的合唱，接着是洪流退去，青蛙们回到坟墓，然后是好像没有尽头的干旱，随后是新鲜的雨水和死者的复活——我要把这些情景讲得明明白白，没有任何遮掩。

"我为什么要这么说呢？因为，今天，在你们面前，我不是作为一个作家，而是作为一个曾经是小女孩的老妇人，告诉你们我所记得的达尔加侬河泥滩的情形。在我小时候，泥滩上满是青蛙，有些小得像我的小手指头；它们是如此微不足道，远离我们高傲的关注，以至于在其他地方你们可能不会听人说起它们。我有许多缺点，我请你们原谅；在我看来，青蛙的生生死死可能是有寓意的。可是，对青蛙们自己来说，没有任何寓意，生活就是生活，死亡就是死亡。

"我相信什么呢？我相信这些小青蛙。今天，我年纪大了，明天，年纪会更大，我不敢确信我在何处能找到我自己。有时,我觉得,好像在意大利,我能找到我自己;可是,我错了;这可是一个跟意大利完全不同的地方。根据目前我所知道的情况,在意大利,城市里没有那些禁止通过的高门(有你们在这儿,我不愿意用'大门'这个卑下的词)。不过,我是在澳洲大陆降临人世的,四肢乱踢着,哇哇乱哭着。澳洲大陆是真实的(尽管很远),达尔加侬河及其泥滩是真实的,青蛙也是真实的。不管我是否跟你们谈起它们,不管我是否相信它们的存在;它们都存在着。

"正是因为这些小青蛙根本不管我是否相信它们的存在(它们想要的只是这样的机会:吞下蚊子,并且歌唱;它们中唱得最多的是雄性。雄性青蛙唱歌,不是为了使夜晚的空气充满歌声,而是为了求爱;它们希望得到的回报,是性高潮,青蛙的性高潮,一次一次又一次)——正是因为它们对我漠不关心,我才相信它们。因此,今天下午,我要再次向大家道歉,因为我表现得太匆忙,表达得太文雅;不过,我想,我会不带任何成见地,把自己交给你们,也就是说,毫无保留①;而且,正如你们自己所看到的,几乎不带任何注解——正是因此,我才跟你们谈起青蛙。谈起青蛙,谈起我的信仰或者说各种信仰,以及前者与后者之间的关系。因为它们存在。"

伊丽莎白停住了。从她身后,传来轻轻的鼓掌声,是那个女清洁工在拍手,只有她一个人在鼓掌。这掌声渐渐减弱、消失。正是那个女清洁工唆使她讲得——如此滔滔不

---

① 原文为法文。

绝,如此喋喋不休,如此乱七八糟,如此激情澎湃。好,咱们看看,激情会招致什么样的反应。

其中一名法官,坐在最右边的那位,向前探过身来。"达尔加侬,"他问道,"那是一条河吗?"

"是的,是一条河。它存在着。无法否认。你可以在大多数地图上找到它。"

"那么,你是在达尔加侬河边度过你的童年的?"

她没有作答。

"因为,在这儿,在你的档案里,关于在达尔加侬河边度过童年的情形,一个字都没有。"

她没有作答。

"科斯特洛夫人,在达尔加侬河边度过童年一事,跟青蛙以及从天而降的雨一样,是否是你的另一段往事?"

"河流存在。青蛙存在。我存在。你还想知道什么?"

他们中的那位女性成员身材苗条,梳着一头整齐的银发,戴着一副银边眼镜。她问道:"你相信生命吗?"

"我相信自己身上那些不让我烦恼的东西。"

女法官微微地做了一个不耐烦的手势。"一块石头不会相信你。一片矮树丛也不会。可是,你给我们讲的却不是石头和矮树丛,而是青蛙;你把一个关于生命的故事加在了它们身上,正如你所认为的,那故事很有寓意。你所说的这些澳洲青蛙体现了生命的精神。作为一个小说家,你相信的就是这样的精神。"

这不是询问,从效果上说,这是审判。她该服从吗?"她相信生命":她是否愿意把这句话当作她的遗言,她的

273

墓志铭？她完全想抗议道："无聊！"她想哭。"我理应得到比这更好的待遇！"可是，她控制住了。她到这儿来，不是为了赢得辩护，而是为了通过审查，取得一条出路。她一旦通过了审查，一旦告别了这个地方，她留在身后的东西，都是微不足道的；哪怕是墓志铭，也不足一提。

"要是你喜欢。"她警觉地说道。

那位法官，那位审判她的法官，把目光移开了，双唇紧闭着。接下来是一阵沉默。她渴望听到苍蝇的嗡嗡声，在这种场合，人们都想听到这种声音；但是，法庭上没有苍蝇出现。

她相信生命吗？假如没有这个荒唐的法庭，以及它的种种要求，她甚至会相信青蛙？我们如何才能知道自己相信的是什么呢？

在她写作时，她曾试过一个方法，似乎还管用：她把一个词发送到黑暗中去，然后听听有什么样的声音回过来。像一个修理工在拍打一口钟：它是裂了，还是完好无损？青蛙：那些青蛙发出来的是什么声音？

答案是：一点声音都没有。不过，她太精明了，太了解这事了，还不至于就此失望。对她来说，达尔加侬河泥滩上的青蛙有一个新的发展契机。给它们时间吧：我们还可以让它们发出真实的声音。因为，关于它们，关于它们在污泥里的坟墓，还有它们的手指，这些手指最终变成了小圆球，软软的，湿湿的，稠稠的；隐隐约约地，有些东西吸引着她。

她想到了那只地下的青蛙；它全身伸展着，仿佛是在飞翔,仿佛是穿过黑暗在往下降落。她想到那淤泥,它一点点地吃掉青蛙的指尖,力图吞掉青蛙,使青蛙的软组织溶化,直到再也没有人能辨别出(青蛙自身当然辨别不出,因为在冰冷的冬眠中,它失去了知觉),什么是泥,什么是肉。是的,她能相信那种溶化,那是重新回到元素。生命回归时的第一阵战栗穿过青蛙的身体,它的脚收缩着,它的手弯曲着。如果她逐字地阅读,聚精会神,而且足够细致;那么她相信这一切。

"咝。"

这是法警发出来的声音。他朝审判席做了个手势,审判长正不耐烦地看着伊丽莎白。她是在发呆,还是在沉睡?她居然在审判她的法官们面前打瞌睡?她该小心点。

"我想提一提你第一次出庭时的情形,那时,你说,你的职业是'那个看不见的世界的书记员',并作了如下的陈述:'一个好书记员不应该有信仰。信仰不适合于他的工作。'过了一会儿,你又说,'我有信仰,但我不信奉我的信仰。'

"那次审讯时,你的表现似乎是蔑视信仰,说它会妨碍你的工作。然而,在今天的审讯中,如果我没有把你的大意理解错的话,你是在证明自己对青蛙的信奉,或者,更加准确地说,是对一只青蛙的生命寓意的信奉。我的问题是:从第一次审讯到今天这一次,你是否改变了申诉的基本内容?你顽固地信奉创造;你是否在这一信仰的基础之上,放弃了书记员的本分,装出了另一副样子?"

她改变了自己的经历？毫无疑问,这是一个沉重的问题,可是,她不得不竭力去注意这个问题。法庭里很热,她感到自己被麻醉了;她不敢确信,这场审讯,她还能坚持多久。她最想做的是:把脑袋放在枕头上,小睡片刻,哪怕是在工棚里,哪怕是在那个肮脏的枕头上。

　　"这取决于……"她说道。她是在为争取时间而拖延。她竭力想着("来吧,来吧!"她对自己说,"你的生命取决于这次审讯!"):"你问我是否改变了我的申诉。可我是谁?谁是'我'?谁是'你'?我们每天都在变化,又保持原来的样子。'你''我'都不比其他任何人更加重要。你可能还会问:进行第一次陈述的伊丽莎白和进行第二次陈述的伊丽莎白,哪个更真实。我的回答是:两个都真实。都真实。都不真实。'我是另一个人。'请原谅我求助于这样的不属于我自己的话,可是,我无法说出更好的话。你们抓错了人。如果你们认为,你们抓对了,那你们就是错了。伊丽莎白·科斯特洛不是你们要抓的人。"

　　这是真的吗?这可能不是真的;不过,当然也不假。有生以来,她还从未感到这么样地被别人弄错。

　　审判长不耐烦地摇着头说:"我并不要求查看你的护照。在这儿,护照没有任何用处;我相信,你是知道这一点的。我要问的问题是:'你',我指的这个在我们面前的人,这个请求通过检查的人,这个在这儿而不在别的任何地方的人——你是不是在为你自己说话?"

　　"是。不是,决不是。是又不是。都一样。"

　　审判长左顾右盼,看了看其他审判员。伊丽莎白是在

276

想象她的另一个自我吗？或者,是否有一丝微笑,有一声低语,在她和她的另一个自我之间传递？那个她低声说出的词是什么？"乱七八糟"吗？

审判长背对着她说:"谢谢你。就此结束吧。在适当的时候,我们会通知你的。"

"就此结束?"

"今天就此结束。"

"我没有弄错吧?"

"是的,你没有弄错。不过,那个没有弄错的人是谁呢?"

他们,那些审判她的人,那帮人,已经无法控制自己。他们先是像孩子一样地傻笑,然后丢掉了所有的尊严,大笑着喊叫起来。

*　　　　*

伊丽莎白漫步走过广场。她猜想,现在刚刚进入下午。没有平时那么多的匆促景象。当地人肯定都在午睡。"年轻人都相互拥抱着。"假如我的生活能重新开始,她对自己说,假如不是没有痛苦,那么,我要换一种活法。要有更多的娱乐。我把这一生都用来写作,如今到了盖棺论定的时候了,这样的人生对我到底有什么好处?

阳光酷烈。她应该戴顶帽子。可是,她的帽子在宿舍里。一想到要再次走进那个几乎没有空气的房间,她却步了。

那法庭上的情景，那耻辱，那羞辱，还没有从她脑际消失。尽管这有失尊严，但奇怪的是，她仍然着迷于青蛙。今天表明，她有信奉青蛙的心理倾向。明天，她会信奉什么呢？蚊子？蟋蟀？她信奉的对象似乎相当随意。它们的到来，既没有使她感到警觉，也没有使她感到惊讶，甚至没有使她感到高兴——尽管她心态阴郁。

她用指甲点了点青蛙，由此传回来一个声音，这声音非常清脆，清脆得有如铃声。

她点了点"信仰"这个词。"信仰"如何才能合格？她是否需要借助抽象手段，才能成功地对"信仰"进行测试？

从"信仰"返回的声音不是非常清晰，但也相当清晰。今天，此时此地，很明显，她不是没有信仰。事实上，既然她想到了信仰，那么，从某种意义上说，她是靠信仰活着的。当她真的是她自己时，她的思想似乎从一个信仰转移到另一个；经过踌躇、衡量，然后继续前行。她眼前仿佛出现了一个画面：一个女孩正在涉过一条小溪。这画面来自济慈的一句诗："她沉重的脑袋枕着小溪，一动不动。"①她靠信仰活着，靠信仰工作，她是有信仰的人。这是什么样的信仰啊！在法官们脱下他们的法官袍（在她改变主意）之前，她是否应该跑回去，把这一切告诉他们？

他们组成这个法庭，是要审问她的信仰问题，但他们拒绝让她通过；这使她非常惊讶。以前，他们肯定听说过其他

---

① 所引诗句化用自济慈《秋颂》中的这一句："你沉重的脑袋枕着小溪，一动不动。"

作家,其他没有信仰的信徒或有信仰的怀疑论者。作家不是律师。当然应该允许他们有些古怪的举动。但是,当然,这不是一个法律场所,甚至不是一个逻辑场所。她的第一印象是对的:这地方来自卡夫卡的小说,或《艾丽丝漫游奇境记》,这是是非之地。首要的会变成末位的,末位的会变成首要的。反之亦然。假如能提前得到保证:一个人可以用一些他的童年趣闻,轻易地通过审讯,让他沉重的脑袋轻快地从一个信仰跳到另一个,从青蛙跳到石头再跳到飞翔的机器,正如一个女人常常更换她的帽子(这句话是从哪儿来的?);那么,每一个申诉者都会大谈他的个人经历,而法庭速记员则会被申诉者自由联想的溪流冲走。

伊丽莎白又站在了大门前。尽管任何人如果有意瞥一眼,就定然会看到这大门;但是,很显然,这是她的门,只为她而设。这门一如既往地关着;不过,门房却开着。她能看见看门人;那个看守,正在里面,跟平常一样,忙着在纸上写东西。在电扇扇起来的风里,那些纸微微地蜷曲着。

"又是一个热天。"伊丽莎白说道。

"嗯。"看门人咕哝了一声,没有停下他的工作。

"我每次走过这儿,都看见你在写啊写的,"伊丽莎白不想就此中断话题,继续说道,"从某种意义上说,你也是一个作家。你在写什么呢?"

"记录。即时更新记录。"

"我刚刚经过第二次审讯。"

"那好啊。"

"我为那些审问我的法官唱歌。我是今天的歌鸟。你

279

用'歌鸟'这个说法吗?"

看门人心不在焉地摇了摇头:不用。

"我怕,我的歌唱得不太好。"

"嗯。"

"我知道,你不是审判员,"她说,"不过,按照你的判断,我是否有希望通过审讯?如果我没有通过,如果他们认为我的表现不够好,不让我通过;那么,我是否会在这儿,在这个地方,一直待下去?"

看门人耸了耸肩。"我们都有希望。"他没有抬头,一抬都不抬。这是否意味着什么?这是否意味着他没有勇气跟伊丽莎白对视?

"可是,作为一个作家,"她坚持说道——"作为一个作家,我有着作家特有的问题,作家特有的忠诚;我能有什么机会呢?"

忠诚。现在她既然说出这个词;她就干脆认为,所有的一切都是围着它转的。

看门人又耸了耸肩。"谁说得准呢,"他说道,"这是那帮人的事儿。"

"可是,是你在记录——谁通过了,谁没通过。你肯定知道一二。"

他没有回答。

"你是否见过许多像我这样的人,像我这样处境的人?"她着急地继续说道,现在她已经失控了,而且知道自己失控了,因此她很不喜欢自己。"我的处境":这是什么意思?她的处境怎样呢?是一个不了解自己心思的人的处

280

境吗？

她想象着那扇大门，想象着大门的另一边，不让她看见的那一边。在门口，挡着道，躺着一只伸展着四肢的狗，一只老狗；它的侧面有着狮子般的毛色，有着被无数次伤害的疤痕。它紧闭双眼，它正在休息，正在打盹。在它外面，除了一片无边无际的沙漠戈壁，什么都没有。她第一次幻想了这么长时间，她不相信自己的幻想，尤其不相信那个谜一样的词语"上帝狗"①。"太文学了"，她又想道。这是对文学的诅咒！

很明显，桌子后面的那人已经被问够了。他放下笔，握着手，直直地盯着她。"任何时候，"他说，"任何时候，我们都能看见像你这样的人。"

---

① "上帝狗（God-Dog）"，这个"谜一样的词语（anagram）"可能是从"上帝之狗（God's dog）"这个说法的基础上杜撰的。"上帝之狗"指的是山狗（coyote），这种狗生活在美国田纳西州中部的荒野里，这个称呼是当地的土著居民纳瓦霍人（美国最大的印第安部落）发明的。"anagram"是字谜的一种，由颠倒字母顺序而构成新词；诚如是，那么，"上帝狗（God-Dog）"这个词背后的含义应该是"狗上帝（Dog-God）"。虽然，在西方语境里不像在中国语境里，"狗"这个概念本身不带贬义。但对"上帝"的诅咒有比这个词更加猛烈的吗？它表现了库切对整个基督教文明的大不敬，比当年尼采喊出"上帝死了！"还要"狠毒"！可能作者自己都被这个念头震呆了，所以他用了修辞手法，以防止某些读者的神经在瞬间崩溃！但是，作为废墟的直面者，作为灾难的承担者；作者本来是不愿意这样用曲笔的，所以他紧接着喊出"'太文学了'，她又想道。这是对文学的诅咒！"一个文学家对文学的反思和绝望，还有比这更惊心动魄的吗？

对我而言,此时此刻,哪怕是跟不足挂齿的造物,一条狗,一只耗子,一只甲虫,一棵长不大的苹果树,一辆盘旋在山路上的大卡车,一块长满青苔的石头,也比跟最漂亮、最热忱的情妇共度良宵,更有价值。这些没有声音的有时甚至是没有生命的造物,以如此丰沛、如此实在的爱情,纷纷向我拥来,使我欣喜若狂,使我视野中的一切:那存在的一切,我所能回忆起来的一切,我胡思乱想到的一切——似乎都有了生命,都有了意义。

雨果·封·霍夫曼斯达尔
"钱多斯爵士致培根爵士函"(1902 年)

跋

钱多斯夫人伊丽莎白致培根爵士函：

敬爱的阁下：

您会收到一封我的夫君菲利普的信函，信是今年 8 月 22 日写的。我只是看到过此信的复制件；至于这复制件是如何来到我眼皮底下的，您就不必过问了。现在，我要把我的话补充到那封信上。我怕您会以为，我丈夫是在一种疯癫状态中写那封信的，如今，那种状态可能已经过去了。我要说的是：事实并非如此。您在他信中所读到的一切都是真的——只除了一种情况：没有一个丈夫能在他的爱妻面前成功地掩饰自己，掩饰他内心深处极度的痛苦。在过去的好几个月里，我了解到了我的菲利普的痛苦，并且跟他一起受苦。

我们的痛苦是如何造成的呢？我记得，有一段时间，在这种痛苦出现之前，他像一个鬼迷心窍的人，凝视着一些画上的海妖①

---

① 希腊神话中的半人半鸟妖精，常以美妙歌声诱惑过往水手，使船只触礁沉没。

和林妖①,渴望着能进入她们一丝不挂、闪闪发光的胴体。可是,在威尔特夏郡,我们到哪儿去找海妖或林妖,来供他一试呢?没法子,我给他当了林妖:当他想要进入林妖的胴体时,他进入了我的身体;当他发现,在我的身体里,没有林妖时,我感到他的眼泪落在了我的肩头。"过一会儿,只一小会儿,我就能学会做你的林妖,说你的林妖说的话。"我在黑暗中低声说道;可是,他并没有得到慰藉。

我把现在这段时间叫作痛苦时期;不过,跟我的菲利普一起,有时,我的灵与肉也会合二为一,我也会乐意迸发出天使般的叫声。我把这些时刻称为"狂喜时刻"。每当我在我夫君的怀抱里——我这样写并没有脸红,这根本就不是让人脸红的时候——"狂喜时刻"就会到来。只有他是我的向导,我不愿意去结识任何别的男人。灵与肉,他跟我说,他不是用语言说话;灵与肉,他压进我身体的,不再是词语,而是燃烧的宝剑。

阁下,我们并不想就这样生活下去。"燃烧的宝剑",我说,我的菲利普压进我身体的,是宝剑,而不是词语。这像传染病,说到一件事总是要为另一件事做准备(我说"像传染病"时,几乎情不自禁地想说"鼠疫";因为,今天在我们周围,到处都有老鼠)。像一个徒步旅行者(我请求您,把这个形象记在心里),我像一个徒步旅行者,走进一个磨房,那磨房已经被废弃,里面黑黑的。我突然感到,地板已

---

① 据希腊神话,她们是一群姐妹,常常假扮成村姑或牧羊女或女猎手,诱惑男人。

经被潮气腐蚀;我脚下已出现漏洞,使我的脚深陷在水中。不过,我是这样一个人(一个走进磨房的徒步旅行者),我又不是这样一个人。如是,这传染病又不是一种不断降临到我身上的传染病,也不是鼠疫或"燃烧的宝剑",而是别的东西。它一直就不是我所说的东西,而是别的东西。因此,我前面说,"我们并不想就这样生活下去。"只有为了那些"终极的灵魂",我们才可能打算就这样生活。词语像腐烂的地板,在您的脚下出现了漏洞。(我再说一遍,"像腐烂的地板",我这是情不自禁;如果我想要您像自家人一样地深切体会到我自己的和我丈夫的痛苦,我就会控制不住自己。我说"像自家人一样地深切体会"。家在哪里? 家在哪里啊?)①

　　无论是他,还是我,还是您,尊敬的阁下,我们都无法就这样生活下去,(因为,有人会说,如果不是通过他的信,或者说,我的信,您就不会被这种病传染。这种传染病它不是传染病,而是别的东西;总是别的东西吗?)有朝一日,我写到的这些"终极的灵魂"能承受它们的痛苦,但不是现在。如果那样的日子真的到来,那么那时,巨人们或天使们也许会在大地上大步流星。(现在,我不想再牵累自己,我累了,我把自己交给了那些巨人和天使。阁下,您看见我是如何被他们接过去的吗? 当我不把这样的时刻叫作"狂喜时

---

　　① 英文"bring sth. home to sb.(使某人深切体会到某事)"中有"home"一词,而"bring home"的字面意思是"带回家"或"把家带回来",所以紧接着就有"家在哪里(Where is home)?"的感慨。译者采用衍译法,将"深切体会"译为"像自家人一样地深切体会"。

刻"时,我把它叫作"狂急时刻"①。"狂喜"和"狂急"不是一回事;但是,我根本无法解释清楚。尽管在我的眼中,这是一目了然的;我说"我的眼"是指"我的心眼",就好像我体内有一只眼睛。它看着这些词语一个挨一个地走过,就好像看着阅兵场上的士兵。我说是"像阅兵场上的士兵"。)

我的菲利普说,一切都有寓意。每一个造物对其他所有造物都很重要。他说,一条狗坐在一片阳光下,舔弄着自己。这一刻,它是狗;下一刻,则是启示的容器。也许,他说的是真的;也许,在我们的造物主的心里(我说是"我们的造物主"),我们到处乱走;就好像是在急流里,我们在成千上万的同类中穿来穿去。不过,您可能会问,我是如何跟耗子、狗、甲虫等生活在一起的;日日夜夜,它们爬过我的身体,淹没我,压得我喘不过气,还抓我、挠我、拉我,促使我越来越深地陷入启示——我是如何做到的?"我们不是为启示而到这个世界上来的,"我想大声叫出来,"我的菲利普,你不是,我也不是。"那启示会烤焦您的眼睛,就跟您盯着烈日时一样。

敬爱的阁下,救救我,救救我的夫君!写信告诉他,那时间,那巨人的时间,那天使的时间,还没有到来。告诉他,我们依然生活在跳蚤时代。话语不再能进入他的耳朵,而是颤颤巍巍地,变成了碎片。这就好像(我说的是"就好像"),这就好像他由一块水晶盾牌遮护着。可是,那些跳

---

① 英文"rapture(狂喜)"与"rush(狂急)"押头韵,译文随之。

蚤,他将知道,那些跳蚤和甲虫,还有耗子,依然会爬过他的盾牌。有时,我,他的妻子,是的,我的爵士大人,有时我也会爬过那块盾牌。他把我们叫作"上帝的替身",还说,我们让他不寒而栗;事实上,我也有过他那样的战栗。在那些既狂喜又剧痛的时刻,我有过那样的战栗。无论是他的,还是我的,这样战栗的时刻太多了;我都快写不下去了。

无论是拉丁语,我的菲利普说——我是照他的原话说的——无论是拉丁语,还是英语,还是西班牙语或意大利语,都表达不出我的启示。确实如此,虽然我只是他的影子;但是,在我狂喜时,我能明白他的话。不过,他给您写信,我也给您写信;阁下乃人上之人,请拣选词汇,按部就班,构建您自己的判断,正如泥水匠用砖砌墙。沉沦的命运教我们俩分别致函阁下。救救我们吧。

您驯顺的仆人

伊丽莎白·C

于公元 1603 年 9 月 11 日

说　明

　　第一课更早的版本曾以《何为现实主义?》为题,发表于《杂录杂志(Salmagundi)》,第 114—115 期(1997 年)。

　　第二课更早的版本曾以《非洲小说》为题,发表于《专题论文(Occasional Paper)》第 17 期,伯克利加州大学人文学院汤森德中心(Townsend Center)编,1999 年。柴克·哈米窦·凯恩的引文经作者授权,摘自《走向非洲文学的独立》,西港绿林出版社(Greenwood Press, Westport),1980年。保罗·扎姆托尔的引文经巴黎门槛出版社(Editions du Seuil)授权,摘自《口语诗研究绪论(Introduction à la poésie orale)》。

　　第三、第四课及彼得·辛格、玛乔丽·嘉伯、温迪·多尼格、芭芭拉·斯马茨的回应曾以《动物的生命》为题出版,普林斯顿大学出版社,1999 年。

　　第五课更早的版本曾以《非洲的人文学科》为题由慕尼黑的西门子基金会(Siemens Stiftung)发表,2001 年。

　　第六课更早的版本曾发表于《杂录杂志》,第 137—138 期(2003 年)。

　　《钱多斯夫人伊丽莎白致培根爵士函》曾由间奏曲出

版社（Intermezzo Press）发表,美国得克萨斯州奥斯丁市,
2002 年。

译 后 记

　　《伊丽莎白·科斯特洛》是我读到的形式上最新颖的小说。它的主干是八篇演讲，所以副标题是"八堂课"。而英文中的"lesson"兼有"教训"之意，所以有人把这个副标题理解或翻译成"八个教训"。库切是用双关语的"高手"。他确实是在总结作家个体或者说人类全体所应该汲取的一些"教训"。"八堂课"之间没有明显的逻辑串联和情节线索，反正主角都是伊丽莎白·科斯特洛。她去参加各种学术会议或发表演讲，具有一定的被动性；因为，主办方在向她发出通知前，对会议的主题，一般都有相当明确的规定。她发表的是"命题作文"。把某人生平中比较类似的几个片段串联起来，弄成一部作品；这种写法，在以某一人物为主人公兼叙述者的小说里，是比较常见的。

　　这八篇演讲，内容有关于文学的，如文学之于作家是一种什么样的命运；文学的意义以及功能的局限；创作心理机制中主体伦理的保持和丧失问题。也有关于文学之外的，如动物权利保护问题；理性问题；邪恶问题；甚至神学问题。总的来说，是哲学大于文学。因此，很多人对这部小说之为小说的文体归类问题提出了疑问。有人说它是非小说

(non-fiction),有人说它是超小说(meta-fiction),有人说它是非非小说(non-non-fiction),有人说它是一部演讲集而已,而且是哲学演讲集。以至于《泰晤士报·文学增刊》在去年评选年度最佳英文小说时,评委会的专家们狠心地把它从预选名单中给剔除了,说它根本不是小说。我们对文体的界定更应该从形式上去考察和判断。本书不只,远远不只是那几个光秃秃、赤裸裸的演讲,还穿插着许多主人公(作为一个老年人)对过去的回忆,以及她发表演讲前前后后的一些细节性交代,包括她跟周围人关系的来龙去脉。况且这里的上课也并不全是"高头讲章"——在讲台上唱独角戏,有的是她与别人的辩论(在美国的大学里,有的课程就是以辩论的方式进行的,所以并没有超出"课"的范畴)。可以说,本书具备小说的——哪怕是最传统、最普通的小说——一些所谓不可或缺的要素,如人物(有主有次),如地点(从美洲到欧洲,从陆地到船上),如事件(女主人公不正常的性爱经历,她儿子的艳遇)。而这些因素是实在的,更是虚构的;尤其是最后一个场景,虚得简直让读者摸不着头脑,类似于拜伦在讽刺诗中所描写的"最后审判的幻景",或我们说的"奈河桥"。似乎有一个村子,有一些房子,但那个审判厅不是真正的审判厅,监狱也不是真正的监狱;唯一具体的是一个大门,通过审判,主人公就可以进入大门。至于大门后面,是天堂还是地狱,还是别的所在,就不得而知了。这样的场景设置难道还不够无稽荒诞,还不够小说?

库切借女主人公之口说,思想家和作家完全不同,当然,他也没有对两者孰优孰劣作出价值判断。但从他的抱负来看,他倾向于做思想家型的作家。在以往的作品中,他喜欢用故事说话,用寓言传达思想,间接、微妙而含蓄。读者只能从字里行间去揣摩他的思想,而且得高度警觉才行;否则,在表面极为顺溜的阅读中,我们很难充分把握住作品的"里子"。

库切惯于在纷繁复杂的世事后面,冷眼旁观,冷静思考;所以,对于有些读者的不解,他至今没有一句回应。对本书文体的质疑,他也没有做出任何辩解。本书有些部分(主要分布在主人公的长篇大论中)可能略显沉闷,但决不空落;可能深奥,但决不玄虚。在学理的冷峻面庞下,我们甚至可以看到库切作为一个人文知识分子的眼泪,他的悲愤和沉痛。事实上,在伏尔泰、狄德罗等 18 世纪启蒙主义思想家的小说中,在 20 世纪萨特和加缪等存在主义思想家的小说中,都夹杂着类似的说理段落;我们有什么理由采取双重标准,一方面认可《拉摩的侄儿》和《恶心》是小说,而且是经典小说,另一方面又否认《伊丽莎白·科斯特洛》为小说?

正如法国革命之后的一段时间里,人们偏爱"情节剧",现在有相当一部分读者偏爱"情节小说"。但是,"情节"固然是小说的一个要素,但不是唯一可以取胜的要素。在 19 世纪后期,"情节剧"就成了严肃的作家和观众嘲弄的对象。那种认为"有丰富曲折的情节就是小说,否则就不是"的小说评判模式,恐怕也该寿终正寝了。库切不是一个善于编排离奇情节的作家,他是一个更大意义上的作家,他更关注的是故事的寓意,更着力的是人物的命运。

对本书文体提出疑问的另一个理由,是它具有太多的非虚构性(在西方,小说等同于虚构,也就是庄子所说的无根游谈之类的"小说家言"),证据据说是它的浓厚的自传色彩。这样的指责库切是逃不掉干系的。他是大学教授,曾长期任教于开普敦大学,而《耻》的主人公卢里就是开普敦大学的教授,而且也是文学教授,所以有人说《耻》是库切的半自传;本书女主人公是一位知名作家,而且也来自澳大利亚(库切在 2001 年就移民澳洲了),跟库切一样,她也被邀请到世界各地去讲学,在本国反而并不怎么受欢迎……人们不能不怀疑本书又是库切的半自传。于是,有人说,伊丽莎白·科斯特洛这个形象是库切的一个自我写照。他之所以采用反串法,可能只是为了避免执着的读者径直认为那整个就是他的自传。如果是这样的话,那么伊丽莎白慷慨激昂发表的讲话都是库切的肺腑之言。我们若要研究库切的思想,可以直接把那些话拿来做论据。我们若要研究他的生平,也不妨把伊丽莎白的行状、交游、脾性、习惯等拿来,至少可以作为索引的线索。如伊丽莎白性格孤僻,言语尖酸,举止僵硬,很难跟人相处;有人会推断出,库切也是这样一号人物。这显然有把贾宝玉等同于曹雪芹的危险,是行不通的;所以,另有人认为,我们不能在库切和伊丽莎白之间画等号。伊丽莎白不是库切自身的写照,而是他观照的对象,甚至是批判的对象。伊丽莎白的言论不一定是库切的心里话。这会引起麻烦:从伊丽莎白口中说出来的话,到底哪些是库切为她专门虚拟的? 哪些是她为库切代言的？要命的虚虚实实。正如我们无法分清《柏拉图对话集》中，哪些是苏格拉底的原话，哪些是柏拉图自己的而硬装到老师嘴上的。不过，我倾向于认为，即使我们在伊丽莎白和库切之间拉开距离，伊丽莎白至少是库切的镜子，或者说是镜像。他对伊丽莎白的微讽只是自嘲，他对伊丽莎白的指责（常常借别人之口）只是自责。

自从上个世纪90年代以来，从全世界范围来看，不管是写作还是阅读，都有明显的"实化"倾向。这种倾向跟19世纪的实证主义乃至自然主义不同，那是客观的，而时下的是主观的。与这种"实化"倾向想交融或匹配的是"我化"倾向，自我表演，自我表现。虚构与纪实之间的界限越来越模糊，作家更愿意游走在自己的字里行间，使自己跟人物的关系平行起来甚至叠合起来，让人物为自己发言、张罗、奔波。越来越多的作家采用第一人称来展开叙述，或许，这样能原汁原味地表现自我，直截了当地与读者沟通。库切也不例外，只不过他做得更加迂回，哪怕在那部真正的自传体小说《青春》中，他都用第三人称。既然如此，既然这是世界小说发展新方向，为全世界作家（尤其是"美女作家"）所效仿，为全世界批评家所首肯；我们为何要独对库切如此苛刻，因为《伊丽莎白·科斯特洛》有相当的自传倾向，就否定它是小说，连自传体小说的名头都不舍得给？

思想型的作家大凡是学者型的。因为，真正的思想不是懒汉在太阳底下敞开肚皮所吸收来的，也不是无知的天才披头散发叫唤来的。那是在与历代伟大思想家的对话中突然萌生的，或者，是在广泛的阅读和思考中偶然抓获的。

作为大学里的文学教授,库切的文学知识博大精深;作为文学批评家,他对历史知识有着独到的处理;作为世界知名的作家,他的视野是全球性的。对于这样一位博古通今的作家,我们怎么可能用一种模式去规范他、用一种风格去要求他呢?在库切的知识谱系中,有些是人们耳熟能详的,有些则是闻所未闻的。对那些偏僻的、偏远的(如关于非洲的人文地理的)知识点,我基本上都做了注解。我想,这是一本需要借助注解才能更好理解的书,也是一本留有很大的注解余地的书。

如果我们承认,"纯小说"这个提法还没有成为共识,小说还是一种开放的文体(也许是最开放的);那么,我们可以说,《伊丽莎白·科斯特洛》是一部包容了许多非小说乃至非文学因素的小说,戏剧、诗歌、演讲、辩论、传记、哲学、宗教、神学、后殖民主义、女性主义……这种杂糅的风格使它拥有一个具备许多可感触、可阐释方向的空间;也许它的可读性不那么强,但它绝对是一个罗朗·巴特所盛赞的可写性文本。

北塔

匆匆于京郊惠忠庵